《QR碼行動學習版》

U0070794

全MP3一次下載

9789864542321.zip

iOS系統請升級至iOS 13後再行下載，
此為大型檔案，建議使用WIFI連線下載，以免占用流量，並確認連線狀況，以利下載順暢。
此為ZIP壓縮檔，下載前請先安裝ZIP解壓縮程式。

本書的
使用方法

滿足客人的需求，說這句就對了！

針對10大服務業從作人員

涵蓋最多、最熱門的服務類別

專為工作中需要接待日本人的服務業所設計，從「百貨銷售員」「餐飲、冰品、飲料店的服務生」「飯店客房服務員」「計程車司機」「健康檢查的引導人員」「美髮師」「按摩師」「攝影師」「導遊」「機場服務人員」…收錄所有你可能知道、但不知怎麼使用的會話日語。另外還有天天都用得上的「招呼日語」、「聊天日語」，即使是平日與日籍人士相處，也非常適用。每個單元都是獨立的，不必一定要從頭讀起，隨翻隨學最輕鬆。

最逼真日語狀況句

關鍵的一句話，
好用好查詢

根據每一種服務類別，按「服務流程」編排可能會遇到的狀況，每種狀況收錄簡單、扼要的日文語句，句型或文法看似簡單，卻是生活表達、延伸會話的基本元素喔！不但實際服務日本人時，可隨時依需要來查詢，任何狀況都能用流利的日語應變，提供顧客最及時的協助與符合日式禮儀的專業服務。

01
天天用得上的基本招呼日語　P01.MP3

| 狀況 001 | 迎賓與送客 | 01-01.mp3 |

★ 歡迎光臨。

いらっしゃいませ。
i ra sshai i ma se

★ 歡迎光臨。

ようこそ。
yo u ko so

★ 謝謝光臨。

ありがとうございました。
a ri ga to u go za i ma shi ta

★ 歡迎再來。

またお越しくださいませ。
ma ta o ko shi ku da sa i ma se

| 狀況 002 | 怎麼稱呼客人 | 01-02.mp3 |

★ 先生、小姐

お客様
o kya ku sa ma

使用時機
　不管客人是男性、女性或年紀多大，服務員一律統稱客人為「お客様」。

18

MP3

QR碼掃描，隨刷隨聽最方便

每PART開頭都附有QR碼，一次掃描即可聆聽整章節的MP3。若想要個別聆聽每段落的音檔，請翻到第一頁，將全書的MP3一次下載完，就可以在裡面找到以段落分開來的音檔，再按照段落上的數字找到你想聽的音檔。

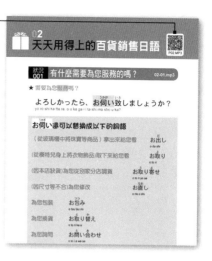

 基本會話演練

生動的延伸會話表現

基本會話中，藉著一問一答、中日對照的設計。服務客人時最常碰到的狀況都在這裡，預先演練，遇到真實情境時就能自然地脫口而出。

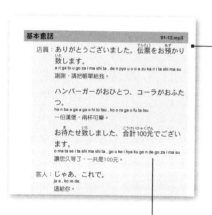

 羅馬拼音

超貼心發音提示

每一字、每一句都附有羅馬拼音提示，即使只有五十音基礎，也能搭配羅馬拼音學習正確的日語發音。在情急之下，照像能說出精準的會話語句。

同類語詞替換

增加句型活用度

每個關鍵會話句中，標出最容易「因狀況不同而產生變化」的字詞，在下方色塊中列出所有可套用、變換的字彙，同一句型可隨著不同的狀況換句話說，會一句抵十句。

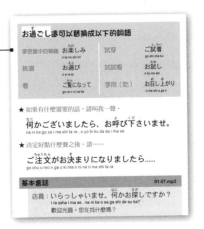

お過ごし這可以替換成以下的詞語

享受當中的樂趣	お楽しみ o ta no shi mi	試穿	ご試着 go shi cha ku
挑選	お選び o e ra bi	試試看	お試し o ta me shi
看	ご覧になって go ra n ni na tte	享用（吃）	お召し上がり o me shi a ga ri

★ 如果有什麼需要的話，請叫我一聲。
何かございましたら、お呼び下さいませ。
na ni ka go za i ma shi ta ra . o yo bi ku da sa i ma se

★ 決定好點什麼餐之後，請……
ご注文がお決まりになりましたら……
go chu u mo n ga o ki ma ri ni na ri ma shi ta ra

基本會話　　　　　　　　　　　　01-07.mp3
店員：いらっしゃいませ。何かお探しですか？
i ra ssha i ma se . na ni ka o sa ga shi de su ka?
歡迎光臨。您在找什麼嗎？

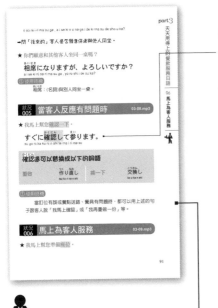

o so re i ri ma su ga , a i se ki o o ne ga i de ki ma su de sho u ka?

→問「後來的」客人是否願意併桌與他人同坐。

★ 你們願意和其他客人坐同一桌嗎？
相席になりますが、よろしいですか？
a i se ki ni na ri ma su ga , yo ro shi i de su ka?

⊙ 使用時機
相席：(名詞)與別人同坐一桌。

狀況 005　當客人反應有問題時　　03-08.mp3

★ 我馬上幫您確認一下。
すぐに確認して参ります。
su gu ni ka ku ni n shi te ma i ri ma su

確認這可以替換成以下的詞語

| 重做 | 作り直し
tsu ku ri na o shi | 提一下 | 交換し
ko u ka n shi |

⊙ 使用時機
當貴位有誤或餐點送錯、餐員有問題時，都可以用上述的句子跟客人說「我馬上確認」或「找再重做一份」等。

狀況 006　馬上為客人服務　　03-09.mp3

★ 我馬上幫您準備座位。

91

part 3

天天用得上的餐廳服務日語

06 馬上為客人服務

敬語表現

服務顧客不失禮

令日語學習者忘之卻步的「日本敬語」，藉由服務顧客的過程中，自然地說出口。敬語裡特有的用法與規則，不僅不必死記硬背就能輕易理解，更能實際應用於日常生活中，禮貌不打折。

使用時機

貼心說明不誤用

重要例句後面，貼心的提醒這句話的使用時機，實際服務客人時，絕對不會說錯話、表錯情。

專為服務業人員量身打造的服務業日語

　　對於以日本客人為主要對象的「服務銷售業」或常走包車路線的「計程車司機」來說，如何用日文介紹、推銷商品？如何以良好的服務獲得客人的信賴？如何讓遠來的客人倍感親切？

服務業日語＝學習日本人嚴謹的服務精神與態度

　　我們都知道客人來時要說「歡迎光臨」，客人離開時說「謝謝光臨、歡迎再來」。但是在日本的服務業精神上，這些是不夠的。比如，表示「失禮了、不好意思」的「**失礼します**」，可以用在「上菜」、「收餐盤」等打擾顧客的時候。但是您知道，在為顧客量身修改衣服觸碰了顧客時，應該說「**失礼します**」嗎？在結帳時用手接過客人的信用卡時，也要說「**失礼します**」嗎？

合乎禮節的日語，與日本服務人員同步

　　平常和日本朋友之間很少用到敬體，但是服務銷售業就不一樣了。在日本，任何需要服務客人的工作，都必須使用敬體與敬語，表示尊重顧客，也表示自己的禮貌教養。

　　然而，很多台灣的百貨商店、餐館常有機會接觸日本客人，服務人員常應急地學了幾句能簡單溝通的日語，但卻不一定說得正確、也不一定讓客人聽得舒服。

　　本書將平常百貨、餐飲、飯店、計程車司機…等到機場中必備的會話句整理出來，直接用漂亮的敬語表現，沒有艱深的文法贅述，只需套用句型，活用度百分百。對任何一位日語學習者來說，是非常實用的敬語學習教材。

　　美好的溝通，不但讓客人賓至如歸，增加自己的客源。使用精準的敬語，更能提升日語能力，在人際溝通上受用無窮。

contents
目錄

Part 1 天天用得上的基本招呼日語

Part 2 天天用得上的百貨銷售日語

超好用服務業必備詞彙：必敗百貨商品 79

Part 3 天天用得上的餐飲服務日語

Part 4　天天用得上的冰品店服務日語

Part 5　天天用得上的飲品店服務日語

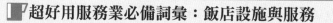

Part 6 天天用得上的飯店客房日語

超好用服務業必備詞彙：常見健康檢查項目　241

Part 9 天天用得上的美髮沙龍日語

超好用必備詞彙：美髮師必備單字　263

Part 11 天天用得上的寫真攝影日語

Part 12 天天用得上的導遊日語

Part 13 天天用得上的聊天日語

Part
1

天天用得上的
基本招呼日語

01 天天用得上的基本招呼日語

P01.MP3

狀況 001 迎賓與送客

01-01.mp3

★ 歡迎光臨。

いらっしゃいませ。
i ra ssha i ma se

★ 歡迎光臨。

ようこそ。
yo u ko so

★ 謝謝光臨。

ありがとうございました。
a ri ga to u go za i ma shi ta

★ 歡迎再來。

またお越しくださいませ。
ma ta o ko shi ku da sa i ma se

狀況 002 怎麼稱呼客人

01-02.mp3

★ 先生、小姐

お客様
o kya ku sa ma

① 使用時機

不管客人是男性、女性或年紀多大，服務員一律統稱客人為「お客様」。

狀況 003　請客人稍等一下時

01-03.mp3

★ 請稍等一下。

少々お待ち下さい。
sho u sho u o ma chi ku da sa i

（！）使用時機

・要離開去拿商品，請客人稍等一下的時候。

・要為客人包裝商品，請他稍候的時候。

・忙得一時無法招呼客人的時候。

・客人點餐確認完畢，請他稍候等待上菜時。

★ 好，我馬上來。

はい、ただいま。
ha i, ta da i ma

（！）使用時機

　　客人要請服務生過來的時候，服務生則立刻回答：「好，我馬上來」。

狀況 004　準備為客人服務時

01-04.mp3

★ 讓您久等了。

お待たせ致しました。

（お待たせしました。）
o ma ta se i ta shi ma shi ta / o ma ta se shi ma shi ta

（！）使用時機

・結帳時，收銀員加總好、告訴客人消費總金額時。

19

（加總計算雖然只需花一點點時間，但為了表示禮貌，先說：「讓您久等了」再說「總共是 ▢ 元」）

- 餐點送到桌前的時候。
- 準備好座位，帶客人入座時。
- 客人因客滿沒座位，在外頭等候，當有空位可以讓等候的客人入座時。
- 展示櫃上沒貨，到倉庫拿貨回來給客人看時。
- 客人想要看看「模特兒」身上展示的衣物飾品，服務員特地取下來給客人看時。
- 幫客人包裝或打包外帶完成時。

★ 很抱歉，讓您久等了。

お待たせして申し訳ございませんでした。
o ma ta se shi te mo u shi wa ke go za i ma se n de shi ta

(!) 使用時機

　　無論是用餐、結帳或其他的情況，真的讓客人等了很久才為他服務時，必須深感抱歉地對客人說：「真的很抱歉，讓您等了這麼久。」

狀況 005　回應客人　　　01-05.mp3

★ 好的，我知道了。

かしこまりました。
ka shi ko ma ri ma shi ta

(!) 使用時機

- 客人進門，說「我們有 ▢ 位（人數）」時，服務員隨即回答：「我知道了」。
- 客人點完餐，服務員表示「聽清楚了，一切OK」時。

・客人要求服務員為他們做某項服務，服務員表示：「我了解了」時。

狀況 006　基本服務用語

`01-06.mp3`

★ 請。

どうぞ。
do u zo

（！）使用時機

・服務員遞交東西給客人時。

・請客人上座時；或請客人用餐時。

★ 請坐。

お座^{すわ}りになって下^{くだ}さい。
o su wa ri ni na tte ku da sa i

★ 請慢用。

どうぞごゆっくり。
do u zo go yu kku ri

（！）使用時機

當客人開始享用他的餐點或服務，我們請客人好好地、盡情地享受時可以使用這句，也能依行業不同做變化，如以下例句：

★ 請好好享受。

どうぞごゆっくりお過^すごし下^{くだ}さい。
do u zo go yu kku ri o su go shi ku da sa i

（！）使用時機

　　用餐、泡溫泉、按摩、SPA等活動皆需要一段時間，所以都能用這句話請客人好好地、盡情地享受這段時光。另外，也能用在挑選東西、試穿衣服上。

21

お過ごし還可以替換成以下的詞語

享受當中的樂趣	お楽しみ o ta no shi mi	試穿	ご試着 go shi cha ku
挑選	お選び o e ra bi	試試看	お試し o ta me shi
看	ご覧になって go ra n ni na tte	享用（吃）	お召し上がり o me shi a ga ri

★ 如果有什麼需要的話，請叫我一聲。

何かございましたら、お呼び下さいませ。
na ni ka go za i ma shi ta ra, o yo bi ku da sa i ma se

★ 決定好點什麼餐之後，請……

ご注文がお決まりになりましたら……
go chu u mo n ga o ki ma ri ni na ri ma shi ta ra

基本會話　01-07.mp3

店員：いらっしゃいませ。何かお探しですか？
i ra ssha i ma se. na ni ka o sa ga shi de su ka?
歡迎光臨。您在找什麼嗎？

客人：いいえ、ただちょっと見ているだけです。
i i e, ta da cho tto mi te i ru da ke de su
不，我只是看一看而已。

店員：どうぞ、ごゆっくりご覧になってくださいませ。
do u zo u, go yu kku ri go ra n ni na tte ku da sa i ma se
請慢慢看。

何かございましたら、お呼び下さいませ。
na ni ka go za i ma shi ta ra, o yo bi ku da sa i ma se
如果有什麼需要的話，請叫我一聲。

狀況 007　需要打擾客人一下時　01-08.mp3

★ 抱歉，打擾你們了。

しつれいいた
失礼致します。
shi tsu re i i ta shi ma su

（！）使用時機

・服務生送上茶水或餐點的時候。

・遞出菜單或擦手巾的時候。

・需要打斷正在用餐的客人的時候。

・添補冰開水時。

・為客人稍微整理桌面時。

・結帳時收到客人錢的時候。

・需要接觸客人東西（如衣服、身體、包包、信用卡等）時。

狀況 008　感謝客人　01-09.mp3

★ 謝謝。

ありがとうございます。
a ri ga to u go za i ma su

（！）使用時機

・當客人讚美食物的味道時。

・當客人讚美服務員的態度時。

・當客人讚美本店的服務、商品……的時候。

★ 謝謝／真不好意思。

恐れいります。
おそ
o so re i ri ma su

(!) 使用時機

　　「恐れいります」與「ありがとうございます」經常用法及意思都差不多，但是面對別人的讚美時「恐れいります」更有一種「不敢當、是您過獎了」的謙虛之感。例如遇到以下的情況：

・客人讚美本店料理、服務、商品時。

・客人的體貼行為，比如結帳時，客人特地為了店員方便找出零錢時。

・寫收據時，不知道客人名字該怎麼寫，客人親自幫我寫時。

　　諸如此類，需要麻煩客人的情況時，「恐れいります」是一句很好用、且客氣的回應。

| 狀況 009 | 向客人致歉 | 01-10.mp3 |

★ 實在很抱歉。

申し訳ございません。
もう　　わけ
mo u shi wa ke go za i ma se n

(!) 使用時機

・因客滿沒有座位，客人決定打退堂鼓的時候。

・服務員有疏失，如忘了擺某些餐具的時候。

・正巧沒有客人要的東西的時候。

・因某些原因而無法好好服務顧客的時候。

・面對客人抱怨、指責的時候。

狀況 010 結帳

01-11.mp3

★ 這裡是咖啡一杯、果汁兩杯，總共是一百元。

こちらコーヒーが一点、ジュースが二点、合計百元になります。

ko chi ra ko hi i ga i tte n, ju u su ga ni te n, go u ke i hya ku ge n ni na ri ma su

！ 使用時機

不管是餐點還是衣服飾品等物件，都可以用「～点」表示份數。不過這是服務員的專業術語，一般人不需這麼說。

一点還可以替換成以下的詞語

1份	一点 i tte n	6份	六点 ro ku te n
2份	二点 ni te n	7份	七点 na na te n
3份	三点 san te n	8份	八点 ha tte n
4份	四点 yo n te n	9份	九点 kyu u te n
5份	五点 go te n	10份	十点 ju tte n

★ 請問要刷卡還是付現？

お支払いは、現金とカードどちらになさいますか？

o shi ha ra i wa, ge n ki n to ka a do do chi ra ni na sa i ma su ka?

★ 需要統一編號嗎？

かいしゃばんごう　　　　いりょう
会社番号はご入用でしょうか？
ka i sha ba n go u wa go i ri yō de shō ka?

➡ 需要找零時

★ 是的，收您500元。

ごひゃくげん　　あず　　　　いた
はい、500元お預かり致します。
ha i, go hya ku ge n o a zu ka ri i ta shi ma su

★ 找您300元，請確認一下。

さんびゃくげん　　　　　　かえ
では、こちら300元のお返しになります、お
たし　　　　くだ
確かめ下さい。
de wa, ko chi ra sa n bya ku ge n no o ka e shi ni na ri ma su, o ta shi ka me ku da
sa i

➡ 收到的金額剛好一致時

★ 是的，收您（剛好）250元。

にひゃくごじゅうげん　　あず　　　　いた
はい、ちょうど250元お預かり致します。
ha i, cho u do ni hya ku go ju u ge n o a zu ka ri i ta shi ma su

📖金額怎麼說：

		万 ma n		千 se n		百 hya ku		十 jū		元 ge n
1	いち i chi		いっ i		── ──		── ──		いち i chi	
2	に ni		に ni		に ni		に ni		に ni	
3	さん sa n		さん sa n		さん sa n		さん sa n		さん sa n	
4	よん yo n		よん yo n		よん yo n		よん yo n		よん yo n	
5	ご go		ご go		ご go		ご go		ご go	
6	ろく ro ku		ろく ro ku		ろっ ro		ろく ro ku		ろく ro ku	
7	なな na na		なな na na		なな na na		なな na na		なな na na	
8	はち ha chi		はっ ha		はっ ha		はち ha chi		はち ha chi	
9	きゅう kyu u		きゅう kyu u		きゅう kyu u		きゅう kyu u		きゅう kyu u	
10	じゅう ju u		× 		× 		× 		じゅう ju u	

＊當在三接在千位數時，「千」要濁音化變成「ぜん」、接在百位數時，「百」也要濁音化變成「びゃく」。此外，當六、八接在百位數時，除了上述表裡有發音變化之外，「百」也會半濁音化變成「ぴゃく」。

店員：ありがとうございました。伝票をお預かり
致します。

ari ga to u go za i ma shi ta. de n pyo u o o a zu ka ri i ta shi ma su

謝謝，請把帳單給我。

ハンバーガーがおひとつ、コーラがおふた
つ。

ha n ba a ga a ga o hi to tsu, ko o ra ga o fu ta tsu

一份漢堡，兩杯可樂。

お待たせ致しました、合計100元でござい
ます。

o ma ta se i ta shi ma shi ta, go u ke i hya ku ge n de go za i ma su

讓您久等了，一共是100元。

客人：じゃあ、これで。

ja a , ko re de.

這給你。

店員：はい、1000元お預かり致します。

ha i, se n ge n o a zu ka ri i ta shi ma su

是的，收您1,000元。

900元のお返しになります、お確かめ下さい。

kyu u hya ku ge n no o ka e shi ni na ri ma su, o ta shi ka me ku da sa i.

找您900元，請確認一下。

ありがとうございました。またお越しくだ
さいませ。

a ri ga to u go za i ma shi ta. ma ta o ko shi ku da sa i ma se

謝謝光臨，歡迎再來。

狀況 011 辦理會員卡

01-13.mp3

★ 請問您有會員卡嗎？

会員カードをお持ちでしょうか？

ka i i n ka a do o o mo chi de sho u ka?

★ 請問您需要辦會員卡嗎？

よろしかったら、会員カードをお作り致しましょうか？

yo ro shi ka tta ra, ka i i n ka a do o o tsu ku ri i ta shi ma sho u ka?

★ 加入會員，以後每次消費都打9折。

会員になられますと、次回のお買い物からすべて、一割引になります。

ka i i n ni na ra re ma su to, ji ka i no o ka i mo no ka ra su be te, i chi wa ri bi ki ni na ri ma su

打九折	一割引 i chi wa ri bi ki
打八折	二割引 ni wa ri bi ki
打七折	三割引 sa n wa ri bi ki

29

★ 生日當天還致贈精美禮物。

また、お誕生日には素敵なプレゼントを差
し上げます。

ma ta, o ta n jo u bi ni wa su te ki na pu re ze n to o sa shi a ge ma su

★ 這是我們的名片，歡迎下次再度光臨。

こちら名刺です。どうぞまたお越し下さい
ませ。

ko chi ra me i shi de su. do u zo ma ta o ko shi ku da sa i ma se

狀況 012　客人需要收據明細時　01-14.mp3

★ 這是您的收據。

こちらレシートです。

ko chi ra re shi i to de su

（！）使用時機

在日本是沒有發票的，店家只會提供收據。到日本用餐或消費時，如果需要報帳或做金額的紀錄，記得向店家索取收據。

★ 您的大名要怎麼寫呢？

お名前はいかが致しましょうか？

o na ma e wa i ka ga i ta shi ma sho u ka?

★ 不好意思，請問是哪一個字呢？

失礼ですが、どのような字でしょうか？

shi tsu re i de su ga, do no yo u na ji de sho u ka?

詢問客人的需要

01-15.mp3

★ 請問您需要餐後的飲料嗎？

しょく ご　　　の　　もの　　　　　　　いりょう
食後のお飲み物はご入用でしょうか？
sho ku go no o no mi mo no wa go i ri yo u de sho u ka?

しょく ご　　　の　　　もの
食後のお飲み物還可以替換成以下的詞語

餐後的甜點	しょく ご 食後のデザート sho ku go no de za a to
飲料	の　　もの お飲み物 o no mi mo no
禮物的包裝	ほうそう プレゼント包装 pu re ze n to ho u so u
收據	りょうしゅうしょ 領収書/レシート ryo u shu u sho / re shi i to
緞帶	おリボン o ri bo n
小卡片	メッセージカード me sse e ji ka a do

★ 如果您需要的話，由我為您服務／介紹一下好嗎？

うかが　　いた
よろしかったら、お伺い致しましょうか？
yo ro shi ka tta ra, o u ka ga i i ta shi ma sho u ka?

（!）使用時機

　　當客人進入店裡看東西時，我們可以禮貌地上前，以這句話開場詢問客人是否需要我們的幫忙、協助找東西或是介紹產品等。

「よろしかったら」中文不一定要翻譯出來，它表示「如果您需要而且不介意的話，我們很樂意為您服務。」這是非常謙虛有禮貌的問法，日本服務業常會用這樣的說法。所以我們也可以說「如果您需要的話，歡迎參觀。」

★ 歡迎看看／參觀一下。

よろしかったら、ご覧_{らん}になって下_{くだ}さい。
yo ro shi ka tta ra, go ra n ni na tte ku da sa i

**状況
014** 聽不清楚客人說的話　　　01-16.mp3

★ 對不起，可以請您再說一次嗎？

すみませんが、もう一度_{いちど}おっしゃって下_{くだ}さいませんか？
su mi ma se n ga, mo u i chi do o ssha tte ku da sa i ma se n ka?

★ 對不起，可以請您說慢一點嗎？

すみませんが、ゆっくり話_{はな}していただけませんか？
su mi ma se n ga, yu kku ri ha na shi te i ta da ke ma se n ka?

**状況
015** 宅配服務　　　01-17.mp3

★ 您要使用宅配服務嗎？

宅配_{たくはい}のサービスをご利用_{りよう}いただきますか？
ta ku ha i no sa a bi su o go ri yo u i ta da ki ma su ka?

★ 需要我幫您叫宅配嗎？

宅配便_{たくはいびん}を頼_{たの}みましょうか？

ta ku ha i bi n o ta no mi ma sho u ka?

★ 購物滿2,000元，國內可以免費宅配喔！

お買_かい上_あげ合計金額_{ごうけいきんがく}2,000元以上_{にせん げん いじょう}のご注文_{ちゅうもん}は、国内配送_{こくないはいそう}が無料_{むりょう}ですよ。

o ka i a ge go u ke i ki n ga ku ni se n ge n i jo u no go chu u mo n wa, ko ku na i ha i so u ga mu ryo u de su yo!

★ 貨物的限重是30公斤以下。

受付_{うけつけ}できる荷物_{に もつ}の重量_{じゅうりょう}は30Kg_{さんじゅっ キロ}までとなります。

u ke tsu ke de ki ru ni mo tsu no ju u ryo u wa sa n ju kki ro ma de to na ri ma su

★ 請在宅配單上填寫收件人的姓名、地址和電話。

伝票_{でんぴょう}にお届_{とど}け先_{さき}のお名前_{な まえ}、ご住所_{じゅうしょ}とお電話_{でん わ}番号_{ばんごう}をお書_かきください。

de n pyo u ni o to do ke sa ki no o na ma e, go ju u sho to o de n wa ba n go u o o ka ki ku da sa i

★ 要指定寄送的日期嗎？

ご希望_{きぼう}のお届_{とど}け日時_{にちじ}はありますか？

go ki bo u no o to do ke ni chi ji wa a ri ma su ka?

★ 寄達需要３天左右的時間。

お届_{とど}けまでに三日_{みっか}ぐらいかかります。

o to do ke ma de ni mi kka gu ra i ka ka ri ma su

★ 這是追蹤號碼。

こちらは追跡番号です。
ko chi ra wa tsu i se ki ba n go de su

★ 可以在DHL的網站確認配送的狀況。

DHLのホームページで配送の状況が確

認できます。
di i e cchi e ru no ho o mu pe e ji de ha i so u no jo u kyo u ga ka ku ni n de ki ma su

狀況 016　常用單位　01-18.mp3

★ 您點的是一客炸豬排飯對嗎？

カツ丼一つですね。
ka tsu do n hi to tsu de su ne

★ 請問是四位客人嗎？

お客様４名様でよろしいですか？
o kya ku sa ma yo n me i sa ma de yo ro shi i de su ka?

★ 啤酒一打300元。

ビール1ダースは300元でございます。
bi i ru i chi da a su wa sa n bya ku ge n de go za i ma su

★ 裙子兩件打8折。

スカート二枚のご購入なら、２０パーセン

トオフでございます。
su ka a to ni ma i no go ko u nyu u na ra, ni ju ppa a se n to o fu de go za i ma su

34

★ 女性服飾（女裝）在5樓。

レディースファッションは５階^{かい}でございます。

re di i su fa ssho n wa go ka i de go za i ma su

★ 送禮的話，這個義大利紅酒兩瓶組怎麼樣呢？

プレゼントなら、こちらのイタリア赤^{あか}ワイン２本^{にほん}セットはいかがでしょうか？

pu re ze n to na ra, ko chi ra no i ta ri a a ka wa i n ni ho n se tto wa i ka ga de sho u ka?

★ 10張門票嗎？我知道了。

入場券^{にゅうじょうけん}10枚^{じゅうまい}でしょうか？かしこまりました。

nyu u jo u ke n ju u ma i de sho u ka? ka shi ko ma ri ma shi ta

★ 這附近有3間便利商店。

この近^{ちか}くにコンビニが3軒^{さんげん}あります。

ko no chi ka ku ni ko n bi ni ga sa n ge n a ri ma su

超好用 服務業必備詞彙

》數字的唸法・數量・單位

★個位數字

0	れい ゼロ 零 / 0 re i / ze ro	1	いち 一 i chi
2	に 二 ni	3	さん 三 sa n
4	し よん 四 / 四 shi / yo n	5	ご 五 go
6	ろく 六 ro ku	7	しち なな 七 / 七 shi chi / na na
8	はち 八 ha chi	9	きゅう く 九 / 九 kyu u / ku

★十位數字

10	じゅう 十 ju u	60	ろくじゅう 六十 ro ku ju u
20	にじゅう 二十 ni ju u	70	ななじゅう 七十 na na ju u
30	さんじゅう 三十 sa n ju u	80	はちじゅう 八十 ha chi ju u
40	よんじゅう 四十 yo n ju u	90	きゅうじゅう 九十 kyu u ju u
50	ごじゅう 五十 go ju u		

★百位數字

100	百 hya ku	600	六百 ro ppya ku
200	二百 ni hya ku	700	七百 na na hya ku
300	三百 sa n bya ku	800	八百 ha ppya ku
400	四百 yo n hya ku	900	九百 kyu u hya ku
500	五百 go hya ku		

★千位數字

1,000	千 se n	6,000	六千 ro ku se n
2,000	二千 ni se n	7,000	七千 na na se n
3,000	三千 sa n ze n	8,000	八千 ha sse n
4,000	四千 yo n se n	9,000	九千 kyu u se n
5,000	五千 go se n	10,000	万 ma n

★其它數字＆運算

100,000	十万 じゅうまん jū ma n	1,000,000	百万 ひゃくまん hya ku ma n
10,000,000	一千万 いっせんまん i sse n ma n	100,000,000	一億 いちおく i chi o ku

0.5	零点五 れいてん ご re i te n go	〜%	〜パーセント 〜pa a se n to
1/2	二分の一 に ぶん いち ni bu n no i chi	〜倍	〜倍 ばい 〜ba i

加(+)	足す / プラス た ta su / pu ra su	乗 (×)	掛ける か ka ke ru
減(-)	引く／マイナス ひ hi ku / ma i na su	除 (÷)	割る わ wa ru
等於 (=)	和 /イコール わ wa / i ko o ru		

★數量・數詞・單位

問法 對象 數目	幾個 各項物品	幾個 麵包、水果	幾個人 人	幾名 客人
1	ひと 1つ hi to tsu	いっこ 1個 i kko	ひとり 1人 hi to ri	いちめい 1名 i chi me i
2	ふた 2つ fu ta tsu	にこ 2個 ni ko	ふたり 2人 fu ta ri	にめい 2名 ni me i
3	みっ 3つ mi ttsu	さんこ 3個 sa n ko	さんにん 3人 sa n ni n	さんめい 3名 sa n me i
4	よっ 4つ yo ttsu	よんこ 4個 yo n ko	よにん 4人 yo ni n	よんめい 4名 yo n me i
5	いつ 5つ i tsu tsu	ごこ 5個 go ko	ごにん 5人 go ni n	ごめい 5名 go me i
6	むっ 6つ mu ttsu	ろっこ 6個 ro kko	ろくにん 6人 ro ku ni n	ろくめい 6名 ro ku me i
7	なな 7つ na na tsu	ななこ 7個 na na ko	しちにん 7人 shi chi ni n	しちめい 7名 shi chi me i
8	やっ 8つ ya ttsu	はっこ 8個 ha kko	はっにん 8人 ha chi ni n	はっめい 8名 ha chi me i
9	ここの 9つ ko ko no tsu	きゅうこ 9個 kyu u ko	きゅうにん 9人 kyu u ni n	きゅうめい 9名 kyu u me i
10	とお 10 to o	じゅっこ 10個 ju kko	じゅっにん 10人 ju u ni n	じゅっめい 10名 ju u me i
20		にじゅっこ 20個 ni ju kko	にじゅっにん 20人 ni ju u ni n	にじゅっめい 20名 ni ju u me i

問法 對象 數目	幾歲 年齡	幾號 日期	幾天 天數	幾點 時間
1	いっさい 1歲 i ssa i	ついたち 1日 tsu i ta chi	いちにち かん 1日 / 間 i chi ni chi/kan	いちじ 1時 i chi ji
2	にさい 2歲 ni sa i	ふつか 2日 fu tsu ka	ふつか かん 2日 / 間 fu tsu ka/kan	にじ 2時 ni ji
3	さんさい 3歲 sa n sa i	みっか 3日 mi kka	みっか かん 3日 / 間 mi kka/kan	さんじ 3時 sa n ji
4	よんさい 4歲 yo n sa i	よっか 4日 yo kka	よっか かん 4日 / 間 yo kka/kan	よんじ 4時 yo n ji
5	ごさい 5歲 go sa i	いつか 5日 i tsu ka	いつか かん 5日 / 間 i tsu ka/kan	ごじ 5時 go ji
6	ろくさい 6歲 ro ku sa i	むいか 6日 mu i ka	むいか かん 6日 / 間 mu i ka/kan	ろくじ 6時 ro ku ji
7	ななさい 7歲 na na sa i	なのか 7日 na no ka	なのか かん 7日 / 間 na no ka/kan	しちじ 7時 shi chi ji
8	はっさい 8歲 ha ssai	ようか 8日 yo u ka	ようか かん 8日 / 間 yō ka/kan	はちじ 8時 ha chi ji
9	きゅうさい 9歲 kyu u sa i	ここのか 9日 ko ko no ka	ここのか かん 9日 / 間 ko ko no ka/kan	くじ 9時 ku ji
10	じゅうさい 10歲 ju ssa i	とおか 10日 to o ka	とおか かん 10日 / 間 to o ka/kan	じゅうじ 10時 ju u ji
20	はたち 20歲 ha ta chi	はつか 20日 ha tsu ka	はつか かん 20日 / 間 ha tsu ka/kan	にじゅうじ 20時 ni ju u ji

問法 對象 數目	幾分 分鐘	幾號 號碼	幾台 車輛、機器	幾隻 動物
1	いっぷん 1分 i ppu n	いちばん 1番 i chi ba n	いちだい 1台 i chi da i	いっぴき 1匹 i ppi ki
2	にふん 2分 ni fu n	にばん 2番 ni ba n	にだい 2台 ni dai	にひき 2匹 ni hi ki
3	さんぷん 3分 sa n pu n	さんばん 3番 sa n ba n	さんだい 3台 sa n da i	さんびき 3匹 sa n bi ki
4	よんぷん 4分 yo n pu n	よんばん 4番 yo n ba n	よんだい 4台 yo n da i	よんひき 4匹 yo n hi ki
5	ごふん 5分 go fu n	ごばん 5番 go ba n	ごだい 5台 go da i	ごひき 5匹 go hi ki
6	ろっぷん 6分 ro ppu n	ろくばん 6番 ro ku ba n	ろくだい 6台 ro ku da i	ろっぴき 6匹 ro ppi ki
7	ななふん 7分 na na fu n	ななばん 7番 na na ba n	ななだい 7台 na na da i	ななひき 7匹 na na hi ki
8	はっぷん 8分 ha ppu n	はちばん 8番 ha chi ba n	はちだい 8台 ha chi da i	はっぴき 8匹 ha ppi ki
9	きゅうふん 9分 kyu u fu n	きゅうばん 9番 kyu u ba n	きゅうだい 9台 kyu u da i	きゅうひき 9匹 kyu u hi ki
10	じゅっぷん 10分 ju ppu n	じゅうばん 10番 ju u ba n	じゅうだい 10台 ju u da i	じゅうびき 10匹 ju ppi ki
20	にじゅっぷん 20分 ni ju ppu n	にじゅっばん 20番 ni ju u ba n	にじゅうだい 20台 ni ju u da i	にじゅっぴき 20匹 ni ju ppi ki

問法 對象 數目	幾支、幾根 筆、樹、手 指、路	幾張、幾件 紙、票券、照 片、裙子	幾本 書、雜誌	幾次 次數、回數
1	いっぽん 1本 i ppo n	いちまい 1枚 i chi ma i	いっさつ 1冊 i ssa tsu	いっかい 1回 i kka i
2	にほん 2本 ni ho n	にまい 2枚 ni ma i	にさつ 2冊 ni sa tsu	にかい 2回 ni ka i
3	さんぼん 3本 sa n bo n	さんまい 3枚 sa n ma i	さんさつ 3冊 sa n sa tsu	さんかい 3回 sa n ka i
4	よんほん 4本 yo n ho n	よんまい 4枚 yo n ma i	よんさつ 4冊 yo n sa tsu	よんかい 4回 yo n ka i
5	ごほん 5本 go ho n	ごまい 5枚 go ma i	ごさつ 5冊 go sa tsu	ごかい 5回 go ka i
6	ろっぽん 6本 ro ppo n	ろくまい 6枚 ro ku ma i	ろくさつ 6冊 ro ku sa tsu	ろっかい 6回 ro kka i
7	ななほん 7本 na na ho n	ななまい 7枚 na na ma i	ななさつ 7冊 na na sa tsu	ななかい 7回 na na ka i
8	はっぽん 8本 ha ppo n	はちまい 8枚 ha chi ma i	はっさつ 8冊 ha ssa tsu	はっかい 8回 ha kka i
9	きゅうほん 9本 kyu u ho n	きゅうまい 9枚 kyu u ma i	きゅうさつ 9冊 kyu u sa tsu	きゅうかい 9回 kyu u ka i
10	じゅっぽん 10本 ju ppo n	じゅうまい 10枚 ju u ma i	じゅっさつ 10冊 ju ssa tsu	じゅっかい 10回 ju kka i
20	にじゅっぽん 20本 ni ju ppo n	にじゅうまい 20枚 ni ju u ma i	にじゅっさつ 20冊 ni ju ssa tsu	にじゅっかい 20回 ni ju kka i

問法 對象 數目	幾件 事情、案件	幾樓 樓層	幾間、幾棟 房子、店	幾封 信、卡片、邀請函
1	いっけん 1件 i kke n	いっかい 1階 i kka i	いっけん 1軒 i kke n	いっつう 1通 i ttsu u
2	にけん 2件 ni ke n	にかい 2階 ni ka i	にけん 2軒 ni ke n	につう 2通 ni tsu u
3	さんけん 3件 sa n ke n	さんかい 3階 sa n ka i	さんげん 3軒 sa n ge n	さんつう 3通 sa n tsu u
4	よんけん 4件 yo n ke n	よんかい 4階 yo n ka i	よんけん 4軒 yo n ke n	よんつう 4通 yo n tsu u
5	ごけん 5件 go ke n	ごかい 5階 go ka i	ごけん 5軒 go ke n	ごつう 5通 go tsu u
6	ろっけん 6件 ro kke n	ろっかい 6階 ro kka i	ろっけん 6軒 ro kke n	ろくつう 6通 ro ku tsu u
7	ななけん 7件 na na ke n	ななかい 7階 na na ka i	ななけん 7軒 na na ke n	ななつう 7通 na na tsu u
8	はっけん 8件 ha kke n	はっかい 8階 ha kka i	はっけん 8軒 ha kke n	はっつう 8通 ha ttsu u
9	きゅうけん 9件 kyu u ke n	きゅうかい 9階 kyu u ka i	きゅうけん 9軒 kyu uke n	きゅうつう 9通 kyu u tsu u
10	じゅっけん 10件 ju kke n	じゅっかい 10階 ju kka i	じゅっけん 10軒 ju kke n	じゅっつう 10通 ju ttsu u
20	にじゅっけん 20件 ni ju kke n	にじゅっかい 20階 ni ju kka i	にじゅっけん 20軒 ni ju kke n	にじゅっつう 20通 ni ju ttsu u

Part
2

天天用得上的
百貨銷售日語

P02.MP3

狀況 001 有什麼需要為您服務的嗎？

02-01.mp3

★ 需要為您服務嗎？

よろしかったら、お伺い致しましょうか？
yo ro shi ka tta ra, o u ka ga i i ta shi ma sho u ka?

お伺い還可以替換成以下的詞語

（從玻璃櫃中將珠寶等商品）拿出來給您看　　　　　　　　　お出し
o da shi

(從模特兒身上將衣物飾品)取下來給您看　　　　　　　　　お取り
o to ri

(因本店缺貨)為您從別家分店調貨　　　　　　お取り寄せ
o to ri yo se

(因尺寸等不合)為您修改　　　　　　お直し
o na o shi

為您包裝　　お包み
o tsu tsu mi

為您換貨　　お取り替え
o to ri ka e

為您詢問　　お問い合わせ
o to i a wa se

為您找尋　　お探し
o sa ga shi

★ 請問您要找什麼商品嗎？

お探しの商品はございますか？
o sa ga shi no sho u hi n wa go za i ma su ka?

お探し和商品還可以替換成以下的詞語

找尋	お尋ね o ta zu ne	尺寸	サイズ sa i zu
		設計／款式	デザイン de za i n
喜歡的	お好み o ko no mi	顏色	お色目 o i ro me
		花樣	柄 ga ra
		樣式	スタイル su ta i ru
		香味	香り ka o ri

★ 如果找不到您要的東西，請告訴我。

もし、お探しの商品がない場合にはお気軽にお問い合せください。
mo shi, o sa ga shi no sho u hi n ga na i ba a i ni wa o ki ga ru ni o to i a wa se ku da sa i

★ 客人：請問帽子在哪裡呢？

すみません、帽子はどこですか？

su mi ma se n, bo u shi wa do ko de su ka?

★ 服務員：在這邊（服務員直接至該商品陳列處，指著該商品說）。

帽子はこちらでございます。

bo u shi wa ko chi ra de go za i ma su

ⓘ 使用時機

　　若服務員無法走到該商品的地方，只能用手表示方向的時候。

こちら還可以替換成以下的詞語

	中間	中 na ka
那邊的 （在顧客附近的位置） そちらの so chi ra no	最裡面	奥 o ku
	上面	上 u e
	下面	下 shi ta
那邊的 （在自己和顧客附近以外的位置） あちらの a chi ra no	右邊	右 mi gi
	左邊	左 hi da ri

基本會話

02-03.mp3

店員：いらっしゃいませ。
i ra ssha i ma se
歡迎光臨。

よろしかったら、お伺い致しましょうか？
yo ro shi ka tta ra, o u ka ga i i ta shi ma sho u ka?
有什麼需要為您服務的嗎？

客人：すみません、靴下はどこですか？
su mi ma se n, ku tsu shi ta wa do ko de su ka?
請問，襪子在哪裡？

店員：靴下はこちらでございます。
ku tsu shi ta wa ko chi ra de go za i ma su
襪子在這裡。

客人：ありがとう。
a ri ga tō
謝謝。

狀況 003　請客人試穿、試戴、試用　02-04.mp3

★ 如果需要的話，請您套套看。

よろしかったら、おはめになってみて下さい。
yo ro shi ka tta ra, o ha me ni na tte mi te ku da sa i

(!) 使用時機

　　日文動詞會隨著「前方所接續的物品」而改變，就如同中文的「穿」衣服、「戴」戒指一樣。

おはめになって還可以替換成以下的詞語

上衣、外套、裙子、褲子、開襟式的毛衣、外套與披肩等	試穿	ご試着_{しちゃく}なさって go shi cha ku na sa tte
鞋子	穿穿看	お履_はきになって o ha ki ni na tte
帽子	戴戴看	おかぶりになって o ka bu ri ni na tte
眼鏡	戴戴看	おかけになって o ka ke ni na tte
胸針、項鍊等服飾配件	配戴看看	お付_つけになって o tsu ke ni na tte
戒指、手環	套套看	おはめになって o ha me ni na tte

狀況 004　給客人看商品　　02-05.mp3

★ 這個（指某項商品），您覺得怎麼樣呢？

こちらなんか、いかがですか？
ko chi ra na n ka, i ka ga de su ka?

★ 這個滿適合您的，我很推薦您這款喔！

お似合_{にあ}いではないですか？お薦_{すす}めですよ。
o ni a i de wa na i de su ka? o su su me de su yo!

⚠ 使用時機

　　「お似合_{にあ}いではないですか」看似否定，其實就是「我覺得挺適合您的，不是嗎？」的意思。

狀況 005　推薦、介紹商品　　02-06.mp3

★ 這是今年很流行的款式。

こちらは今年流行のデザインになっております

ます。

ko chi ra wa ko to shi ryu u ko u no de za i n ni na tte o ri ma su

今年流行和デザイン還可以替換成以下的詞語

非常受歡迎的	大変人気の ta i he n ni n ki no
不會退流行的	流行廃りのない ha ya ri su ta ri no na i
可以用很久的	長くお使いいただける na ga ku o tsu ka i i ta da ke ru
耐看的	飽きのこない a ki no ko na i
新款的	新作の shi n sa ku no
輕便的	気軽に着ていただける ki ga ru ni ki te i ta da ke ru
搶眼的	主張性のある shu cho u se i no a ru
有個性的	個性的な ko se i te ki na
本季主打的	今季一押し ko n ki i chi o shi
高質感	上品な jo u hi n na
很好搭配的	合わせやすい a wa se ya su i

商品	商品 sho u hi n
款式	スタイル su ta i ru
色調	お色目 o i ro me
花樣	柄 ga ra

★ 這個商品目前是 本店獨家販售 。

こちらは<ruby>当店<rt>とうてん</rt></ruby>の<ruby>先行販売<rt>せんこうはんばい</rt></ruby>となっております。

ko chi ra wa to u te n no se n ko u ha n ba i to na tte o ri ma su

<ruby>当店<rt>とうてん</rt></ruby>の<ruby>先行販売<rt>せんこうはんばい</rt></ruby>還可以替換成以下的詞語

日本尚未上市	<ruby>日本未入荷<rt>に ほん み にゅう か</rt></ruby>
	ni ho n mi nyu u ka
本店獨家販售	<ruby>当店<rt>とうてん</rt></ruby>の<ruby>限定販売<rt>げんていはんばい</rt></ruby>
	to u te n no ge n te i ha n ba i
人氣基本款	<ruby>人気定番<rt>にん き ていばん</rt></ruby>
	ni n ki te i ba n
本季發燒商品	<ruby>今季注目商品<rt>こん き ちゅうもくしょうひん</rt></ruby>
	ko n ki chu u mo ku sho u hi n
新上市商品	ニューコレクション
	nyu u ko re ku sho n

★ 這個商品可 上班穿 ，也可 休閒時穿 。

こちらの<ruby>商品<rt>しょうひん</rt></ruby>はオン、オフどちらでもご<ruby>利用<rt>り よう</rt></ruby>いただけます。

ko chi ra no sho u hi n wa o n, o fu do chi ra de mo go ri yo u i ta da ke ma su

(!) 使用時機

　　「オン」是英文的「on」，在這裡表「上班」之意。

　　「オフ」是英文的「off」，在這裡表「非上班的時間」也就是「休閒時」。

オンとオフ還可以替換成以下的詞語

外罩衫	アウター a u ta a	內搭服	インナー i n na a
正式	フォーマル fo o ma ru	非正式	インフォーマル i n fo o ma ru

★ 這個商品很受日本觀光客的歡迎。

こちらの商品は日本人観光客の方に、とても人気があります。

ko chi ra no sho u hi n wa ni ho n ji n ka n ko u kya ku no ka ta ni, to te mo ni n ki ga a ri ma su

日本人観光客の方還可以替換成以下的詞語

年輕人	若い方 wa ka i ka ta	女性客人	女性のお客様 jo se i no o kya ku sa ma
年紀較大的人	ご年配の方 go ne n pa i no ka ta	男性客人	男性のお客様 da n se i no o kya ku sa ma
家庭主婦	主婦の方 shu fu no ka ta	上班族	社会人 sha ka i ji n
小朋友	小さいお子様 chi i sa i o ko sa ma	收藏家	コレクター ko re ku ta a

店員：お探しの商品はございますか？
o sa ga shi no sho u hi n wa go za i ma su ka?
請問有您在找的商品嗎？

客人：スカートを探しているんですが。
su ka a to o sa ga shi te i ru n de su ga
我在找裙子。

店員：こちらなんかいかがですか？
ko chi ra na n ka i ka ga de su ka?
這個您覺得怎麼樣呢？

こちらは、今年流行のスタイルとなっております。
ko chi ra wa, ko to shi ryu u ko u no su ta i ru to na tte o ri ma su
這是今年很流行的款式。

狀況 006 材質、顏色、尺寸 02-08.mp3

★ 這件是純棉的（這個商品以棉為材料）。

こちらの商品は、素材にコットンを使用しております。
ko chi ra no sho u hi n wa, so za i ni ko tto n o shi yo u shi te o ri ma su

① 補充

「コットン(cotton)」是「棉；棉質」之意。

コットン還可以替換成以下的詞語

毛料	ウール u u ru	牛皮	牛皮 ぎゅうがわ gyu u ga wa
喀什米爾羊毛	カシミヤ ka shi mi ya	羊皮	羊の皮 ひつじ　かわ hi tsu ji no ka wa
棉	コットン ko tto n	鹿皮	バックスキン ba kku su ki n
麻	麻 あさ a sa	純金	ゴールド go o ru do
聚酯纖維 (polyester)	ポリエステル po ri e su te ru	18K金	18K じゅうはちきん ju u ha chi ki n
羊毛	ラムウール ra mu u u ru	玫瑰金	ピンクゴールド pi n ku go o ru do
絲	シルク shi ru ku	銀	シルバー shi ru ba a
緞	サテン sa te n	白金	プラチナ pu ra chi na

★ 這件質料穿起來很舒服。

こちらの素材は、着心地がとてもいいんですよ。

ko chi ra no so za i wa, ki go ko chi ga to te mo ī n de su yo

① 補充

「着心地」是指「衣服穿起來的感覺」。

着心地がとてもいいんですよ還可以替換成以下的詞語

很輕薄	とても軽い着心地ですよ	
	to te mo ka ru i ki go ko chi de su yo	
很保暖	とても暖かいんですよ	
	to te mo a ta ta ka i n de su yo	
很透氣	風通しがとてもいいんですよ	
	ka ze to o shi ga to te mo i i n de su yo	
不會縮水	洗濯縮みしません	
	se n ta ku chi ji mi shi ma se n	
很挺	とてもしっかりしています	
	to te mo shi kka ri shi te i ma su	
是防皺的	しわになりません	
	shi wa ni na ri ma se n	
很耐穿	長持ちします	
	na ga mo chi shi ma su	

基本會話

02-09.mp3

客人：他に、どんな色があるんですか？
ho ka ni, do n na i ro ga a ru n de su ka?
還有什麼顏色呢？

服務員：他にベージュとグレーがございます。
ho ka ni be e ju to gu re e ga go za i ma su
還有米色與灰色。

ベージュ還可以替換成以下的詞語

紅色	赤 あか a ka	橘色	オレンジ o ren ji
白色	白 しろ shi ro	咖啡色	ブラウン bu ra u n
黑色	黒 くろ ku ro	粉紅色	ピンク pi n ku
黃色	黄色 き いろ ki i ro	紫色	パープル pa a pu ru
綠色	緑 みどり mi do ri	卡其色	カーキ ka a ki
藍色	青 あお a o	銀色	シルバー shi ru ba a
藏青色／深藍色	紺色 こんいろ ko n i ro	金色	ゴールド go o ru do

⚠ 使用時機

　　要表示顏色的深淺的時候，顏色的前面可以加「淡い」
（淡）、「深みのある」（深）。如「淡い青」（淡藍色）、
「深みのあるオレンジ」（深橘色）等。

★ 這個也有相同樣式、不同顏色的。

こちら、同じタイプの色違いもございます。
ko chi ra, o na ji ta i pu no i ro chi ga i mo go za i ma su

相同樣式不同花樣的	同じタイプの柄違い o na ji ta i pu no ga ra chi ga i
小一點的尺寸	小さ目のサイズ chi i sa me no sa i zu
大一點的尺寸	大き目のサイズ o o ki me no sa i zu

基本會話

客人：このスカート素敵ですね。
ko no su ka a to su te ki de su ne!
這件裙子很好看耶！

店員：こちらの商品はオン、オフどちらでもご利
用いただけます。
ko chi ra no sho u hi n wa o n, o fu do chi ra de mo go ri yo u i ta da ke ma su
這個可當上班穿，也可當休閒穿。

客人：素材は何ですか？
so za i wa na n de su ka?
這是什麼質料的呢？

店員：(こちらの商品は、素材に)コットンを使用
しております。
(ko chi ra no sho u hi n wa, so za i ni) ko tto n o shi yo u shi te o ri ma su
（這個商品的質料）是棉質的。

(こちらの素材は)とても軽い着心地ですよ。
(ko chi ra no so za i wa) to te mo ka ru i ki go ko chi de su yo!
（這個材質）穿起來很輕薄。

よろしかったら、ご試着なさってみて下さい。
yo ro shi ka tta ra, go shi cha ku na sa tte mi te ku da sa i

如果您需要的話，歡迎試穿看看。

狀況 007　建議客人怎樣搭配　02-11.mp3

★ 在色調的搭配上，我覺得您選粉紅色比較好喔！

さし色に、ピンクを持ってこられるといいですよ。

sa shi sho ku ni, pi n ku o mo tte ko ra re ru to i i de su yo

---

さし色還可以替換成以下的詞語

領口	襟元	腳部	足元
	e ri mo to		a shi mo to
胸口	胸元	這樣的商品	こちらの商品
	mu na mo to		ko chi ra no sho u hi n
上半身	トップス	下半身	ボトムス
	to ppu su		bo to mu su

ピンク還可以替換成以下的詞語

明亮色調	明るめのお色
	a ka ru me no o i ro
柔和色調	パステルカラー
	pa su te ru ka ra a
較深的顏色	深みのあるお色
	fu ka mi no a ru o i ro

★ 會有優雅高尚的感覺。

品のある感じになりますよ。
hi n no a ru ka n ji ni na ri ma su yo

① 使用時機

服務員建議客人怎麼搭配衣服之後，再以這句話稱讚客人。

品のある還可以替換成以下的詞語

成熟的	大人っぽい o to na ppo i		今年流行的	今年っぽい ko to shi ppo i
穩重的	落ち着いた o chi tsu i ta		新鮮的	新鮮な shi n se n na
正式的	フォーマルな fo o ma ru na		可愛的	かわいい ka wa i i
休閒的	カジュアルな ka ju a ru na		簡單高雅的	清楚な se i so na
時髦華麗的	おしゃれな o sha re na		很酷的	クールな ku u ru na
優雅的	優雅な yu u ga na		有女人味的	フェミニン fe mi ni n

★ 和牛仔服飾也很搭配喲。

デニムスタイルとも相性がいいですよ。
de ni mu su ta i ru to mo a i sho u ga i i de su yo

① 使用時機

「デニム」指牛仔服飾。包括牛仔褲、牛仔裙、牛仔外套、牛仔背心等丹寧布料服飾的統稱。

「スタイル」即英文的"style"，指某種裝扮的「型」。另外也可以指「身材」。

デニムスタイル還可以替換成以下的詞語

輕便裝扮	カジュアルスタイル
	ka ju a ru su ta i ru
正式裝扮	フォーマルスタイル
	fo o ma ru su ta i ru
非正式裝扮	インフォーマルスタイル
	i n fo o ma ru su ta i ru
洋裝	ワンピース
	wa n pi i su

(!) 使用時機

各種服飾、配件、珠寶種類名稱，皆可套入使用。

狀況 008 讚美客人　　　　　02-12.mp3

★ 因為您身材很好，所以我想這個會很適合您。

お客様はスタイルがいいので、こちらなんか お似合いだと思いますよ。

o kya ku sa ma wa su ta i ru ga i i no de, ko chi ra na n ka o ni a i da to o mo i ma su yo.

(!) 使用時機

服務員先讚美客人，然後建議適合什麼樣的商品。這裡的「こちら」是「這個」的意思，也就是代指「這個商品」。

スタイルがいい 還可以替換成以下的詞語

臉有成熟韻味	お顔が大人っぽい
	o ka o ga o to na ppo i
腿很修長	足が長い
	a shi ga na ga i
身材纖細修長	ほっそりしておられる
	ho sso ri shi te o ra re ru
肌膚很白皙	お肌が白い
	o ha da ga shi ro i
手指纖細	指が細い
	yu bi ga ho so i

★ 很好看，很適合您呢！

とてもよくお似合いですよ。
to te mo yo ku o ni a i de su yo

① 使用時機

客人試穿之後，服務生可用這句話來稱讚客人。

よくお似合い 還可以替換成以下的詞語

| 很漂亮 | きれい | 很可愛 | かわいい |
| | ki re i | | ka wa i i |

基本會話

店員：とてもよくお似合いですよ。
to te mo yo ku o ni a i de su yo
很好看，很適合您呢。

客人：トップスは何を合わせればいいでしょう
か？
to ppu su wa na ni o a wa se re ba ii de sho u ka?
上半身搭配什麼較好呢？

店員：(トップスに) 明るめのお色をもってこられ
るといいですよ。
(to ppu su ni) a ka ru me no o i ro o mo tte ko ra re ru to i i de su yo!
（上半身）搭配明亮的色調比較好看喔！

落ち着いた感じになりますよ。
o chi tsu i ta ka n ji ni na ri ma su yo
會有穩重的感覺。

狀況 009　介紹化妝品、保養品

→介紹產品

★ 這是2011年春季的粉底新品。

こちらは2011年春の新作ファンデーション
です。
ko chi ra wa ni se n ju u i chi ne n ha ru no shi n sa ku fa n de e sho n de su

ファンデーション還可以替換成以下的詞語

卸妝乳	クレンジングミルク ku re n ji n gu mi ru ku	洗面乳	ウォッシング wo sshi n gu
化妝水	化粧水(ローション) ke sho u su i (ro o sho n)	乳液	乳液 nyu u e ki
精華液	美容液／エッセンス bi yo u e ki / e sse n su	面膜	マスク ma su ku
粉底	ファンデーション fa n de e sho n	粉底液	リキッドファンデーション ri ki ddo fa n de e sho n
睫毛膏	マスカラ ma su ka ra	眼線筆	アイライナー a i ra i na a
眼影	アイシャドウ a i sha do u	眉筆	アイブロウ a i bu ro u
口紅	リップ ri ppu	唇蜜	グロス gu ro su
腮紅	チーク chi i ku	遮瑕膏	コンシーラー ko n shi i ra a
指甲油	ネールカラー ne e ru ka ra a	護唇膏	リップクリーム ri ppu ku ri i mu

➡介紹產品特色

★ 這個產品的特色是不會造成肌膚的負擔。

こちらの商品の特色は、肌に負担をかけないことです。

ko chi ra no sho u hi n no to ku sho ku wa , ha da ni hu ta n o ka ke na i ko to de su

肌に負担をかけない 還可以替換成以下的詞語

去除毛孔髒污及多餘油脂的
毛穴の汚れや余分な皮質をすっきり落とす
ke a na no yo go re ya yo bu n na hi shi tsu o su kki ri o to su

肌膚滲透力高的
肌への浸透力が高い
ha da e no shi n to u ryo ku ga ta ka i

親近肌膚好吸收的
肌によくなじむ
ha da ni yo ku na ji mu

不致痘配方的
ニキビをできにくくする
ni ki bi o de ki ni ku ku su ru

上妝後也可使用的
メークの上からも使える
me e ku no u e ka ra mo tsu ka e ru

讓肌膚易上妝的
メークのノリをよくする
me e ku no no ri o yo ku su ru

補充因日曬流失的水分
日焼けで失われた潤いを補う
hi ya ke de u shi na wa re ta u ru o i o o gi na u

不黏膩的
べたつきがない
be ta tsu ki ga na i

不會浮粉的
粉浮しない
ko na u ki shi na i

延展性好易推開的
薄づきでよく伸びる
u su zu ki de yo ku no bi ru

不脫妝的
くずれにくい
ku zu re ni ku i

遮蓋毛孔的
毛穴をカバーしてくれる
ke a na o ka ba a shi te ku re ru

不掉色的
落ちにくい
o chi ni ku i

65

適合什麼樣的肌膚？

★ 肌膚脆弱的人也可以使用。

はだ よわ かた つか
肌の弱い方にもお使いいただけます。
ha da no yo wa i ka ta ni mo o tsu ka i i ta da ke ma su

はだ よわ
肌の弱い還可以替換成以下的詞語

肌膚乾燥的	かんそうはだ 乾燥肌の ka n so u ha da no	
油性肌膚的	はだ オイリー肌の o i ri i ha da no	
敏感性肌膚的	びんかんはだ 敏感肌の bi n ka n ha da no	
過敏性皮膚的	アトピーの a to pi i no	

產品有什麼功用？

★ 這個商品能有效改善臉部黯沉。

しょうひん かお こうかてき
この商品は、顔のくすみに効果的です。
ko no sho u hi n wa, ka o no ku su mi ni ko u ka te ki de su

① 補充

「くすむ」〔自五〕表「顏色暗淡不鮮艷」。

顔のくすみ還可以替換成以下的詞語

乾燥	乾燥 ka n so u	日曬後的肌膚	日焼け hi ya ke
斑點	シミ shi mi	青春痘	ニキビ ni ki bi
毛孔髒污	毛穴の汚れ ke a na no yo go re	毛孔的黑點	毛穴の黒ずみ ke a na no ku ro zu mi
雀斑	そばかす so ba ka su	臉部黯沉	顔のくすみ ka o no ku su mi
浮腫	むくみ mu ku mi	黑眼圈	くま ku ma
鬆弛	たるみ ta ru mi	皺紋	しわ shi wa
肌膚乾燥	肌荒れ ha da a re	眼周乾燥	目元の渇き me mo to no ka wa ki
泛油光	てかり te ka ri	脫皮	皮むけ ka wa mu ke

血液循環不良	血行不良 ke kko u fu ryo u
紫外線傷害	紫外線ダメージ shi ga i se n da me e ji
因乾燥引起的皮膚脫屑	粉ふき ko na fu ki
皮脂過剩	過剰皮脂 ka jo u hi shi
T字部位的護理	Tゾーンのお手入れ ti i zo o n no o te i re
U字部位的護理	Uゾーンのお手入れ yu u zo o n no o te i re
痘疤	ニキビ跡 ni ki bi a to

★ 帶給肌膚滋潤。

お肌に潤いを与えます。

o ha da ni u ru o i o a ta e ma su

潤い還可以替換成以下的詞語

光澤	つや	緊實彈性	張り
	tsu ya		ha ri
水嫩感	みずみずしさ	濕潤感	しっとり感
	mi zu mi zu shi sa		shi tto ri ka n
舒爽感	さっぱり感	透明感	透明感
	sa ppa ri ka n		to u me i ka n

★ 這個產品的特色是觸感清涼。

こちらクールな感触が特徴です。

ko chi ra ku u ru na ka n sho ku ga to ku chō de su

クールな感触還可以替換成以下的詞語

觸感柔滑	なめらかな感触	無添加物	無添加
	na me ra ka na ka n sho ku		mu te n ka
觸感清柔	軽い感触	低刺激性	低刺激
	ka ru i ka n sho ku		te i shi ge ki
觸感水水的	みずみずしい感触		
	mi zu mi zu shi i ka n sho ku		
效果明顯迅速	即効性の高さ		
	so kko u se i no ta ka sa		

★ 有抑制油脂分泌的功用。

皮脂抑制効果があります。
hi shi yo ku se i ko u ka ga a ri ma su

皮脂抑制還可以替換成以下的詞語

按摩	マッサージ ma ssa a ji
保濕	保湿 ho shi tsu
緊縮毛孔	開いた毛穴を引き締める hi ra i ta ke a na o hi ki shi me ru
美白	美白 bi ha ku
鎮靜消炎	炎症を鎮める e n sho u o shi zu me ru
消除皮膚泛紅	赤みを消す a ka mi o ke su
除去老舊角質	古い角質を除去する fu ru i ka ku shi tsu o jo kyo su ru
防曬	日焼け止め hi ya ke do me
阻隔紫外線	紫外線カット shi ga i se n ka tto

★ 這個商品，請在洗臉 後使用。

こちらは、洗顔の後にお使い下さい。

ko chi ra wa, se n ga n no a to ni o tsu ka i ku da sa i

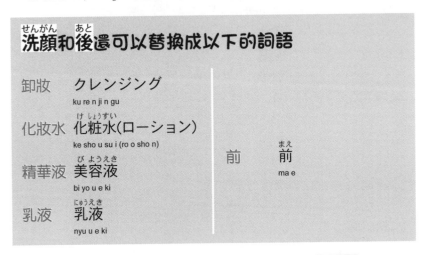

洗顔和後還可以替換成以下的詞語

卸妝	クレンジング
	ku re n ji n gu
化妝水	化粧水(ローション)
	ke sho u su i (ro o sho n)
精華液	美容液
	bi yo u e ki
乳液	乳液
	nyu u e ki

前　前
ma e

★ 把這個加強在基本護理上，可以讓肌膚美白兼保濕。

こちらを基本ケアにプラスされると、お肌を美白しながら保湿します。

ko chi ra o ki ho n ke a ni pu ra su sa re ru to, o ha da o bi ha ku shi na ga ra ho shi
tsu shi ma su

⚠ 補充

「～にプラス(plus)する」表示「把～加強在……上」。

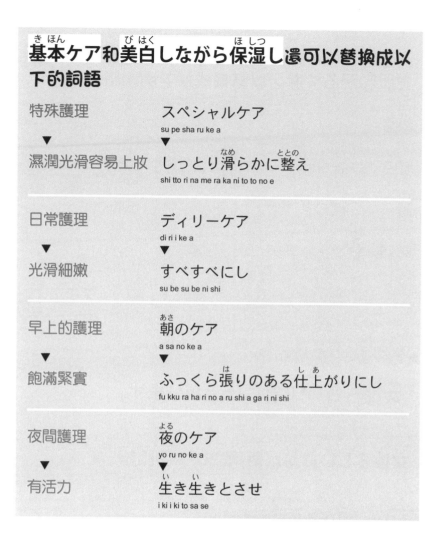

基本ケアと美白しながら保湿し還可以替換成以下的詞語

特殊護理
スペシャルケア
su pe sha ru ke a
▼
濕潤光滑容易上妝
しっとり滑らかに整え
shi tto ri na me ra ka ni to to no e

日常護理
ディリーケア
di ri i ke a
▼
光滑細嫩
すべすべにし
su be su be ni shi

早上的護理
朝のケア
a sa no ke a
▼
飽滿緊實
ふっくら張りのある仕上がりにし
fu kku ra ha ri no a ru shi a ga ri ni shi

夜間護理
夜のケア
yo ru no ke a
▼
有活力
生き生きとさせ
i ki i ki to sa se

狀況 013　介紹上妝效果　02-18.mp3

★ 這個商品可以讓您的肌膚看起來更明亮。

こちらの商品は、お肌を明るく見せてくれます。

お肌和明るく還可以替換成以下的詞語

眼睛	目 me		大	大きく o o ki ku
睫毛	まつげ ma tsu ge		長	長く na ga ku
臉	顔 ka o		小	小さく chi i sa ku
臉部線條	フェースライン fe e su ra in		漂亮	きれいに ki re i ni
			修長	シャープに sha a pu ni

★ 讓妝感更有女人的感覺。

女性らしい印象に仕上がります。
jo se i ra shi i in sho u ni shi a ga ri ma su

女性らしい還可以替換成以下的詞語

酷酷的	クールな ku u ru na	自然的	自然な shi ze n na
像春天的	春らしい ha ru ra shi i	華麗的	華やかな ha na ya ka na
像夏天的	夏らしい na tsu ra shi i	水嫩的	みずみずしい mi zu mi zu shi i
像秋天的	秋らしい a ki ra shi i	品味高尚的	上品な jo u hi n na
像冬天的	冬らしい fu yu ra shi i	溫柔的	優しげな ya sa shi ge na

72

狀況 014　客人決定購買

02-19.mp3

★ 打九折／打八折／打七折

１割引／２割引／３割引
いちわりびき／にわりびき／さんわりびき

i chi wa ri bi ki / ni wa ri bi ki / sa n wa ri bi ki

（!）使用時機

　　其他折扣以此類推。

★ 買一送一。

一点お買い上げで、もう一点プレゼント致
いってん　か　あ　　　　　　　　　　いってん　　　　　　　　いた

します。

i tte n o ka i a ge de, mo u i tte n pu re ze n to i ta shi ma su

★ 現在為您包裝。

今お包み致します。
いま　つつ　いた

i ma o tsu tsu mi i ta shi ma su

★ 抱歉，讓您久等了。這是您的東西。

大変お待たせ致しました、こちらになります。
たいへん　ま　いた

ta i he n o ma ta se i ta shi ma shi ta, ko chi ra ni na ri ma su

狀況 015　為客人修改、調貨

02-20.mp3

★ 尺寸大小可以嗎？

サイズの方は大丈夫ですか？
ほう　だいじょうぶ

sa i zu no ho u wa da i jo u bu de su ka?

★ 長度這樣可以嗎？

丈はこれくらいでよろしいでしょうか？
ta ke wa ko re ku ra i de yo ro shi i de sho u ka?

① 使用時機

　　這句話可以用在為客人量身準備修改衣物時，詢問客人這樣的長度、寬度等是否滿意的用法。

丈還可以替換成以下的詞語

袖子	お袖 o so de	腰圍	ウエスト u e su to
肩寬	肩幅 ka ta ha ba		

領圍（用在較緊的領口，比如說襯衫領口）	首まわり ku bi ma wa ri
領圍（用在比較寬鬆的領口）	襟まわり e ri ma wa ri
錬子長度（項錬、手錬、錶錬等的長度）	チェーンの長さ che e n no na ga sa

★ 修改大約需要兩天。

お直しは二日ほどかかります。
o na o shi wa fu tsu ka ho do ka ka ri ma su

二日還可以替換成以下的詞語

半天	半日 ha n ni chi	一天	一日 i chi ni chi
兩天	二日 fu tsu ka	三天	三日 mi kka

四天	四日 yo kka	五天	五日 i tsu ka
六天	六日 mu i ka	一星期	一週間 i sshu u ka n

★ 可以請教您的大名嗎？

お名前をお伺いしてもよろしいですか？
o na ma e o o u ka ga i shi te mo yo ro shi i de su ka?

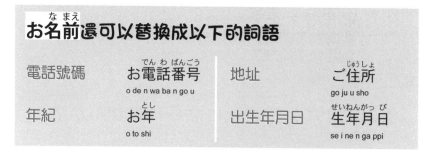

お名前還可以替換成以下的詞語

電話號碼	お電話番号 o de n wa ba n go u	地址	ご住所 go ju u sho
年紀	お年 o to shi	出生年月日	生年月日 se i ne n ga ppi

★ 您能來取貨嗎？還是我幫您寄過去？

取りに来られますか？それとも郵送いたし
ましょうか？
to ri ni ko ra re ma su ka? so re to mo yu u so u i ta shi ma sho u ka?

★ 修改好之後，我們會打電話通知您。

できましたら、お電話差し上げます。
de ki ma shi ta ra, o de n wa sa shi a ge ma su

★ 我們能依照您的尺寸為您訂做喔！

オーダーメードできますよ。
o o da a me e do de ki ma su yo

★ 請等一下，我查查看還有沒有貨。

少々お待ち下さい、在庫の方を今お調べ致します。

sho u sho u o ma chi ku da sa i, za i ko no ho u o i ma o shi ra be i ta shi ma su

★ 很抱歉，這一款目前沒貨了。

申し訳ございません、現在こちらの商品品切れしております。

mo u shi wa ke go za i ma se n, ge n za i ko chi ra no sho u hi n shi na gi re shi te o ri ma su

★ 要不要看看別款？

他のデザインをご覧になられませんか？

ho ka no de za i n o go ra n ni na ra re ma se n ka?

★ 調貨的話大概要花3天的時間，請問可以嗎？

お取り寄せには三日ほどかかりますが、よろしいですか？

o to ri yo se ni wa mi kka ho do ka ka ri ma su ga, yo ro shi i de sho u ka?

★ 貨到了的話，我再打電話通知您。

商品が届きましたら、お客様の方へお電話さしあげます。

sho u hi n ga to do ki ma shi ta ra, o kya ku sa ma no ho u e o de n wa sa shi a ge ma su

★ 如果商品有瑕疵，一個星期之內可以憑發票退換。

商品の方に何か問題がございましたら、一

週間以内にレシートをお持ちいただければ、お取り替え致します。

sho u hi n no ho u ni na ni ka mo n da i ga go za i ma shi ta ra, i sshu u ka n i na i ni
re shi i to o o mo chi i ta da ke re ba, o to ri ka e i ta shi ma su

店員：丈の方は大丈夫ですか？
ta ke no ho u wa da i jo u bu de su ka?
長度這樣可以嗎？

客人：少し長い感じがするわ。
su ko shi na ga i ka n ji ga su ru wa
我覺得有點長耶！

店員：失礼致します。
shi tsu re i i ta shi ma su
不好意思。

① 使用時機

店員要幫客人量穿在身上的褲子長度時，會碰觸到客
人，所以先說聲「不好意思」。

（丈は）このくらいでよろしいでしょうか？
(ta ke wa) ko no ku ra i de yo ro shi i de sho u ka?
（長度）這樣可以嗎？

客人：はい。
ha i
可以。

店員：お直しは二日ほどかかります。
o na o shi wa fu tsu ka ho do ka ka ri ma su
修改大約需要兩天。

よろしいでしょうか？

yo ro shi i de sho u ka?

這樣可以嗎？

客人：結構ですよ。

ke kko u de su yo!

可以的。

店員：できましたら、お電話差し上げます。

de ki ma shi ta ra, o de n wa sa shi a ge ma su

修改好之後，我再打電話通知您。

(!) 補充

　　「差し上げます」〔補助動詞下一型〕「あげる」的鄭重說法。表「給您……；為您……」。

超好用 服務業必備詞彙

≫ 必敗百貨商品

★常用的化妝品＆香水品牌（コスメ・香水）

佳麗寶	Kanebo カネボウ ka ne bo u	香奈兒	CHANEL シャネル sha ne ru
資生堂	SHISEIDO 資生堂 shi se i do u	蘭蔻	LANCÔME ランコム ra n ko mu
植村秀	shu uemura シュウウエムラ shu u u e mu ra	迪奧	DIOR ディオール di o o ru
高絲	KOSE コーセー ko o se e	M・A・C	マック ma kku
LUNASOL	ルナソル ru na so ru	紀梵希	GIVENCHY ジバンシイ ji ba n si i
ALBION	アルビオン a ru bi o n	嬌蘭	Guerlain ゲラン ge ra n
JILL STUART	ジルスチュアート ji ru su chu a a to	雅詩蘭黛	Estée Lauder エスティ ローダー e su ti ro o da a
PAUL & JOE	ポール＆ジョー po o ru an do jo o	SK-II	エスケーツー e su ke e tsu u
倩碧	CLINIQUE クリニーク ku ri ni i ku	NARS	ナーズ na a zu
安娜蘇	ANNA SUI アナ スイ a na su i	克蘭詩	CLARINS クラランス ku ra ra n su

★臉部保養品＆化妝品

保養品	化粧品 け しょうひん ke sho u hi n	化妝水	化粧水 け しょうすい ke sho u su i
精華液	美容液・エッセンス び ようえき bi yo u e ki / e sse n su	乳液	乳液 にゅうえき nyu u e ki
晚霜	ナイトクリーム na i to ku ri i mu	防曬乳	日焼け止め ひ や ど hi ya ke do me
化妝品	コスメ ko su me	隔離霜	メークアップベース me e ku a ppu be e su
粉底液	リキッドファンデーション ri ki ddo fa n de e sho n	蜜粉	パウダー pa u da a
粉底	ファンデーション fa n de e sho n	遮暇膏	コンシーラー ko n shi i ra a
卸妝產品	クレンジング ku re n ji n gu	化妝棉	コットン ko tto n
面膜	パック／マスク pa kku / ma su ku	吸油面紙	油取り紙 あぶら と がみ a bu ra to ri ga mi

★眼部產品

眼線筆	アイライン ペンシル a i ra i n pe n shi ru	眼影	アイシャドー a i sha do o
睫毛膏	マスカラ ma su ka ra	睫毛夾	ビューラー byu u ra a
眉筆	アイブロウ a i bu ro u	眼霜	アイクリーム a i ku ri i mu

★唇部產品

口紅	くちべに 口紅／リップ スティック ku chi be ni / ri ppu su ti kku	護唇膏	リップクリー ム ri ppu ku ri i mu
唇線筆	（リップ） ライナー (ri ppu) ra i na a	唇蜜	（リップ）グロス (ri ppu) gu ro su

★手部產品

指甲剪	つめ き 爪切り tsu me ki ri	護手霜	ハンドクリーム ha n do ku ri i mu
指甲油	マニキュア ma ni kyu a	手部 去角質霜	ハンドスクラブ ha n do su ku ra bu

81

Part

3

天天用得上的
餐飲服務日語

狀況 001 帶位

03-01.mp3

★ 請問您有幾位？

お客様、何名様でいらっしゃいますか？

o kya ku sa ma, na n me i sa ma de i ra ssha i ma su ka?

何名様還可以替換成以下的詞語

一位	お一人様 o hi to ri sa ma	七位	七名様 na na me i sa ma
兩位	お二人様 o fu ta ri sa ma	八位	八名様 ha chi me i sa ma
三位	三名様 s an me i sa ma	九位	九名様 kyu u me i sa ma
四位	四名様 yo n me i sa ma	十位	十名様 ju u me i sa ma
五位	五名様 go me i sa ma	十一位	十一名様 ju u i chi me i sa ma
六位	六名様 ro ku me i sa ma	十二位	十二名様 ju u ni me i sa ma

★ 不好意思，本店全面禁煙。

本店は全面禁煙となっていますが。

ho n te n wa ze n me n ki n e n to na tte i ma su ga

★ 我為您帶位。

お席までご案内いたします。
o se ki ma de go a n na i i ta shi ma su

★ 我為您帶位，這邊請。

ご案内致します、こちらへどうぞ。
go a n na i i ta shi ma su, ko chi ra e dō zo

こちら還可以替換成以下的詞語

那邊	あちら
	a chi ra
這邊的位子	こちらのお席
	ko chi ra no o se ki
那邊的位子	あちらのお席
	a chi ra no o se ki
靠窗戶的位子	窓際のお席
	ma do gi wa no o se ki
裡面的位子	奥のテーブル
	o ku no te e bu ru
3 樓的咖啡座	3階のカフェ
	sa n ka i no ka fe

★ 這個位子可以嗎？

こちらのお席でよろしいでしょうか？
ko chi ra no o se ki de yo ro shi i de sho u ka?

服務員： いらっしゃいませ。
i ra ssha i ma se
歡迎光臨。

お<ruby>客<rt>きゃく</rt></ruby><ruby>様<rt>さま</rt></ruby>、<ruby>何<rt>なん</rt></ruby><ruby>名<rt>めい</rt></ruby><ruby>様<rt>さま</rt></ruby>でいらっしゃいますか？
o kya ku sa ma, na n me i sa ma de i ra ssha i ma su ka?
先生，請問您有幾位？

客人： <ruby>5<rt>ご</rt></ruby><ruby>人<rt>にん</rt></ruby>です。
go ni n de su
5個人。

服務員： かしこまりました。
ka shi ko ma ri ma shi ta
好的。

ご<ruby>案<rt>あん</rt></ruby><ruby>内<rt>ない</rt></ruby><ruby>致<rt>いた</rt></ruby>します、こちらへどうぞ。
go a n na i i ta shi ma su, ko chi ra e do u zo
我為您帶位，請這邊請。

狀況 002 詢問訂位 03-03.mp3

★ 請問您有預約訂位嗎？

ご<ruby>予<rt>よ</rt></ruby><ruby>約<rt>やく</rt></ruby>されておりますでしょうか？
go yo ya ku sa re te o ri ma su de sho u ka?

★ 您是預約七點的前田先生嗎？

<ruby>7<rt>しち</rt></ruby><ruby>時<rt>じ</rt></ruby>にご<ruby>予<rt>よ</rt></ruby><ruby>約<rt>やく</rt></ruby>の<ruby>前<rt>まえ</rt></ruby><ruby>田<rt>だ</rt></ruby><ruby>様<rt>さま</rt></ruby>でいらっしゃいますね。
shi chi ji ni go yo ya ku no ma e da sa ma de i ra ssha i ma su ne?

7時還可以替換成以下的詞語

1點	一時 i chi ji	2點	二時 ni ji
3點	三時 sa n ji	4點	四時 yo ji
5點	五時 go ji	6點	六時 ro ku ji
7點	七時 shi chi ji	8點	八時 ha chi ji
9點	九時 ku ji	10點	十時 ju u ji
11點	十一時 ju u i chi ji	12點	十二時 ju u ni ji
7點15分	七時十五分 shi chi ji ju u go fu n	7點半	七時半 shi chi ji ha n
7點45分	七時四十五分 shi chi ji yo n ju u go fu n		

基本會話

03-04.mp3

服務員：いらっしゃいませ。
i ra ssha i ma se
歡迎光臨。

ご予約されておりますでしょうか？
go yo ya ku sa re te o ri ma su de sho u ka?
請問您有訂位嗎？

客人：はい、前田ですが。
ha i , ma e da de su ga
是，我是前田。

服務員：7時にご予約の前田様でいらっしゃいま

すね。

shi chi ji ni go yo ya ku no ma e da sa ma de i ra ssha i ma su ne

您是七點訂位子的前田先生吧！

こちらへどうぞ。

ko chi ra e do u zo

請這邊請。

★ 很抱歉。

申し訳ございません。

mo u shi wa ke go za i ma se n

★ 如果超過預約的時間10分鐘，我們會先取消您的訂位。

当店ではご予約のお時間を十分過ぎますと、

キャンセル扱いさせていただいております。

to te n de wa go yo ya ku no o ji ka n no ju ppu n su gi ma su to, kya n se ru a tsu ka i

sa se te i ta da i te o ri ma su

★ 可以的話，現在重新幫您安排。

よろしかったら、もう一度ご予約承りますが。

yo ro shi ka tta ra, mo u i chi do go yo ya ku u ke ta ma wa ri ma su ga

狀況 003	已經客滿了	03-05.mp3

★ 很抱歉，現在正好客滿了。

申し訳ございません、ただいま満席でござ

います。

mo u shi wa ke go za i ma se n , ta da i ma ma n se ki de go za i ma su

★ 可以請您等10分鐘左右嗎？

十分ほどお待ちいただけますか？

ju ppu n ho do o ma chi i ta da ke ma su ka?

十分ほど還可以替換成以下的詞語

5分鐘左右	五分ほど
	go fu n ho do
10分鐘左右	十分ほど
	ju ppu n ho do
15分鐘左右	十五分ほど
	ju u go fu n ho do
20分鐘左右	二十分ほど
	ni ju ppu n ho do
25分鐘左右	二十五分ほど
	ni ju u go fu n ho do
30分鐘左右	三十分ほど
	sa n ju ppu n ho do
40分鐘左右	四十分ほど
	yo n ju ppu n ho do
稍微	少々
	sho u sho u
在這邊	あちらで
	a chi ra de
坐在這裡	こちらにおかけになって
	ko chi ra ni o ka ke ni na tte

★ 先生／小姐，現在有空位了。

お客様、お席が空きました。

基本會話　　　　　　　　　　　　　03-06.mp3

客人：すみません、5人なんですが。
su mi ma se n , go ni n na n de su ga
不好意思，我們有五個人。

服務員：申し訳ございません、ただいま満席でございます。
mo u shi wa ke go za i ma se n , ta da i ma ma n se ki de go za i ma su
很抱歉，現在客滿了。

少々お待ちいただけますか？
sho u sho u o ma chi i ta da ke ma su ka?
可以請您稍等一下嗎？

客人：どのくらいですか？
do no ku ra i de su ka?
大概多久呢？

服務員：20分ほどお待ちいただけますか？
ni ju ppu n ho do o ma chi i ta da ke ma su ka?
可以請您等大概二十分鐘嗎？

狀況 004　**請客人併桌**　　　　　03-07.mp3

➡問「先來的」客人是否能接受與別人坐同一桌時：

★ 不好意思，請問可以讓別的客人和你們坐同一桌嗎？

恐れ入りますが、相席をお願いできますでしょうか？

o so re i ri ma su ga, a i se ki o o ne ga i de ki ma su de sho u ka?

➡問「後來的」客人是否願意併桌與他人同坐。

★ 你們願意和其他客人坐同一桌嗎？

<ruby>相席<rt>あいせき</rt></ruby>になりますが、よろしいですか？

相席になりますが、よろしいですか？

a i se ki ni na ri ma su ga, yo ro shi i de su ka?

ⓘ 使用時機

相席：(名詞)與別人同坐一桌。

狀況 005　當客人反應有問題時　　03-08.mp3

★ 我馬上幫您確認一下。

すぐに確認して参ります。

su gu ni ka ku ni n shi te ma i ri ma su

確認還可以替換成以下的詞語

重做	作り直し	換一下	交換し
	tsu ku ri na o shi		ko u ka n shi

ⓘ 使用時機

　　當訂位有誤或餐點送錯、餐具有問題時，都可以用上述的句子跟客人說「我馬上確認」或「我再重做一份」等。

狀況 006　馬上為客人服務　　03-09.mp3

★ 我馬上幫您準備座位。

91

ただいまお席(せき)をご用意(ようい)いたします。

ta da i ma o se ki o go yo u i i ta shi ma su

お席(せき)還可以替換成以下的詞語

刀子	ナイフ na i fu	玻璃杯	グラス gu ra su
叉子	フォーク fo o ku	醬油	醤油(しょうゆ) sho u yu
鹽	塩(しお) shi o	擦手巾	お絞(しぼ)り o shi bo ri
糖	砂糖(さとう) sa to u	菜單	メニュー me nyu u
湯匙	スプーン su pu u n	冰開水	お冷(ひ)や o hi ya
筷子	お箸(はし) o ha shi	茶	お茶(ちゃ) o cha
餐巾	ナプキン na pu ki n	番茄醬	ケチャップ ke cha ppu

狀況007 介紹菜單

03-10.mp3

★ 我可以幫您介紹菜單嗎？

メニューのご紹介(しょうかい)をさせていただいてもよろしいでしょうか？

me nyu u no go sho u ka i o sa se te i ta da i te mo yo ro shi i de sho u ka?

メニュー還可以替換成以下的詞語

推薦料理	お勧め料理 o su su me ryo u ri	套餐	コースメニュー ko o su me nyu u
特餐	スペシャルメニュー su pe sha ru me nyu u	簡餐	セットメニュー se tto me nyu u
今日午餐	今日のランチ kyo u no ra n chi	用餐方式	システム shi su te mu
醬汁	ソース so o su		

★ 這是今日推薦餐點。

こちら今日のお薦めの一品になっております。
ko chi ra kyo u no o su su me no i ppi n ni na tte o ri ma su

今日還可以替換成以下的詞語

本店最受歡迎的	当店人気の to u te n ni n ki no
主廚招牌	シェフ自慢の she fu ji ma n no
本店正宗的	当店オリジナルの to u te n o ri ji na ru no
本店特製的	当店特製の to u te n to ku se i no
健康的	ヘルシーな he ru shi i na
經濟實惠的	リーズナブルな ri i zu na bu ru na

鮮嫩多汁的	ジューシーな
	ju u shi i na
口感軟嫩的	柔<ruby>やわ</ruby>らかい
	ya wa ra ka i
味道豐富的	リッチな味<ruby>あじ</ruby>わいの
	ri cchi na a ji wa i no
清淡的	あさっりした
	a ssa ri shi ta

狀況 008 介紹餐點特色

★ 這是以特製香料醃過的牛排。

こちらは特製<ruby>とくせい</ruby>スパイスで味付<ruby>あじつ</ruby>けしたステーキです。

ko chi ra wa to ku se i su pa i su de a ji tsu ke shi ta su te e ki de su

(!) 使用時機

「味付<ruby>あじつ</ruby>け」是調味的意思，要向客人介紹餐點是以哪些調味料所烹調時，就可以說「（調味料名稱）で味付<ruby>あじつ</ruby>けした」。

特製<ruby>とくせい</ruby>スパイス還可以替換成以下的詞語

胡椒鹽	塩胡椒<ruby>しおこしょう</ruby>	辣椒	唐辛子<ruby>とうがらし</ruby>
	shi o ko sho u		to u ga ra shi
醋	酢<ruby>す</ruby>	香草	ハーブ
	su		ha a bu
糖	砂糖<ruby>さとう</ruby>	醬油	醤油<ruby>しょうゆ</ruby>
	sa to u		sho u yu
味醂	みりん	蕃茄醬	ケチャップ
	mi ri n		ke cha ppu

| 清酒 | 酒
さけ
sa ke | 奶油 | バター
ba ta a |
| 味噌 | 味噌
み そ
mi so | 橄欖油 | オリーブオイル
o ri i bu o i ru |

★ 這道菜和白葡萄酒非常搭。

こちらのお料理は、白ワインによく合います よ。
ko chi ra no o ryo u ri wa, shi ro wa i n ni yo ku a i ma su yo

白ワイン還可以替換成以下的詞語

紅葡萄酒	赤ワイン あか a ka wa i n	啤酒	ビール bi i ru
清酒	日本酒 に ほんしゅ ni ho n shu	燒酒	焼酎 しょうちゅう sho u cho u
飯	ごはん go ha n	義大利麵	パスタ pa su ta
味醂	みりん mi ri n	味噌	味噌 み そ mi so
麵包	パン pa n	乳酪	チーズ chi i zu

★ 把豬肉長時間地炭火直烤。

豚肉を長時間かけてじっくり焼き上げました。
ぶたにく　ちょう じ かん　　　　　　　　　や　あ
bu ta ni ku o cho u ji ka n ka ke te ji kku ri ya ki a ge ma shi ta

(!) 使用時機

・最前面的「豚肉」可改換「牛肉」、「魚」等其他食材；後面
可替換成其他烹調的方式。

95

・「じっくり」〔副詞〕表示「仔細地；慢慢地」。

長<ruby>時間<rt>ちょう じ かん</rt></ruby>かけてじっくり和<ruby>焼き上げ<rt>や あ</rt></ruby>還可以替換成以下的詞語

酥酥地	さっくり sa kku ri	炸	<ruby>揚げ<rt>あ</rt></ruby> a ge
脆脆地	からっと ka ra tto	燒烤	グリルにし gu ri ru ni shi
鮮嫩地	<ruby>柔<rt>やわ</rt></ruby>らかく ya wa ra ka ku	串烤	<ruby>串焼<rt>くし や</rt></ruby>きにし ku shi ya ki ni shi
香噴噴地	<ruby>香<rt>こう</rt></ruby>ばしく ko u ba shi ku		

★ 這道菜請沾醬汁吃。

こちらのお<ruby>料理<rt>りょう り</rt></ruby>、ソースをつけてお<ruby>召<rt>め</rt></ruby>し<ruby>上<rt>あ</rt></ruby>がり<ruby>下<rt>くだ</rt></ruby>さい。
ko chi ra no o ryo u ri, so o su o tsu ke te o me shi a ga ri ku da sa i

ソース還可以替換成以下的詞語

特製醬料	<ruby>特製<rt>とくせい</rt></ruby>ソース to ku se i so o su	胡椒鹽	<ruby>塩胡椒<rt>しお こ しょう</rt></ruby> shi o ko sho u
沙拉醬	ドレッシング do re sshi n gu	醬料	たれ ta re
醬油	<ruby>醤油<rt>しょう ゆ</rt></ruby> sho u yu	黃芥末	からし ka ra shi
芥末	わさび wa sa bi	番茄醬	ケチャップ ke cha ppu

狀況 009　餐點選擇方式

03-12.mp3

★ 醬汁可以從這5種裡挑選一種您喜歡的。

ソースはこちら5種類の中から、1種類お好きなものをお選びいただけます。

so o su wa ko chi ra go shu ru i no na ka ka ra, i sshu ru i o su ki na mo no o o e ra bi i ta da ke ma su

ソース還可以替換成以下的詞語

湯	スープ su u pu	沙拉	サラダ sa ra da
沙拉醬	ドレッシング do re sshi n gu	香料	スパイス su pa i su
醬料	たれ ta re	配料	トッピング to ppi n gu
附加的小菜	サイドアイテム sa i do a i te mu		

⚠ 使用時機

　　以上是當東西選擇性多，無法一一列舉說明給客人聽時，用數字（從 ☐ 種中挑選 ☐ 種）來簡要地說明。而當東西選擇較少的時候，則不妨一一說出來，介紹給顧客。

★ 主食請從麵包、白飯與義大利麵當中選一個。

主食はパン、ライス、パスタの中から選んでいただけます。

shu sho ku wa pa n, ra i su, pa su ta no na ka ka ra e ra n de i ta da ke ma su

97

★ 牛排熟度可以選擇三分熟、五分熟或九分熟。

焼き加減はレア、ミディアム、ウェルダンの中から選んでいただけます。

ya ki ka ge n wa re a, mi di a mu, u e ru da n no na ka ka ra e ra n de i ta da ke ma su

⚠ 注意！

七分熟是「ミディアムウェルダン」。

★ 辣度可以選擇小辣、中辣與大辣。

お好みの辛さはマイルド、中辛、激辛の中から選んでいただけます。

o ko no mi no ka ra sa wa ma i ru do, chu u ka ra, ge ki ka ra no na ka ka ra e ra n de i ta da ke ma su

★ 咖啡可以續杯。

コーヒーはお代わり自由となっております。

ko o hi i wa o ka wa ri ji yu u to na tte o ri ma su

コーヒー還可以替換成以下的詞語

湯	スープ	甜點	デザート
	su u pu		de za a to
飯	ご飯	火鍋	鍋
	go ha n		na be
麵包	パン	啤酒	ビール
	pa n		bi i ru
沙拉	サラダ	飲料	ドリンク
	sa ra da		do ri n ku

お代わり自由還可以替換成以下的詞語

| 吃到飽 | 食べ放題 (ta be hō da i) | 喝到飽 | 飲み放題 (no mi hō da i) |

★ 再加50元可以附沙拉。

サラダは50元で追加できます。
sa ra da wa go jū ge n de tsu i ka de ki ma su

サラダ還可以替換成以下的詞語

湯	スープ su u pu	飯	ライス ra i su
麵包	パン pa n	甜點	デザート de za a to
飲料	ドリンク do ri n ku	配菜	サイドアイテム sa i do a i te mu
配料	トッピング to ppi n gu		

！ 使用時機

　　以上詞彙可以用「と」並列來表示套餐的意思，如「スープとライスのセット」（湯加飯的套餐）。如果附餐的內容有三個以上，就可以並列著說，如「スープ、ライス、デザートのセット」（湯、飯、點心的套餐）。

★ 這些餐都附湯。

こちらのお料理には、全てスープがつきます。
ko chi ra no o ryo u ri ni wa, su be te su u pu ga tsu ki ma su

スープ還可以替換成以下的詞語

沙拉	サラダ sa ra da	烤馬鈴薯	ベイクドポテト be i ku do po te to
燙青菜	温野菜 o n ya sa i	自選小菜	お好みのアイテム o ko no mi no a i te mu
麵包	パン pa n	飯	ライス ra i su
高麗菜沙拉	コールスロー ko o ru su ro o	薯條	フライドポテト fu ra i do po te to
奶油飯	バターライス ba ta a ra i su	義大利麵	パスタ pa su ta

⊙ 使用時機

　　如果要表示附加的菜不只一樣，而是「A或者B」的時候，可以說「Ａまたは B」，如「サラダまたはベイクドポテト」（沙拉或者烤馬鈴薯。）

★ 沙拉跟烤馬鈴薯，你要選哪一個呢？

サラダとベイクドポテト、どちらになさいますか？
sa ra da to be i ku do po te to, do chi ra ni na sa i ma su ka?

基本會話　　　　　　　　　　　　　　　03-13.mp3

店員：いらっしゃいませ。
　　　i ra sshai ma se
　　　歡迎光臨。

失礼致します。メニューをどうぞ。

shi tsu re i i ta shi ma su. me nyu u o do u zo

不好意思，打擾你們。這是菜單。

メニューのご紹介をさせていただいてもよ

ろしいでしょうか？

me nyu u no go sho u ka i o sa se te i ta da i te mo yo ro shī de sho u ka?

需要幫您介紹菜單嗎？

客人：はい、お願いします。

ha i, o ne ga i shi ma su

好，麻煩你。

店員：こちら今日のお薦め料理になっておりま

す。

ko chi ra kyo u no o su su me ryo u ri ni na tte o ri ma su

這是今天的推薦菜色。

こちらのお料理には全てフライドポテトま

たはバターライスがつきます。

ko chi ra no o ryo u ri ni wa su be te fu ra i do po te to ma ta wa ba ta a ra i su ga tsu ki ma su

餐點都附薯條或奶油飯。

では、ご注文がお決まりになりましたら、

お呼び下さい。

de wa, go chu u mo n ga o ki ma ri ni na ri ma shi ta ra, o yo bi ku da sa i

那麼，您決定好要什麼之後，請叫我一聲。

為客人點餐 03-14.mp3

★ 您決定好要點什麼了嗎？

ご注文はお決まりでございますか？
go chu u mo n wa o ki ma ri de go za i ma su ka?

★ 我複誦一下您點的餐。

ご注文を繰り返させていただきます。
go chu u mo n o ku ri ka e sa se te i ta da ki ma su

★ A餐一份、B餐兩份，還有三杯咖啡。

Aランチが一点、Bランチが二点、コーヒー
が三点。
e e ra n chi ga i tte n, bi i ra n chi ga ni te n, ko o hi i ga sa n te n

一点和二点和三点還可以替換成以下的詞語

一份	一点	兩份	二点
	i tte n		ni te n
三份	三点	四份	四点
	sa n te n		yo n te n
五份	五点	六份	六点
	go te n		ro ku te n
七份	七点	八份	八点
	na na te n		ha tte n
九份	九点	十份	十点
	kyu u te n		ju tte n

★ 餐點這樣就可以了嗎？

以上でよろしいでしょうか？
i jo u de yo ro shi i de sho u ka?

★ 請問飲料要什麼時候上？

お飲み物はいつお持ちいたしましょうか？
o no mi mo no wa i tsu o mo chi i ta si ma sho u ka?

お飲み物和いつ還可以替換成以下的詞語

甜點	デザート de za a to	馬上	すぐに su gu ni
湯	スープ su u pu	餐後	食後に sho ku go ni
啤酒	ビール bi i ru	跟主餐一起	
酒	お酒 o sa ke	お料理と一緒に o ryo u ri to i ssho ni	

基本會話

03-15.mp3

服務員：ご注文はお決まりでございますか？
go chu u mo n wa o ki ma ri de go za i ma su ka?
您要點餐了嗎？

客人：はい、Aランチ一つ、Bランチ二つお願
いします。
ha i, e e ra n chi hi to tsu, bi i ra n chi fu ta tsu o ne ga i shi ma su
是，我們要A餐一份、B餐兩份。

それから、コーヒー三つ。
so re ka ra, ko o hi i mi ttsu
還有，三杯咖啡。

服務員：はい、ではご注文を繰り返させていただ
きます。

ha i, de wa go chu u mo n o ku ri ka e sa se te i ta da ki ma su

我複誦一下您的餐點。

Aランチが一点、Bランチが二点、コー
ヒーが三点。

e e ra n chi ga i tte n, bi i ra n chi ga ni te n, ko o hi i ga sa n te n

A餐一份、B餐兩份，還有三杯咖啡。

以上でよろしいでしょうか？

i jo u de yo ro shi i de sho u ka?

餐點這樣就可以了嗎？

客人：はい。

ha i

對。

店員：お飲み物はいつお持ちいたしましょう
か？

o no mi mo no wa i tsu o mo chi i ta shi ma sho u ka?

飲料要什麼時候上呢？

客人：料理と一緒にお願いします。

ryo u ri to i shho ni o ne ga i shi ma su

請幫我跟菜一起送來。

店員：はい、かしこまりました。少々お待ち下
さい。

ha i, ka shi ko ma ri ma shi ta . sho u sho u o ma chi ku da sa i

好的，我知道了。請稍等一下。

狀況 011　上菜

03-16.mp3

★ 這是牛排。

こちらステーキでございます。
ko chi ra su te e ki de go za i ma su

ステーキ還可以替換成以下的詞語

烤牛排	ビーフステーキ bi i fu su te e ki	烤雞排	チキンステーキ chi ki n su te e ki
烤羊排	ラムステーキ ra mu su te e ki	烤鮭魚排	サーモンステーキ sa a mo n su te e ki
羊小排	骨付きラムステーキ ho ne tsu ki ra mu su te e ki	烤龍蝦	伊勢えびのグリル i se e bi no gu ri ru

⚠ 使用時機

　　雖然羊排、魚排等各種排餐都會用到「～ステーキ」這個詞，但是當「ステーキ」單獨使用時，通常是指牛排。

★ 點牛排的是哪一位呢？

ビーフステーキのお客様？
bi i fu su te e ki no o kya ku sa ma?

★ 您點的東西都上齊了嗎？

ご注文の品は全て揃いましたでしょうか？
go chu u mo n no shi na wa su be te so ro i ma shi ta de sho u ka?

★ <u>鐵板</u>很燙，請小心。

鉄板のほうが熱くなっておりますので、お気を付け下さい。

te ppa n no ho u ga a tsu ku na tte o ri ma su no de, o ki o tsu ke ku da sa i

鉄板還可以替換成以下的詞語

杯子	カップ ka ppu	鍋子	お鍋 o na be
碗	お椀 o wa n	餐器	器 u tsu wa

① 使用時機

　　焗烤盤、湯杯、碗等所有裝餐點的容器都可以用「器」這個字，是個方便好用的詞彙。

基本會話 03-17.mp3

服務員： 失礼致します。
shi tsu re i i ta shi ma su
不好意思，打擾您。

お待たせ致しました。
o ma ta se i ta shi ma shi ta
讓您久等了。

こちらビーフステーキでございます。
ko chi ra bi i fu su te e ki de go za i ma su
這個是牛排。

ご注文の品、全て揃いましたでしょうか?
go chu u mo n no shi na , su be te so ro i ma shi ta de sho u ka?
您點的東西全都上齊了嗎？

客人：はい。
ha i
是的。

服務員：どうぞごゆっくりお召し上がりくださ
い。
do u zo go yu kku ri o me shi a ga ri ku da sa i
請慢用。

★ 請問鹹度還可以嗎？

塩加減の方はいかがですか？
shi o ka ge n no ho u wa i ka ga de su ka?

塩加減還可以替換成以下的詞語

味道	お味	烤的火侯	焼き加減
	o a ji		ya ki ka ge n
辣度	辛さ	香味	香り
	ka ra sa		ka o ri
菜色	お料理		
	o ryo u ri		

① 補充

「～加減」表示「……程度；……情況」。

107

★ 我幫您換一下涼開水。

お冷やをお取り替え致します。
o hi ya o o to ri ka e i ta shi ma su

お冷や還可以替換成以下的詞語

盤子	お皿 o sa ra	擦手巾	お絞り o shi bo ri
杯子	グラス gu ra su	餐巾	ナプキン na pu ki n
茶	お茶 o cha		

★ 要幫您再續一份嗎？

おかわりをお持ち致しましょうか？
o ka wa ri o o mo chi i ta shi ma sho u ka?

(!) 使用時機

　　「おかわり」可以在問客人是否要續杯（飲料）、續加一碗白飯或一籃麵包時用。也可以用前面學過的「菜單」、「擦手巾」、「冰開水」、「茶」來替換。

狀況 014 清理桌面　　　03-20.mp3

★ 不好意思，請問這些可以收掉了嗎？

しつれい　　　　　　　　　　　さ
失礼します。こちらお下げしてもよろしい
でしょうか？

shi tsu re i shi ma su. ko chi ra o sa ge shi te mo yo ro shi i de sho ka?

（!）補充

　「下げる」表示「撤下；往後挪」。

★ 您的東西都記得拿了嗎？

わす　　　もの
お忘れ物はございませんか？

o wa su re mo no wa go za i ma se n ka?

★ 您的東西都記得帶了嗎？

に　もつ　　　　　　　も
お荷物はすべてお持ちですか？

o ni mo tsu wa su be te o mo chi de su ka?

狀況 015 向客人介紹本店的防疫措施　03-21.mp3

★ 本店為了防止新冠肺炎擴大，正徹底的進行以下的對策，
　敬請協助合作。

ほんてん　　　　　　　　　　　　　　かんせんかくだいぼうし
本店はコロナウィルス感染拡大防止のた
　　か　き　　たいさく　　てってい　　　　　　　　　　きょうりょく
め、下記の対策を徹底しています。ご協力
くださいい。

ho n te n wa ko ro na wi ru su ka n se n ka ku da i bo u shi no ta me, ka ki no ta i sa
ku o te tte i shi te i ma su, go kyo u ryo ku ku da sa i

109

★ 進入店裡時，請先酒精消毒雙手。

ご来店の際は、まずアルコールで両手を消
毒してください。

go ra i te n no sa i wa, ma zu a ru ko o ru de ryo u te o syo u do ku shi te ku da sa i

★ 進入店裡時請一定要量體溫，體溫超過38度者請不要入店。

店に入る際は、必ず検温してください。
38度を超えた方は入店をご遠慮ください。

mi se ni wa i ru sa i wa, ka na ra zu ke n o n shi te ku da sa i. sa n zyu u wa chi do wo k o e ta ho u wa nyu u te n wo go e n ryo ku da sa i

★ 飲食中以外請戴上口罩。

お食事中以外はマスクを着用してくださ
い。

o syo ku ji chu u i ga i wa ma su ku o cha ku yo u shi te ku da sa i

★ 離開座位時請務必把口罩戴上。

席を外すときは必ずマスクを着用してくだ
さい。

se ki wo wa zu su to ki wa ka na ra zu ma su ku o cha ku yo u shi te ku da sa i

★ 為了防止飛沫感染，本店全席設置壓克力板。

飛沫感染を防ぐため、本店では全席にアク
リル板を設置しております。

hi ma tu ka n se n wo hu se gu ta me, ho te n de wa ze n se ki ni a ku ri ru ba n o se cchi shi te o ri ma su

★ 避免密集，坐下時請保持足夠距離。

密_{みつ}にならないよう、座席_{ざせき}では十分_{じゅうぶん}な距離_{きょり}を
保_{たも}ってください。
mi tsu ni na ra na i yo u, za se ki de wa zyu u bu n na kyo ri o ta mo tte ku da sa i

★ 店內徹底進行通氣與消毒。

店内_{てんない}では、換気_{かんき}や消毒_{しょうどく}を徹底_{てってい}しておりま
す。
te n na i de wa, ka n ki ya syo u do ku wo te tte i shi te o ri ma su

ⓘ 使用時機

　　後疫情時代，這些措施應該會漸漸式微，但未來會怎麼演變無人知曉，最好還是要知道一下如何說明。

≫ 日本美食料理

★蓋飯類

牛肉蓋飯	牛丼 ぎゅうどん gyu u do n	滑蛋雞肉蓋飯	親子丼 おや こ どん o ya ko do n
滑蛋炸豬排飯	カツ丼 どん ka tsu do n	炸蝦蓋飯	天丼 てんどん te n do n
蔥花拌生鮪魚蓋飯	ねぎとろ丼 どん ne gi to ro do n	生海鮮蓋飯	海鮮丼 かいせんどん ka i se n do n
烤肉蓋飯	焼肉丼 やきにくどん ya ki ni ku do n	豬肉蓋飯	豚丼 ぶたどん bu ta do n
鮭魚卵蓋飯	いくら丼 どん i ku ra do n		

★拉麵類

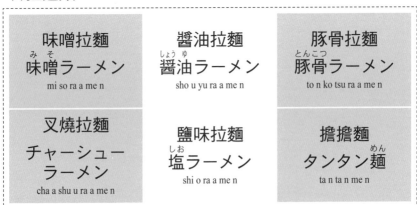

味噌拉麵
味噌ラーメン
み そ
mi so ra a me n

醬油拉麵
醬油ラーメン
しょう ゆ
sho u yu ra a me n

豚骨拉麵
豚骨ラーメン
とんこつ
to n ko tsu ra a me n

叉燒拉麵
チャーシューラーメン
cha a shu u ra a me n

鹽味拉麵
塩ラーメン
しお
shi o ra a me n

擔擔麵
タンタン麵
めん
ta n ta n me n

★壽司類

握壽司 握り寿司 <ruby>握<rt>に</rt></ruby>り<ruby>寿<rt>ぎ</rt></ruby>司 ni gi ri zu shi	**手捲** 手巻寿司 te ma ki zu shi	**豆皮壽司** 稲荷寿司 i na ri zu shi
什錦壽司 散らし寿司 chi ra shi zu shi	**卷壽司** 巻き寿司 ma ki zu shi	**押壽司** 押し寿司 o shi zu shi

★燒烤類

五花肉 カルビ ka ru bi	**大腸** ホルモン ho ru mo n	**心臟** ハツ ha tsu
里肌肉 ロース ro o su	**生牛肉** ユッケ yu kke	**舌頭** タン ta n

★其他料理

串燒 串焼き ku shi ya ki	大阪燒 お好み焼き o ko no mi ya ki	壽喜燒 すき焼き su ki ya ki
章魚燒 たこ焼き ta ko ya ki	煎餃 餃子 gyo u za	咖哩飯 カレーライス ka re e ra i su
蕎麥麵 そば so ba	關東煮 おでん o de n	套餐 定食 te i sho ku
涮涮鍋 しゃぶしゃぶ sha bu sha bu	三明治 サンドイッチ sa n do i cchi	炒飯 チャーハン cha a ha n
漢堡 ハンバーガー ha n ba a ga a	披薩 ピザ pi za	義大利麵 スパゲッティ su pa ge tti

★其他料理

・前菜

下酒菜 おつまみ o tsu ma mi	醋醃章魚 す 酢ダコ su da ko	醬菜 しん こ お新香 o shi n ko
泡菜 キムチ ki mu chi	綜合醃漬小菜 つけもの も あ 漬物盛り合わせ tsu ke mo no mo ri a wa se	毛豆 えだまめ 枝豆 e da ma me
涼拌豆腐 とう ふ ざる豆腐 za ru to u fu	沙拉 サラダ sa ra da	雞軟骨 なんこつ 軟骨 na n ko tsu

・炒烤類

香烤柳葉魚 こ も 子持ちシシャモ ko mo chi shi sha mo	烤花鯽魚干 ひら ホッケの開き ho kke no hi ra ki	烤雞肉串拼盤 や とり も あ 焼き鳥盛り合 わせ ya ki to ri mo ri a wa se
炒大腸 いた ホルモン炒め ho ru mo n i ta me	炒野菌 や キノコのホイル焼き ki no ko no ho i ru ya ki	奶油炒蛤蜊 アサリバター a sa ri ba ta a

・油炸類

炸章魚
タコのから揚げ
ta ko no ka ra a ge

炸鰈魚
カレイのから揚げ
ka re i no ka ra a ge

炸雞塊
鶏のから揚げ
ni wa to ri no ka ra a ge

香炸豆腐
揚げ出し豆腐
a ge da shi to u fu

香炸茄子
揚げ茄子
a ge na su

炸薯條
フライドポテト
fu ra i do po te to

可樂餅
コロッケ
ko ro kke

・其它

馬鈴薯燉牛肉
肉じゃが
ni ku ja ga

奶油玉米
バターコーン
ba ta a ko o n

綜合生魚片
刺身盛り合わせ
sa shi mi mo ri a wa se

茶泡飯
お茶漬け
o cha zu ke

綜合關東煮
おでん盛り合わせ
o de n mo ri a wa se

Part
4

天天用得上的
冰品店服務日語

狀況 001 介紹冰品種類　　　04-01.mp3

★ 雪花冰又稱牛奶刨冰，是可以享用軟綿綿的口感的冰品。

雪花氷は、ミルクかき氷とも呼ばれていて、
ふわふわした食感を楽しめる一品です。

she hua bi n wa, mi ru ku ka ki ko o ri to mo yo ba re te i te, hu wa hu wa shi ta syo
kka n o ta no shi me ru i ppi n de su

ℹ️ 使用時機

　　台灣的冰品店基本上都有的雪花冰其實國外比較看不到，是台灣的特色。會特地跑來台灣逛冰品店的外國人大多是想一嚐這種刨冰，可以優先為客人介紹。

★ 這個刨冰有加乳類食品。

このかき氷には乳製品が入っております。

ko no ka ki ko o ri ni wa nyu u se i hi n ga ha i tte o ri ma su

ℹ️ 使用時機

　　有名的雪花冰便是從牛奶加上糖等配料做的冰磚削出來的刨冰。就算不是雪花冰，台灣的刨冰裡常常會加上煉乳一類的乳製品，由於有人會對乳製品過敏，在說明冰品時候也要一併解釋。

乳製品還可以替換成以下詞句

煉乳	練乳 re n nyu u	布丁	プリン pu ri n
牛奶	ミルク mi ru ku		

狀況 002　向客人推薦人氣招牌冰品　04-02.mp3

★ 本店的招牌冰品是芒果牛奶雪花冰。

当店(とうてん)のおすすめは**マンゴーミルクかき氷(こおり)で
す。**

to u te n no o su su me wa ma n go o mi ru ku ka ki ko o ri de su

(！) 使用時機

　　面對初次光臨的客人，可推薦人氣招牌冰品。台灣有很多種
特殊的冰品，若不知道該怎麼用日文來講，最好先跟店裡的人討
論一下。

マンゴミルクかき氷(こおり)還可以替換成以下的詞語

草莓雪花冰	イチゴジャムミルクかき氷(こおり)
	i chi go zya mu mi ru ku ka ki ko o ri
八寶冰	パーパウかき氷(こおり)
	pa a pa u ka ki ko o ri
綜合水果冰	ミックスフルーツかき氷(こおり)
	mi kku su fu ru u tsu ka ki ko o ri
泡泡冰	アワアワ氷(こおり)
	a wa a wa ko o ri
燒冷冰	冷熱氷(れいねつこおり)
	re i ne tsu ko o ri
仙人掌冰	サボテンアイス
	sa bo te n a i su

詢問客人要的配料

★您要加配料嗎？

トッピングはどうしますか？

to ppi n gu wa do u shi ma su ka

⚠ 使用時機

　　冰品店常會讓客人在冰品裡添加自己選的配料，就算對方點餐後沒有主動提出，最好也還是問問看。

★ 紅豆牛奶冰的話，建議加入粉圓。

ミルクあずきかき氷でしたら、ブラックタピオカがおすすめです。

mi ru ku a zu ki ka ki ko o ri de shi ta ra, bu ra kku ta pi o ka ga o su su me de su

⚠ 使用時機

　　台灣刨冰的特色就是會加入許多配料，讓刨冰更顯得豐富又美味。可以依據客人點的冰品，來推薦店內有的配料。

ブラックタピオカ還可以替換成以下的詞語

芋圓	タロイモ団子 ta ro i mo da n go	柳橙果醬	オレンジジャム o re n ji ja mu
地瓜圓	サツマイモ団子 sa tsu ma i mo da n go	柚子果醬	ゆずジャム yu zu ja mu
白湯圓	白玉団子 shi ra ta ma da n go	草莓果醬	いちごジャム i chi go ja mu
仙草凍	仙草ゼリー se n so ze ri i	百香果醬	パッションフルーツジャム pa ssyo n hu ru u tsu ja mu
愛玉凍	愛玉ゼリー a i kyo ku ze ri i		

狀況 004 詢問客人冰品份量　04-04.mp3

★ 大小要怎麼的？

サイズはどうしますか？
sa i zu wa do u shi ma su ka?

★ 建議是大碗的。

おすすめは<ruby>大盛<rt>おお も</rt></ruby>りです。
o su su me wa o o mo ri de su

ⓘ 補充

　　帶年幼小孩的女性客人，可以推薦她點一份「<ruby>大盛<rt>おお も</rt></ruby>り（大碗）」，然後跟小孩子「シェアして<ruby>食<rt>た</rt></ruby>べる（一起吃）」。

<ruby>大盛<rt>おお も</rt></ruby>り還可以替換成以下的詞語

中等	<ruby>並盛<rt>なみ も</rt></ruby>り na mi mo ri	大	<ruby>L<rt>エル</rt></ruby>サイズ e ru sa i zu
小	<ruby>小盛<rt>こ も</rt></ruby>り ko mo ri	中等	<ruby>M<rt>エム</rt></ruby>サイズ e mu sa i zu
		小	<ruby>S<rt>エス</rt></ruby>サイズ e su sa i zu

狀況 005 詢問客人內用或外帶　04-05.mp3

★ 您要內用嗎？還是外帶？

<ruby>店内<rt>てんない</rt></ruby>でお<ruby>召<rt>め</rt></ruby>し<ruby>上<rt>あ</rt></ruby>がりですか？それともお<ruby>持<rt>も</rt></ruby>ち<ruby>帰<rt>かえ</rt></ruby>りですか？
te n na i de o me shi a ga ri de su ka? so re to mo o mo chi ka e ri de su ka?

★ 本店全面禁菸，請包涵。

当店は全席禁煙になっております。ご了承
ください。

とうてん　ぜんせきんえん　　　　　　　　　　　　りょうしょう

to u te n wa zen se ki ki ne n ni na tte o ri ma su, go ryo u syo u ku da sa i

⚠ 使用時機

　　禁菸事項務必需要預先向客人告知。另外，此句也可以用來
提醒擅自在店內抽菸的客人。

★ 您要袋子嗎？

袋はご入り用ですか？

ふくろ　　　い　　よう

hu ku ro wa go i ri yo u de su ka?

⚠ 使用時機

　　外帶的提袋大多需付費加購，也會有客人響應環保自備袋
子，客人外帶時會需要先問一下。

狀況 006 　向客人說明關於餐具　　04-06.mp3

★ 餐具在桌上，請自由取用。

食器はテーブルの上に置いております。ご
自由にお使いください。

しょっき　　　　　　　　うえ　　お
じゆう　　　　　つか

syo kki wa te e bu ru no u e ni o i te o ri ma su, go ji yu u ni o tsu ka i ku da sa i

テーブルの上還可以替換成以下的詞語
うえ

裡面的桌子上	奥のテーブルの上
	o ku no te e bu ru no u e
店裡的餐具櫃	店内の食器棚
	te n na i no syo kki ta na

櫃檯上	カウンターの上 ka u n ta a no u e

★ 您需要小孩子用的湯匙嗎？

子ども用スプーンお付けしましょうか。
ko do mo yo u su pu u n o tu ke shi ma syo u ka?

(!) 使用時機

　　餐具採自助式的店家不少，最好跟客人說一下在哪裡。另外碰到帶小孩子來吃冰的客人通常需要問一下要不要小孩用的湯匙，有些較潔癖的客人可能會為小孩自備餐具，不需要你再給。

狀況 007	介紹優惠活動	04-07.mp3

★ 現在點芒果雪花冰可免費多加一種配料。

今マンゴーミルクかき氷をご注文すると、無料でトッピング一種を追加できます。
i ma ma n go o mi ru ku ka ki ko o ri wo go chu mo n su ru to, mu ryo de to ppi n gu i syu tu i ka de ki ma su

無料でトッピング一種を追加できます還可以替換成以下用詞

送免費飲料一杯	無料でドリング一杯貰えます mu ryo u de do ri n gu i ppa i mo ra e ma su
送點數卡	ポイントカード貰えます po i n to ka a do mo ra e ma su
送折價卷	クーポン貰えます ku u po n mo ra e ma su
送免費玩具	無料でおもちゃ貰えます mu ryo u de o mo cha mo ra e ma su

超好用 服務業必備詞彙

≫ 常見冰品配料名稱

★水果類

芒果 マンゴー ma n go o	木瓜 パパイヤ pa pa i ya	西瓜 スイカ su i ka
哈密瓜 メロン me ro n	奇異果 キウイ ki u i	火龍果 ドラゴンフルーツ do ra go n hu ru u tsu

★穀物、豆類

紅豆 あずき a zu ki	薏仁 ハトムギ ha to mu gi	蓮子 ハスの実(み) ha su no mi
綠豆 りょくとう 緑豆 ryo ku to u	花生 ピーナッツ pi i na ttu	杏仁豆腐 アンニン豆腐(とうふ) a n ni n to u fu

★糖漿類

糖漿 シロップ shi ro ppu	蜂蜜 はちみつ ha chi mi tu
黑糖 こくとう 黒糖 ko ku to u	芋泥漿 タロイモソース ta ro i mo so o su

Part
5

天天用得上的
飲品店服務日語

狀況 001 介紹飲品種類

05-01.mp3

★ 本店有各式各樣的茶。

当店では様々なお茶をご用意しております。

to u te n de wa za ma za ma na o cha wo go yo u i shi te o ri ma su

（！）使用時機

　　台灣的飲料店常常不會在店名說明這家店是在賣什麼的，客人進店時，可先說明本店是主打什麼飲料。

お茶還可以替換成以下的詞語

果汁	ジュース	烏龍茶	ウーロン茶
	jyu u su		u u ro n cha
紅茶	紅茶	奶茶	ミルクティー
	ko u cha		mi ru ku ti i
綠茶	緑茶	咖啡	コーヒー
	ryo ku cha		ko o hi i

★ 珍珠奶茶是在奶茶裡放入木薯做的小糰子來喝的飲料。

タピオカミルクティーは、ミルクティーにタピオカで出来た団子を入れて飲むという飲み物です。

ta pi o ka mi ru ku ti i wa, mi ru ku ti i ni ta pi o ka de de ki ta da n go wo i re te no mu to i u no mi mo no de su

(!) 使用時機

　　珍珠奶茶是台灣最有名的飲料，在日本也很受歡迎，若對方不知道的話可以優先為他介紹。

タピオカミルクティー和ミルクティーにタピオ
カで出来た団子を入れて飲むという飲み物可以
替換成以下的詞語

青茶
青茶
a o cha

和烏龍茶一樣的有茶澀味的半發酵茶
ウーロン茶のような渋みのある半発酵茶
u u ro n cha no yo u na shi bu mi no a ru ha n ha kko u cha

冬瓜茶
トウガン茶
to u ga n cha

冬瓜加黑糖煮出來的甜飲料
トウガンを黒糖で煮詰めた甘い飲み物
to u ga n wo ko ku to u de ni tsu me ta a ma i no mi mo no

紅茶拿鐵
紅茶ラテ
ko u cha ra te

紅茶裡直接加牛奶的奶茶
紅茶に直接ミルクを加えたミルクティー
ko u cha ni cho ku se tsu mi ru ku wo ku wa e ta mi ru ku ti i

狀況 002　介紹本店推薦飲品　　05-02.mp3

★ 本店的推薦飲品為伯爵奶茶。

当店のおすすめはアールグレイミルクティーです。
to u te n no o su su me wa a ru gu re i mi ru ku ti i de su

アールグレイミルクティー 可以替換成以下的詞語

香蕉汁	バナナジュース
	ba na na jyu u su
柳橙汁	オレンジジュース
	o re n ji jyu u su
大吉嶺紅茶	ダージリン
	da a ji ri n
阿薩姆紅茶	アッサム
	a ssa mu
美式咖啡	アメリカンコーヒー
	a me ri ka n ko o hi i
義式濃縮咖啡	エスプレッソ
	e su pu re sso

狀況 003 詢問客人要的飲料是冰還是熱 05-03.mp3

★ 請問飲料熱的可以嗎？

ホットで宜しいですか。
ho tto de yo ro shi de su ka

★ 請問飲料冰的可以嗎？

アイスで宜しいですか。
a i su de yo ro shi de su ka

① 使用時機

在日本，為了避免客人覺得「咖啡當然要熱的，你問這種理所當然的事幹嘛？」，當客人沒有說明白要的飲料是熱的還是冷的，店員會依飲料來假設客人要的是冰或熱，然後再問客人「冰（或熱）可以嗎？」

基本會話

客人：紅茶ラテください。
請給我紅茶拿鐵。
ko u cha ra te ku da sa i

店員：かしこまりました。ホットで宜しいです
か。
了解了。請問飲料熱的可以嗎？
ka shi ko ma ri ma shi ta, ho tto de yo ro shi de su ka

客人：アイスでお願いします。
請給我冰的。
a i su de o ne ga i shi ma su

店員：かしこまりました。少々お待ちください。
了解了，請稍等。
ka shi ko ma ri ma shi ta, syo u syo u o ma chi ku da sa i

狀況 004 詢問客人要的甜度

★ 請問飲料的甜度要怎麼樣呢？

お飲み物の甘さはどうしますか。
o no mi mo no no a ma sa wa do shi ma su ka

★ 請選想要的糖量。

お好きな砂糖の量をお選びください。
o su ki na sa to u no ryo u wo o e ra bi ku da sa i

⚠ 使用時機

　　台灣的飲料店，通常都可以客製化甜度。對大多數的人而言「正常」糖度都是甜過頭的，若對方沒有先指示，務必要先問一下。

★ 推薦的甜度是半糖。

おすすめの砂糖の量は半分です。
o su su me no sa to u no ryo u wa ha n bu n de su

⚠ 使用時機

　　客人問你甜度哪樣比較好時，可以依他點的飲料來做推薦。

半分還可以替換成以下的詞語

正常	正常 se u zyo u	微糖	微糖 bi to u
少糖	少な目 su ku na me	無糖	無糖 mu to u
半糖	半分 ha n bu n		

狀況 005　詢問客人要的冰塊量　　05-06.mp3

★ 請問冰塊要怎麼樣？

氷の量はどうしますか。
ko o ri no ryo u wa do u shi ma su ka

⚠ 使用時機

　　台灣的飲料店通常都可以客製化冰量。在日本飲料專門店比較稀少，不過日本人也習慣在星巴克之類的咖啡廳、喫茶店選擇冰量，溝通起來應不會有問題。

★ 冰量要正常，我了解了。

氷の量は正常ですね。かしこまりました。

ko o ri no ryo u wa se i zyo u de su ne. ka shi ko ma ri ma shi ta

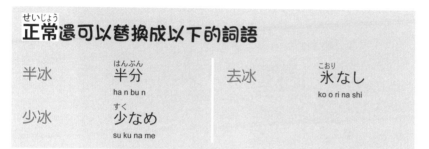

正常還可以替換成以下的詞語

半冰	半分 (ha n bu n)	去冰	氷なし (ko o ri na shi)
少冰	少なめ (su ku na me)		

狀況 006 向客人介紹點數卡　05-07.mp3

★ 這張是本店的集點卡。

これは本店のポイントカードです。

ko re wa ho n te n no po i n to ka a do de su

★ 在本店消費可獲得一點。

本店でお買い物をする度ポイントが1貯まります。

ho n te n de o ka i mo no wo su ru ta bi po i n to ga i chi ta ma ri ma su

★ 集滿10點，可換一杯30元以內的飲料。

10ポイント揃えたら、30元以下の飲み物一杯を無料でもらえます。

jyu u po i n to so ro e ta ra sa n zyu u ge n i ka no no mi mo no i ppa i wo ta da de mo ra e ma su

客人：これはなんですか？（貰ったカードを見せ
る）
ko re wa na n de su ka (mo ra tta ka a do wo mi se ru)
這是什麼？（把拿到的卡片店員看）

店員：これは本店のポイントカードです。
ko re wa ho n te n no po i n to ka a do de su
這是本店的點數卡。

客人：ポイントカード？
po i n to ka a do?
點數卡？

店員：本店で買い物する度、1ポイント貰えま
す。
ho te n de ka i mo no su ru ta bi i chi po i n to mo ra e ma su
每次在本店買東西都會加一點。

10ポイント揃えたら、20元以下の飲み物を
一杯無料で差し上げます。
zyu u po i n to so ro e ta ra, ni zyu u ge n i ka no no mi mo no wo i ppa
i mu ryo u de sa shi a ge ma su
集滿10點，會送您一杯20元以下的飲料。

客人：へえ、ありがとう。
he e, a ri ga to u
喔，謝謝。

超好用 服務業必備詞彙

≫ 常見飲料名稱

★茶類

紅茶 こうちゃ 紅茶 ko u cha	多多綠茶 りょくちゃ 緑茶ヨーグルト ryo ku cha yo o gu ru to
綠茶 りょくちゃ 緑茶 ryo ku cha	葡萄柚綠茶 グレープフルーツグリーンティー gu re pu fu ru tsu gu ri i n ti i
烏龍茶 ちゃ ウーロン茶 u u ro n cha	珍珠奶茶 タピオカミルクティー ta pi o ka mi ru ku ti i
伯爵茶 アールグレイ a a ru gu re i	黑糖珍珠奶茶 こくとう 黒糖タピオカミルクティー ko ku to u ta pi o ka mi ru ku ti i
四季春 し き はるちゃ 四季春茶 shi ki ha ru cha	黑糖奶茶 こくとう 黒糖ミルクティー ko ku to u mi ru ku ti i
金萱茶 きんせんちゃ 金萱茶 ki n se n cha	皇家奶茶 ロイヤルミルクティー ro i ya ru mi ru ku ti i
東方美人茶 とうほう び じんちゃ 東方美人茶 to u ho u bi ji n cha	木瓜牛奶 パパイヤミルク pa pa i ya mi ru ku
阿里山高山茶 こうさんちゃ アリサン高山茶 a ri sa n ko u sa n cha	奶香綠茶 りょくちゃ 緑茶ラテ ryo ku cha ra te

★果汁類

柳丁汁
オレンジジュース
o re n ji jyu u su

蕃茄汁
トマトジュース
to ma to jyu u su

金桔檸檬汁
レモンキンカンジュース
re mo n ki n ka n jyu u su

檸檬汁
レモンジュース
re mo n jyu u su

檸檬多多
レモンヨーグルト
re mo n yo o gu ru to

鳳梨奇異果汁
パイナップルキウィ
ジュース
pa i na ppu ru ki u i jyu u su

奇異果汁
キウィジュース
ki u i jyu u su

鳳梨蘋果汁
パイナップルアップルジ
ュース
pa i na ppu ru a ppu ru jyu u su

檸檬芭樂汁
レモングアバジュース
re mo n gu a ba jyu u su

★咖啡類

焦糖瑪其朵
カフェマキアート
ka hue ma ki a a to

拿鐵咖啡
カフェラッテ
ka hue ra tte

美式咖啡
アメリカン
a me ri ka n

濃縮咖啡
エスプレッソ
e su pu re sso

Part 6

天天用得上的飯店客房日語

P06.MP3

狀況 001 基本應答用語　　　06-01.mp3

★ 歡迎光臨，很高興為您服務。

いらっしゃいませ。ご用件を承ります。
i ra ssha i ma se. go yo u ke n o u ke ta ma wa ri ma su

★ 好的，我知道了。

かしこまりました。
ka shi ko ma ri ma shi ta

! 使用時機

　　「はい、承ります」與「かしこまりました」這兩句的差別在於，如果客人有某件具體的要求，你能接受該要求並且幫他完成時就可以用「承りました」，表示「我知道了，我會為您達成」。而「かしこまりました」就較為廣泛，凡是一般、甚至芝麻綠豆的事，只要客人開口，我們就以這句話表達「我懂了、我知道了」的意思來回應。

★ 是這樣啊……

さようでございますか。
sa yo u de go za i ma su ka

! 使用時機

　　「さようでございますか」與「そうですか」用法相同，但這是更為禮貌的說法，適合用於與客人間的交談。比如說你詢問客人退房的時間，客人回答說「還沒決定」，這時你可以用這一句「さようでございますか（是這樣啊）」讓你和客人間的對話產生互動。

★ 晚安。

お休みなさいませ。
_{やす}
o ya su mi na sa i ma se

⚠ 使用時機

「お休みなさいませ」這是晚上使用的問候語，但要注意的是「不是與客人碰面時說，而是使用於與客人道別的時候」。比如：客人晚上打電話給櫃台，通話結束要掛電話時、或客人晚上從外面回來準備回到自己房間時，都能以這句話互道晚安。

★ 請慢走。

行ってらっしゃいませ。
_い
i tte ra ssha i ma se

⚠ 使用時機

客人外出遊玩或辦事（尚未check out），晚一點會再回來，可以用這一句招呼他，請客人外出小心、並祝一切順利。

★ 您回來了。

お帰りなさいませ。
_{かえ}
o ka e ri na sa i ma se

⚠ 使用時機

與上句相對，當客人從外面回來時的招呼語。如果是飯店的常客，當他再次光臨本飯店時，也可以使用這一句表示「歡迎您回來」「歡迎您再度光臨、捧場」。

基本會話
06-02.mp3

服務員：いらっしゃいませ。ご用件を承ります。
i ra ssha i ma se. go yo u ke n o u ke ta ma wa ri ma su
歡迎光臨，很高興為您服務。

客人：すみません、予約している豊川ですが。
su mi ma se n, yo ya ku shi te i ru to yo ka wa de su ga
不好意思，我是有預約的豊川。

服務員：豊川様ですね。少々お待ちください。
to yo ka wa sa ma de su ne, sho u sho u o ma chi ku da sa i
豊川先生嗎？請稍等一下。

狀況 002 客人抵達飯店了   06-03.mp3

★ 歡迎光臨，要不要幫您把行李提到客房裡？

いらっしゃいませ、お荷物をお持ちいたしましょうか？
i ra ssha i ma se, o ni mo tsu o o mo chi i ta shi ma sho u ka?

★ 您的行李都在這裡了嗎？

お荷物はこちらで全部ですか？
o ni mo tsu wa ko chi ra de ze n bu de su ka?

★ 還有沒有其他需要幫您提過去的行李？

この他にお持ちするお荷物はありますか？
ko no ho ka ni o mo chi su ru o ni mo tsu wa a ri ma su ka?

基本會話   06-04.mp3

服務員：いらっしゃいませ。
i ra ssha i ma se
歡迎光臨！

お荷物をお持ちいたします。
o ni mo tsu o o mo chi i ta shi ma su
我幫您提行李。

客人： ありがとう。
a ri ga to u
謝謝。

服務員： お荷物はこちらで全部ですか？
o ni mo tsu wa ko chi ra de ze n bu de su ka?
您的行李都在這裡了嗎？

客人： あそこのもそうです。
a so ko no mo so u de su
那邊的也是。

服務員： かしこまりました。
ka shi ko ma ri ma shi ta
我知道了。

狀況 003 辦理住房手續　　06-05.mp3

★ 您要辦理住房手續嗎？

チェックインですか？
che kku i n de su ka?

狀況 004 詢問客人住房資料　　06-06.mp3

★ 可以請教一下您的大名嗎？

（お客様の）お名前をいただけますか？

139

(o kya ku sa ma no) o na ma e o i ta da ke ma su ka?

お名前還可以替換成以下的詞語

預約號碼	予約番号 yo ya ku ba n go u
姓氏的羅馬拼音	苗字のスペル myo u ji no su pe ru
住宿房客的姓名	お泊りのお客様のお名前 o to ma ri no o kya ku sa ma no o na ma e

★ 您是已經預約的前田先生，是嗎？

ご予約いただいている前田様ですね？
go yo ya ku i ta da i te i ru ma e da sa ma de su ne?

ご予約いただいている還可以替換成以下的詞語

剛剛打電話給我們的	先ほどお電話いただいた sa ki ho do o de n wa i ta da i ta
（新力）公司的	（ソニー株式）会社の (so nī ka bu shi ki) ga i sha no

狀況 005　確認訂房內容　06-07.mp3

★ 前田先生，您訂了一間單人房，一個晚上。

前田様、シングルのお部屋を一部屋一泊予約いただいております。
ma e da sa ma, shi n gu ru no o he ya o hi to he ya i ppa ku yo ya ku i ta da i te o ri ma su

シングル和一部屋（ひと へ や）和一泊（いっぱく）還可以替換成以下的詞語

一張大床	ダブル(double) da bu ru	四間	四部屋（よん へ や） yo n he ya	
豪華客房	デラックスルー (deluxe room) de ra kku su ru u mu	兩晚	二泊（に はく） ni ha ku	
兩張小床	ツイン(twin) tsu i n	四晚	四泊（よんはく） yo n ha ku	
標準客房	スタンダードルーム (standard room) su ta n da a do ru u mu	三晚	三泊（さんぱく） sa n pa ku	
兩間	二部屋（ふた へ や） fu ta he ya	五晚	五泊（ご はく） go ha ku	
三間	三部屋（み へ や） mi he ya			

★ 跟您確認一下，預定住一晚含早餐，對吧？

一泊朝食付き（いっぱくちょうしょく つ）でよろしいですか？
i ppa ku cho u sho ku tsu ki de yo ro shi i de su ka?

一泊（いっぱく）還可以替換成以下的詞語

兩晚	二泊（に はく） ni ha ku	三晚	三泊（さんぱく） sa n pa ku
四晚	四泊（よんはく） yo n ha ku		
一間	おひと部屋（へ や） o hi to he ya	兩間	おふた部屋（へ や） o fu ta he ya

一位	お一人様 (ひとり さま) o hi to ri sa ma	兩位	二名様 (に めいさま) ni me i sa ma
三位	三名様 (さんめいさま) sa n me i sa ma	四位	四名様 (よ めいさま) yo me i sa ma

單人房	シングルのお部屋 (へ や) shi n gu ru no o he ya
雙人房（一張大床）	ダブルのお部屋 (へ や) da bu ru no o he ya
雙人房（兩張床）	ツインのお部屋 (へ や) tsu i n no o he ya
預定7月15號退房	7月15日のチェックアウト (しちがつじゅうごにち) shi chi ga tsu ju u go ni chi no che kku a u to

狀況 006 住宿表格填寫　　　　06-08.mp3

★ 請您填寫一下這張表格。

どうぞこちらのフォームにご記入下さい。
(き にゅうくだ)
do u zo ko chi ra no fo o mu ni go ki nyu u ku da sa i

★ 可以讓我看一下您的信用卡嗎？

クレジットカードを拝見させていただいて
(はいけん)
もよろしいですか？
ku re ji tto ka a do o ha i ke n sa se te i ta da i te mo yo ro shi i de su ka?

クレジットカードを拝見さ 還可以替換成以下的詞語
(はいけん)

影印您的護照	パスポートの写しをとら (うつ) pa su po o to no u tsu shi o to ra

142

★ 信用卡還給您。

クレジットカードをお返しいたします。
ku re ji tto ka a do o o ka e shi i ta shi ma su

狀況 007 完成住宿手續 06-09.mp3

★ 這是房間的鑰匙。

こちらがお部屋の鍵でございます。
ko chi ra ga o he ya no ka gi de go za i ma su

お部屋の鍵還可以替換成以下的詞語

副本	控え	鑰匙卡	カードキー
	hi ka e		ka a do ki i

兌換券（早餐券、飲料券、
俱樂部折價券等）
引換券
hi ki ka e ke n

⑴ 使用時機

「こちらが ☐ でございます」也可以換成「こちら は
☐ となっております」這個句型更有禮貌。向客人介紹房客或
飯店設備在哪裡時，都可以使用。

★ 您的房間是901號房。

お部屋の番号は901番となっております。
o he ya no ba n go u wa kyu u ma ru i chi ba n to na tte o ri ma su

お部屋の番号和901番還可以替換成以下的詞語

大廳	ロビー ro bi i		～樓	～階 ～ka i
櫃台	フロント fu ro n to		那邊	あちら a chi ra
酒吧／咖啡廳	ラウンジ ra u n ji		這邊	こちら ko chi ra
自助式餐廳	カフェテリア ka fe te ri a		右邊	右手 mi gi te
樓梯	階段 ka i da n		左邊	左手 hi da ri te
電梯	エレベーター e re be e ta a		右邊裡面	右手奥 mi gi te o ku
手扶梯	エスカレーター e su ka re e ta a		左邊裡面	左手奥 hi da ri te o ku
保險箱	セーフティボックス se e fu ti i bo kku su		～的那邊	～の向こう側 ～no mu ko u ga wa
飯店內線電話	館内電話 ka n na i de n wa			
停車場	駐車場 chu u sha jo u		地下	地下 chi ka

⚠ 使用時機

　　上述的句型，除了介紹飯店設施的位置之外，也可以用來跟客人交代「退房時間」或者「使用房間的時間」：

お部屋の番号和901番還可以替換成以下的詞語

退房時間 チェックアウトタイム che kku a u to ta i mu	到11點 11時まで ju u i chi ji ma de

★ 負責的人員會帶您到您的房間。

係りのものが、お部屋までご案内させていただきます。

ka ka ri no mo no ga, o he ya ma de go a n na i sa se te i ta da ki ma su

(!) 使用時機

　　這個句型中的「お部屋」的部份，可依狀況替換成「フロント（櫃台）」、「お車（車子）」等。

狀況 008　貼心祝福

06-10.mp3

★ 祝您住得（舒適）愉快。

どうぞよいご滞在を。

do u zo yo i go ta i za i o

ご滞在還可以替換成以下的詞語

旅途	ご旅行 go ryo ko u	連假	連休 re n kyu u
假期	お休み o ya su mi	新年	お正月 o sho u ga tsu

服務員：いらっしゃいませ、ご用件を承ります。
i ra ssha i ma se, go yo u ke n o u ke ta ma wa ri ma su
歡迎光臨，很高興為您服務。

客人：予約している高橋ですが。
yo ya ku shi te i ru ta ka ha shi de su ga
我是之前預約的高橋。

服務員：はい、高橋様、ダブルを一部屋一泊のご予定でご予約いただいております。
ha i, ta ka ha shi sa ma, da bu ru o hi to he ya i ppa ku no go yo te i de go yo ya ku i ta da i te o ri ma su
好，高橋先生，您訂了一晚一間雙人房。

では、こちらのフォームにご記入いただけますか？
de wa, ko chi ra no fo o mu ni go ki nyu u i ta da ke ma su ka?
麻煩您填寫一下這張表格。

客人：はい。明日部屋は何時まで使えますか？
ha i, a shi ta he ya wa na n ji ma de tsu ka e ma su ka?
好的，明天房間能使用到幾點？

服務員：お部屋のご利用は１１時までとなっております。
o he ya no go ri yo u wa ju u i chi ji ma de to na tte o ri ma su
最晚早上11點之前要退房。

★ 您外出時，請將鑰匙存放在櫃台。

外出の際はお部屋の鍵をフロントにお預け
下さい。
ga i shu tsu no sa i wa o he ya no ka gi o fu ro n to ni o a zu ke ku da sa i

① 補充

　　「～際」〔名〕表示「……之際；……的時候」。例如：
「お降りの際には忘れ物にご注意ください(下車時，請別忘了您
的物品)」。

外出和部屋の鍵和フロントにお預け還可以替換成以下的詞語

用餐	這張票	拿
お食事	こちらのチケット	お持ち
o sho ku ji	ko chi ra no chi ke tto	o mo chi
有事	服務生	叫
ご用	係りのもの	お呼び
go yo u	ka ka ri no mo no	o yo bi
利用；使用	收據	拿到櫃台
ご利用	伝票	フロントにお持ち
go ri yo u	de n pyo u	fu ro n to ni o mo chi
	發票	
	レシート	
	re shi i to	

★ 如果有什麼需要，請您跟櫃台聯絡。

何かご要望がございましたら、フロントに
お申し付け下さい。
na ni ka go yo u bo u ga go za i ma shi ta ra, fu ro n to ni o mo u shi tsu ke ku da sa i

★ 早餐可於自助式餐廳用餐。

朝食はカフェテリアをご利用いただけます。
cho u sho ku wa ka fe te ri a o go ri yo u i ta da ke ma su

⚠ 補充

「申し付ける」表示「命令、吩咐、指示」。「カフェテリア(cafeteria)」是指「顧客可以自己拿取飯菜的餐館」。

朝食和カフェテリア還可以替換成以下的詞語

晚餐 夕食 yu u sho ku	附近的餐廳 近くのレストラン chi ka ku no re su to ra n
自助餐 バイキング ba i ki n gu	本飯店的2樓 当ホテルの2階 to u ho te ru no ni ka i
國際電話 国際電話 ko ku sa i de n wa	飯店內電話 館内電話 ka n na i de n wa
住房的旅客 お泊りのお客様は o to ma ri no o kya ku sa ma wa	隨時利用本飯店的停車場 随時当館の駐車場 zu i ji to u ka n no chu u sha jo u

狀況 010　教客人撥打電話

06-13.mp3

★ (國內電話)請先按"0",然後再撥對方的電話號碼。

0の後相手先の番号をダイヤルしてください。
ze ro no a to a i te sa ki no ba n go u o da i ya ru shi te ku da sa i

<ruby>相<rt>あい</rt></ruby><ruby>手<rt>て</rt></ruby><ruby>先<rt>さき</rt></ruby>の<ruby>番<rt>ばん</rt></ruby><ruby>号<rt>ごう</rt></ruby>還可以替換成以下的詞語

國際電話	電信公司的國際電話冠碼 "002" 或 "006" <ruby>番<rt>ばんごう</rt></ruby>号<ruby>ゼロゼロ二<rt></rt></ruby><ruby>ゼロゼロ六<rt></rt></ruby> プロバイダー番号002または006 pu ro ba i da a ba n go u ze ro ze ro ni ma ta wa ze ro ze ro ro ku
	國碼 <ruby>国<rt>くに</rt></ruby><ruby>番<rt>ばん</rt></ruby><ruby>号<rt>ごう</rt></ruby> ku ni ba n go u
	拿掉開頭 "0" 的區碼 <ruby>最<rt>さい</rt></ruby><ruby>初<rt>しょ</rt></ruby>の<ruby>0<rt>ゼロ</rt></ruby>を<ruby>外<rt>はず</rt></ruby>した<ruby>市<rt>し</rt></ruby><ruby>外<rt>がい</rt></ruby><ruby>局<rt>きょく</rt></ruby><ruby>番<rt>ばん</rt></ruby> sa i sho no ze ro o ha zu shi ta shi ga i kyo ku ba n
飯店內 的房間	四位數的房間號碼 <ruby>4<rt>よん</rt></ruby><ruby>桁<rt>けた</rt></ruby>の<ruby>部<rt>へ</rt></ruby><ruby>屋<rt>や</rt></ruby><ruby>番<rt>ばん</rt></ruby><ruby>号<rt>ごう</rt></ruby> yo n ke ta no he ya ba n go u

ⓘ 使用時機

數字的念法：<ruby>0<rt>ぜろ</rt></ruby>，<ruby>1<rt>いち</rt></ruby>，<ruby>2<rt>に</rt></ruby>，<ruby>3<rt>さん</rt></ruby>，<ruby>4<rt>よん</rt></ruby>，<ruby>5<rt>ご</rt></ruby>，<ruby>6<rt>ろく</rt></ruby>，<ruby>7<rt>しち</rt></ruby>，<ruby>8<rt>はち</rt></ruby>，<ruby>9<rt>きゅう</rt></ruby>

狀況 011　對應客人的要求　　06-14.mp3

★ 您要用一般郵寄還是國際快遞呢？

<ruby>郵<rt>ゆう</rt></ruby><ruby>便<rt>びん</rt></ruby>と<ruby>国<rt>こく</rt></ruby><ruby>際<rt>さい</rt></ruby><ruby>宅<rt>たく</rt></ruby><ruby>配<rt>はい</rt></ruby><ruby>便<rt>びん</rt></ruby>のどちらになさいますか？
yu u bi n to ko ku sa i ta ku ha i bi n no do chi ra ni na sa i ma su ka?

ⓘ 補充

　　「～<ruby>便<rt>びん</rt></ruby>」是指「將人、信件、貨物運送至某地」或指「運送的方式」。

郵便和国際宅配便還可以替換成以下的詞語

航空郵件	航空便 ko u ku u bi n	海運	船便 fu na bi n
冷藏	冷蔵 re i zo u	冷凍	冷凍 re i to u

★ 請問明天您要幾點 Morning call 呢？

モーニングコールは何時にお入れしましょう？

mo o ni n gu ko o ru wa na n ji ni o i re shi ma sho u?

基本會話

服務員： おはようございます。ご用件を承ります。
o ha yo u go za i ma su. go yo u ke n o u ke ta ma wa ri ma su
早安，很高興為您服務。

客人： すみません、この荷物を日本に送りたいのですが。
su mi ma se n, ko no ni mo tsu o ni ho n ni o ku ri ta i no de su ga
不好意思，我想把這個行李寄到日本。

服務員： かしこまりました。
ka shi ko ma ri ma shi ta
好的。

郵便と国際宅配便のどちらになさいますか？
yu u bi n to ko ku sa i ta ku ha i bi n no do chi ra ni na sa i ma su ka?
您想用一般郵寄還是國際快遞？

150

客人：郵便でお願いします。
ゆうびん　ねが
yu u bi n de o ne ga i shi ma su
一般郵寄就好。

服務員：では、こちらのフォームにご記入ください。
きにゅう
de wa, ko chi ra no fo o mu ni go ki nyu u ku da sa i
那麻煩您填寫一下這張表格。

★ 我幫您叫車（計程車）。

タクシーをお呼びしておきます。
よ
ta ku shi i o o yo bi shi te o ki ma su

タクシーをお呼び還可以替換成以下的詞語

預約	予約をお取り よやく　と yo ya ku o o to ri
轉達留言	メッセージをお伝え つた me sse e ji o o tsu ta e
發傳真	ファックスをお送り おく fa kku su o o ku ri
保管行李	お荷物をお預かり に もつ　あず o ni mo tsu o o a zu ka ri
保管貴重物品	貴重品をお預かり き ちょうひん　あず ki cho u hi n o o a zu ka ri
轉交禮物	プレゼントをお渡し わた pu re ze n to o o wa ta shi
安排餐廳	レストランを手配 て はい re su to ra n wo te ha i

- 客人要你為他做某些事，例如：保管貴重物品、將禮物交給某人時，可以用以上的客氣說法來表達你會幫他妥善處理。
- 若是幫客人叫的計程車來了，可以對他說：「～樣、タクシーが参りました（～先生／小姐，您的車來了）」。

★ 現在馬上幫您確認。

ただいま確認いたします。
ta da i ma ka ku ni n i ta shi ma su

確認還可以替換成以下的詞語

兌換(錢幣) 両替 ryo u ga e	查閱；查詢 お調べ o shi ra be
叫計程車 タクシーを手配 ta ku shi i o te ha i	

① 使用時機

　　若客人突然有所要求，比如想換錢、想叫車或請你幫他查詢資料時，就可以使用以上的句型。

基本會話   06-16.mp3

服務員：おはようございます。ご用件を承ります。
o ha yo u go za i ma su. go yo u ke n o u ke ta ma wa ri ma su
早安。很高興為您服務。

客人：千元を崩してほしいんですが。
se n ge n o ku zu shi te ho shi i n de su ga
我想把1,000元找開。

服務員： かしこまりました。
ka shi ko ma ri ma shi ta
好的。

両替はどのようにいたしましょう？
ryo u ga e wa do no yo u ni i ta shi ma sho u?
您想怎麼換呢？

客人： 100元9枚と、後は10元でお願いします。
hya ku ge n kyu u ma i to, a to wa ju u ge n de o ne ga i shi ma su
9張100元，剩下的都換10元。

服務員： かしこまりました。
ka shi ko ma ri ma shi ta
好的。

少々お待ちください。
sho u sho u o ma chi ku da sa i
請您稍等一下。

服務員： お待たせいたしました。
o ma ta se i ta shi ma shi ta
很抱歉，讓您久等了。

こちら、ご確認ください。
ko chi ra, go ka ku ni n ku da sa i
這些金額請您確認一下。

客人： はい、間違いないです。ありがとうござ
います。
ha i, ma chi ga i na i de su. a ri ga to u go za i ma su
沒錯，謝謝你。

服務員： どういたしまして。
do u i ta shi ma shi te
不客氣。

★ 前田先生託我將訊息傳達給您。

前田様よりメッセージをお預かりしており
ます。

ma e da sa ma yo ri me sse e ji o o a zu ka ri shi te o ri ma su

★ 前田先生有傳真給您。

前田様よりファックスがとどいております。

ma e da sa ma yo ri fa kku su ga to do i te o ri ma su

ファックス還可以替換成以下的詞語

行李	お荷物 o ni mo tsu	禮物	プレゼント pu re ze n to
信	手紙 te ga mi		

★ 很抱歉，我們無法告訴您其他住房旅客的房間號碼。

申し訳ございませんが、お泊りのお客様の
部屋番号はお教えできません。

mo u shi wa ke go za i ma se n ga, o to ma ri no o kya ku sa ma no he ya ba n go u
wa o o shi e de ki ma se n

狀況 012 受理房客的要求或抱怨　　06-17.mp3

★ 服務人員馬上過去。

ただいま、係りのものが参ります。

ta da i ma, ka ka ri no mo no ga ma i ri ma su

⚠ 使用時機

　　當住房客人需要服務時，櫃台人員立刻以此句回應並立即派人員過去處理。

★ 很抱歉，吹風機好像壞掉了。

申し訳ありません、ドライヤーが壊れているようです。

mo u shi wa ke a ri ma se n, do ra i ya a ga ko wa re te i ru yo u de su

ドライヤー還可以替換成以下的詞語

蓮蓬頭	シャワー	馬桶	便器
	sha wa a		be n ki
水龍頭	蛇口	電視	テレビ
	ja gu chi		te re bi
電話	電話	鬧鐘	目覚し時計
	de n wa		me za ma shi do ke i
枱燈	デスクスタンド	落地燈	フロアースタンド
	de su ku su ta n do		fu ro a a su ta n do
空調	エアコン	電燈泡	電球
	e a ko n		de n kyu u

★ 我馬上幫您更換。

直ちに交換いたします。

ta da chi ni ko u ka n i ta shi ma su

交換還可以替換成以下的詞語

補充替換	お取替え
	o to ri ka e
拿一個新的	新しいのをお持ち
	a ta ra shi i no o o mo chi

155

準備其他的房間	別のお部屋をご用意
	be tsu no o he ya o go yo u i
修繕	修理
	shu u ri

① 使用時機

　　「お取替え」與「交換」的差別在於：前者主要使用於如衛生紙等消耗品的補充更換上；後者則可以大範圍使用，例如：用「お取替え」表示「補充……」也行，或者用來表示電燈、枕頭、鬧鐘等的更換也可以。這裡的句型前方加上「直ちに」、「すぐに」（表示「馬上」的意思）可以顯示出你對工作積極迅速、認真服務的態度。

★ 我馬上將衛生紙送過去。

すぐにトイレットペーパーをお持ちいたします。

su gu ni to i re tto pe e pa a o o mo chi i ta shi ma su

トイレットペーパー還可以替換成以下的詞語

梳子	くし	肥皂	石けん
	ku shi		se kke n
毛巾	タオル	刮鬍刀	カミソリ
	ta o ru		ka mi so ri
牙刷	歯ブラシ	洗髮精	シャンプー
	ha bu ra shi		sha n pu u
潤髮乳	リンス	沐浴乳	ボディシャンプー
	ri n su		bo di sha n pu u
護髮乳	トリートメント	身體乳液	ボディーローション
	to ri i to me n to		bo di i ro o sho n

客人發現房間設備中的某些東西有問題要求更新，或是用品不夠、需要補充時，客服人員必須立即處理，這時就可以使用以上的句型。

★ 很抱歉我們疏忽了，浴室還沒打掃，我們馬上派人為您清理。

申し訳ありません。うっかりしておりまして、まだバスルームを掃除しておりません。すぐに掃除いたします。

mo o shi wa ke a ri ma se n. u kka ri shi te o ri ma shi te, ma da ba su ru u mu o so u ji shi te o ri ma se n. su gu ni so u ji i ta shi ma su

バスルーム還可以替換成以下的詞語

浴缸	バスタブ ba su ta bu	洗手台	洗面台 se n me n da i
地毯	じゅうたん ju u ta n	沙發	ソファー so fa a

★ 很抱歉我們疏忽了，床單還沒更換，我們馬上派人為您處理。

申し訳ありません。うっかりしておりまして、まだベッドカバーを取り替えておりません。すぐにお取替えいたします。

mo o shi wa ke a ri ma se n. u kka ri shi te o ri ma shi te, ma da be ddo ka ba a o to ri ka e te o ri ma se n. su gu ni o to ri ka e i ta shi ma su

ベットカバー還可以替換成以下的詞語

| 枕頭套 | 枕カバー
ma ku ra ka ba a | 棉被 | ふとん
fu to n |

狀況 013　無法提供客人所需要的服務　06-18.mp3

★ 真的很抱歉。

誠に申し訳ございません。
ma ko to ni mo u shi wa ke go za i ma se n

★ 不好意思，那幾天全館都客滿了，沒有空房。

あいにくその時期は全館満室でございます。
a i ni ku so no ji ki wa ze n ka n ma n shi tsu de go za i ma su

(!) 使用時機

　　「あいにく」表示「不符合期待、很不湊巧」。

★ 很抱歉，游泳池現在沒有開放。

あいにくプールは開放しておりません。
a i ni ku pu u ru wa ka i ho u shi te o ri ma se n

★ 游泳池目前有開放使用。

プールは開放しております。
pu u ru wa ka i ho u shi te o ri ma su

158

プール和開放して還可以替換成以下的詞語

候補	キャンセル待ち kya n se ru ma chi
寵物設備	ペット用の施設 pe tto yo u no shi se tsu
平日	平日 he i ji tsu
週末	週末 shu u ma tsu
過年	お正月 o sho u ga tsu
春天	春 ha ru
夏天	夏 na tsu
秋天	秋 a ki
冬天	冬 fu yu
早上	朝 a sa
白天	昼間 hi ru ma
晚上	夜 yo ru

接受	承って u ke ta ma wa tte
提供	提供して te i kyo u shi te
提供服務	サービスを行って sa a bi su o o ko na tte

| 開放 | 開放して
ka i ho u shi te |

⊙ 使用時機

　　當客人向服務人員詢問飯店是否有提供一些服務或設備時，可以用這樣的說法解釋飯店的狀況，或者開放的時間等。

★ 不好意思，我們沒有 日式餐廳 ，但有 法式餐廳 。

あいにく和食レストランはございませんが、
フランス料理のレストランはございます。

a i ni ku wa sho ku re su to ra n wa go za i ma se n ga , fu ra n su ryo u ri no re su to ra n wa go za i ma su

和食レストラン和フランス料理のレストラン還可以替換成以下的詞語

按摩浴池	ジャクジー ja ku ji	游泳池	プール pu u ru
健身房	ジム ji mu	商務中心	ビジネスセンター bi ji ne su se n ta a

(!) 使用時機

　　當客人詢問飯店是否有某些設備或是否有空房時，若沒有客人所需要的設備或房間，可以先解釋現況，再提出解決方案。

狀況 014　退房結帳
06-19.mp3

★ 要辦理退房手續嗎？

チェックアウトですか？
che kku a u to de su ka?

★ 您要使用什麼方式付款？

お支払いはいかがなさいますか？
o shi ha ra i wa i ka ga na sa i ma su ka?

★ 您有沒有使用 mini-bar 的酒類（或冰箱內的飲料）呢？

ミニバーをご利用になられましたか？
mi ni ba a o go ri yo u ni na ra re ma shi ta ka?

★ 洗衣費用是120元。

クリーニング代は120元になります。
ku ri i ni n gu da i wa hya ku ni ju u ge n ni na ri ma su

クリーニング代還可以替換成以下的詞語

乾洗費用	ドライクリーニング
	do ra i ku ri i ni n gu
燙衣費用	アイロンサービス
	a i ro n sa a bi su
網路使用費	インターネットサービス
	i n ta a ne tto sa a bi su

★ 請您在這邊簽名。

(こちらに)サインをお願いします。
(ko chi ra ni) sa i n o o ne ga i shi ma su

(こちらに)サイン還可以替換成以下的詞語

～美金	～ドル
	~do ru
信用卡	クレジットカード
	ku re ji tto ka a do
確認（資料或金額等）	ご確認
	go ka ku ni n

⚠ 使用時機

　　請客人做某些動作時，可以使用這一個句型。 □ 中不需要動詞，用名詞就能表達出你想請客人做的事情，比如請房客付費或者讓你看信用卡時，只要把價錢、信用卡等名詞套用進去就可以。

★ 這是收據。

こちらが領収書でございます。

ko chi ra ga ryo u shu u sho de go za i ma su

領収書還可以替換成以下的詞語

明細表	明細書 me i sa i sho	副本	控え hi ka e
發票	レシート re shi i to		

★ 早餐已含在費用內。

朝食は料金に含まれています。

cho u sho ku wa ryo u ki n ni fu ku ma re te i ma su

★ 您使用了mini-bar的服務，這是該筆的費用。

ミニバーのお飲み物をお飲みになられまし
たので、その料金です。

mi ni ba a no o no mi mo no o o no mi ni na ra re ma shi ta no de, so no ryo u ki n de su

ミニバーのお飲み物和お飲み還可以替換成以下的詞語

〜服務	〜サービス ~sa a bi su		
傳真	ファックス fa kku su	使用	ご利用 go ri yo u
影印	コピー ko pi i		
付費電視	ペイテレビ pe i te re bi		

國際電話	こくさいでん わ 国際電話 ko ku sa i de n wa	撥打	か お掛け o ka ke

① 使用時機

　如果客人在結帳時，對於費用明細上所列的金額感到困惑，詢問「這個費用是什麼」時，服務員可以這麼回答。

基本會話
06-20.mp3

服務員：**チェックアウトですか？**
che kku a u to de su ka?
您要退房嗎？

客人：**はい。**
ha i
是。

服務員： minibar を ご り よう
ミニバーをご利用になられましたか？
mi ni ba a o go ri yo u ni na ra re ma shi ta ka?
您有沒有使用冰箱內的飲料？

客人：**いいえ。**
i i e
沒有。

服務員：**かしこまりました。**
ka shi ko ma ri ma shi ta
好的。

ない よう　　　かくにん
こちらの内容をご確認ください。
ko chi ra no na i yo u o go ka ku ni n ku da sa i
請您確認這裡的內容。

客人：これは何の料金ですか？
ko re wa na n no ryo u ki n de su ka？

請問，這是什麼費用？

服務員：ファックスをご利用になられましたの
で、その料金です。
fa kku su o go ri yo u ni na ra re ma shi ta no de, so no ryo u ki n de
su

這是您使用傳真的費用。

客人：分かりました。
wa ka ri ma shi ta

我明白了。

狀況 015 電話預約時的溝通技巧 06-21.mp3

★ 早安，訂房部您好，敝姓陳，很高興為您服務。

おはようございます、宿泊予約係の陳でございます。ご用件を承ります。
o ha yo u go za i ma su, shu ku ha ku yo ya ku ga ka ri no chi n de go za i ma su. go
yo u ke n o u ke ta ma wa ri ma su

① 使用時機

　　可隨不同時段斟酌使用「こんにちは（你好）」或是「こんばんは（晚安）」。

★ 麻煩您告訴我一下您的大名。

お名前を(おしゃって)いただけますか？
o na ma e o (o sha tte) i ta da ke ma su ka？

お名前還可以替換成以下的詞語

要住宿的客人姓名	お泊りになるお客様のお名前 o to ma ri ni na ru o kya ku sa ma no o na ma e
公司名稱	法人名 ho u ji n me i
訂單編號	契約番号 ke i ya ku ba n go u
全名的拼音	フルネームのスペル fu ru ne e mu no su pe ru
電話號碼	お電話番号 o de n wa ba n go u
預定使用的日期	お日にち o hi ni chi
預定抵達、入住的日期	ご到着日 go to u cha ku bi
預定住宿的人數	ご滞在の人数 go ta i za i no ni n zu u
預定使用的內容	ご利用内容 go ri yo u na i yo u
預定離開飯店的日期	ご出発日 go shu ppa tsu bi

⚠ 使用時機

　　也可以用「～はお決まりですか？」來詢問「日期、住宿人數、預約內容、出發日期」等，比如：「ご到着日はお決まりですか？」（您已經決定預定抵達、入住的日期了嗎？）

★ 您需要<u>接送服務</u>嗎？

送迎サービスのご希望はございますか？
so u ge i sa a bi su no go ki bo u wa go za i ma su ka?

送迎サービス還可以替換成以下的詞語
（そうげい）

選擇房型	お部屋のタイプ
	（へや） o he ya no ta i pu

洗濯衣物的服務	ランドリーサービス
	ra n do ri i sa a bi su

用餐	お食事
	（しょくじ） o sho ku ji

客房服務	ルームサービス
	ru u mu sa a bi su

付費服務	追加サービス
	（ついか） tsu i ka sa a bi su

基本會話

06-22.mp3

服務員：お部屋のタイプのご希望はございますか？
o he ya no ta i pu no go ki bo u wa go za i ma su ka?
您需要什麼樣的房間？

客人：ツインをお願いします。
tsu i n o o ne ga i shi ma su
我要兩張床的雙人房。

服務員：かしこまりました。ツインルームをおひと部屋でよろしいですか？
ka shi ko ma ri ma shi ta. tsu i n ru u mu o o hi to he ya de yo ro shi i de su ka?
好的。一間兩床雙人房是嗎？

客人：はい。一泊おいくらですか？
ha i, i ppa ku o i ku ra de su ka?
是，住一晚是多少錢？

166

服務員：サービス料、税込みで、一泊6,000元で
ございます。
sa a bi su ryo o, ze i ko mi de, i ppa ku ro ku se n ge n de go za i
ma su

包括服務費在內，一晚6,000元含稅。

★ 您到達的時間大概是幾點？

ご到着は何時ごろの予定ですか？
go to o cha ku wa na n ji go ro no yo te i de su ka?

★ 這個號碼是您家裡的電話號碼嗎？

こちらはご自宅の番号ですか？
ko chi ra wa go ji ta ku no ba n go u de su ka?

★ 我現在給您預約號碼。

ご予約番号を差し上げます。
go yo ya ku ba n go u o sa shi a ge ma su

★ 是您本人嗎？

ご本人様でしょうか？
go ho n ni n sa ma de sho u ka?

★ 住宿本飯店的房客隨時都可以使用（某項設施）。

ご宿泊のお客様はいつでもご自由にご利用
いただけます。
go shu ku ha ku no o kya ku sa ma wa i tsu de mo go ji yu u ni go ri yo u i ta da ke
ma su

★ 謝謝您的來電預約。

ご予約、ありがとうございます。
go yo ya ku a ri ga to u go za i ma su

★ 若您有疑問，請隨時跟我們連絡，不用客氣。

ご質問がございましたら、いつでもご遠慮
なくご連絡くださいませ。
go shi tsu mo n ga go za i ma shi ta ra, i tsu de mo go e n ryo na ku go re n ra ku ku
da sa i ma se

ご質問還可以替換成以下的詞語

變更	変更	追加	追加
	he n ko u		tsu i ka
取消	キャンセル		
	kya n se ru		

★ 您需要預約證明單嗎？

ご予約の確認書は要りますか？
go yo ya ku no ka ku ni n sho wa i ri ma su ka?

★ 衷心期盼前田先生您的光臨。

前田様のお越しを心よりお待ちいたしてお
ります。
ma e da sa ma no o ko shi o ko ko ro yo ri o ma chi i ta shi te o ri ma su

前田様のお越しを心より **還可以替換成以下的詞語**

您提前跟我們連絡	お早目のご連絡を o ha ya me no go re n ra ku o
您再度的光臨	またのご利用を ma ta no go ri yo u o

★ 敝姓陳，我會盡速處理您的問題。

ご質問は私陳が確かに承りました。
go shi tsu mo n wa wa ta shi chi n ga ta shi ka ni u ke ta ma wa ri ma shi ta

⚠ 使用時機

　　客人預約完畢準備掛電話時，服務人員再次跟客人確認其所交代的事項，讓客人安心。

ご質問 還可以替換成以下的詞語

變更	変更 he n ko u	追加	追加 tsu i ka
取消	キャンセル kya n se ru	候補	キャンセル待ち kya n se ru ma chi

基本會話 I　　　　　　　　　　　06-23.mp3

服務員：こんにちは、宿泊予約係の陳でございます。ご用件を承ります。
ko n ni chi wa, shu ku ha ku yo ya ku ga ka ri no chi n de go za i ma su. go yo u ke n o u ke ta ma wa ri ma su

訂房部您好，敝姓陳，很高興為您服務。

客人：宿泊予約をしたいのですが。

shu ku ha ku yo ya ku o shi ta i no de su ga

我想要訂房。

服務員：ありがとうございます。

a ri ga tō go za i ma su

謝謝您。

お日にちはお決まりですか？

o hi ni chi wa o ki ma ri de su ka?

您日期決定了嗎？

客人：はい。

ha i

是的。

服務員：それでは、ご到着日とご出発日をおっし
ゃっていただけますか？

so re de wa, go to u cha ku bi to go shu ppa tsu bi o o ssha tte i ta
da ke ma su ka?

那麼，麻煩您告訴我到達飯店以及離開的日期。

客人：はい。4月5日から7日までです。

ha i, shi ga tsu i tsu ka ka ra na no ka ma de de su

好的，4月5號到7號。

服務員：2泊でよろしいですか？

ni ha ku de yo ro shi i de su ka?

住兩晚是嗎？

客人：はい。

ha i

是的。

基本會話2

06-24.mp3

客人： ダブルを一泊お願いしたいのですが。
da bu ru o i ppa ku o ne ga i shi ta i no de su ga
我要訂一晚單床雙人房。

服務員： 誠に申し訳ございません。
ma ko to ni mo u shi wa ke go za i ma se n
非常抱歉。

あいにく、ダブルルームは満室でございます。
a i ni ku, da bu ru ru u mu wa ma n shi tsu de go za i ma su
現在單床雙人房都客滿了。

ツインのみ空きがございます。
tsu i n no mi a ki ga go za i ma su
只剩兩床的雙人房有空房了。

客人： じゃあ、ツインでお願いします。
ja a, tsu i n de o ne ga i shi ma su
那請給我兩床雙人房。

服務員： ありがとうざいます。おひと部屋でよろしいですか？
a ri ga to u go za i ma su. o hi to he ya de yo ro shi i de su ka?
謝謝。請問是一間房嗎？

客人： はい。
ha i
是。

服務員：恐(おそ)れ入(い)りますが、ご滞在(たいざい)のお客様(きゃくさま)のフル
ネームをおしゃっていただけますか？

o so re i ri ma su ga, go ta i za i no o kya ku sa ma no fu ru ne e mu o o ssha tte i ta da ke ma su ka?

不好意思，能告訴我住宿客人的全名嗎？

客人：はい。反町隆史(そりまちたかし)と松嶋菜々子(まつしまななこ)です。

ha i, so ri ma chi ta ka shi to ma tsu shi ma na na na ko de su

好的，名字是反町隆史和松嶋菜菜子。

服務員：かしこまりました。少々(しょうしょう)お待(ま)ちください。

ka shi ko ma ri ma shi ta. shō shō o ma chi ku da sa i

好的，請您稍等一下。

狀況 016　貼心加值服務　　06-25.mp3

★ 我幫您叫車。

タクシーをお呼(よ)び致(いた)します。

ta ku shi i o o yo bi i ta shi ma su

タクシーをお呼(よ)び 還可以替換成以下的詞語

將車子停放在停車場	車(くるま)を駐車場(ちゅうしゃじょう)にお入(い)れ
	ku ru ma o chu u sha jo u ni o i re
將鑰匙放在櫃台	キーをフロントにお届(とど)け
	ki i o fu ro n to ni o to do ke

★ 您要到哪裡去呢？

どちらにお出(で)かけですか？

do chi ra ni o de ka ke de su ka?

　　若客人在門口東張西望有點不知所措時，你可以用這句話主動上前詢問。

★ 我們幫您查詢日本料理餐廳。

日本料理店をお調べ致します。
ni ho n ryo u ri te n o o shi ra be i ta shi ma su

日本料理店還可以替換成以下的詞語

介紹名勝古蹟	名所案内
	me i sho a n na i
介紹觀光景點或行程	観光案内
	ka n ko u a n na i
附近的醫院	お近くの病院
	o chi ka ku no byo u i n

基本會話
06-26.mp3

服務員：おはようございます。どちらにお出かけですか？
o ha yo u go za i ma su, do chi ra ni o de ka ke de su ka?
早安。您要到哪裡去呢？

客人：台北101の方まで。
ta i pe i wa n o u wa n no ho u ma de
我要到台北101大樓那邊去。

服務員：それでは、タクシーをお呼びいたしましょうか？
so re de wa, ta ku shi i o o yo bi i ta shi ma sho u ka?
那要不要幫您叫部車呢？

客人：はい、お願いします。
ha i, o ne ga i shi ma su
好，謝謝。

★ 從本飯店到捷運中山站，走路的話大概是15分鐘。

当ホテルからMRT中山駅まで、歩いてだいたい15分くらいでございます。
to u ho te ru ka ra e mu a a ru ti i chu u za ne ki ma de, a ru i te da i ta i ju u go fu n ku ra i de go za i ma su

⚠ 補充

　　「当〜」表「該人或該物」。如：「当店」即「本店」，「当社」即「本公司」。

MRT中山駅和歩いて還可以替換成以下的詞語

國內機場	国内空港 ko ku na i ku u ko u	搭計程車	タクシーで ta ku shi i de
國際機場	国際空港 ko ku sa i ku u ko u	搭國內線	国内線で ko ku na i se n de
台北車站	台北駅 ta i pe i e ki	搭機場巴士	リムジンバスで ri mu ji n ba su de
		搭捷運	MRTで e mu a a ru ti i de

⚠ 使用時機

　　如果房客問你飯店與其他地方的地理關係，例如：從飯店到某某地方搭乘哪種交通工具會需要多少時間時，就可以使用上述的句子來回答。

★ 我們來幫您安排電車車票。

でんしゃ きっぷ てはい
電車の切符はこちらで**手配**させていただきます。

de n sha no ki ppu wa ko chi ra de te ha i sa se te i ta da ki ma su

でんしゃ きっぷ
電車の切符還可以替換成以下的詞語

國內機票	こくないせん 国内線のチケット ko ku na i se n no chi ke tto
到機場的計程車	くうこう ゆ 空港行きのタクシー kū kō i ki no ta ku shi i
餐廳的預約訂位	よやく レストランの予約 re su to ra n no yo ya ku
汽車租借	ハイヤー ha i ya a
演唱會門票	コンサートのチケット ko n sa a to no chi ke tto

ⓘ 使用時機

　　「チケット」是廣義的「票券」，例如：機票或是各類劇場、表演的入場券，都可以使用這個字。

★ 我幫您查機場巴士的時間。

じこく しら
リムジンバスの時刻をお調べいたします。

ri mu ji n ba su no ji ko ku o o shi ra be i ta shi ma su

ⓘ 使用時機

　　「リムジンバス」（Airport Limousine 利木津巴士）是往返市區飯店與機場之間的交通工具。

電車	電車 でんしゃ de n sha	國內線	国内線 こくないせん ko ku na i se n
演唱會	コンサート ko n sa a to		

★ 如果要去士林的話，搭捷運比較方便。

士林でしたら、ＭＲＴが便利です。
しりん / エムアールティー / べんり
shi ri n de shi ta ra, e mu a a ru ti i ga be n ri de su

⚠ 使用時機

　　這樣表達「建議」的句型也可以用於其他方面，比如說「ナイトマーケットでしたら、現金が便利です。（如果在夜市的話，用現金比較方便）」。
げんきん / べんり

★ 要去觀光的話，我會推薦您陽明山、淡水等。

観光でしたら、陽明山、淡水などをお薦め
かんこう / ようめいさん / たんすい / すす

いたします。
ka n ko u de shi ta ra, yo u me i sa n, ta n su i na do o o su su me i ta shi ma su

夜市	ナイトマーケット／夜店 よみせ na i to ma a ke tto / yo mi se	基隆	基隆 キールン ki i ru n
購物	お買い物 か / もの o ka i mo no	肉粽	肉粽 にくちまき ni ku chi ma ki
小吃	屋台料理 や たいりょうり ya ta i ryo u ri	甜不辣	さつまあげ sa tsu ma a ge
士林	士林 しりん shi ri n		

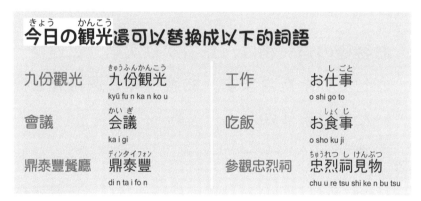

台灣菜	台湾料理 たいわんりょうり ta i wa n ryo u ri	擔仔麵	タンツーメン ta n tsu u me n
		滷肉飯	魯肉飯 るうろうハン ru u ro o ha n
名產	お土産 みやげ o mi ya ge	鳳梨酥	パイナップルケーキ pa i na ppu ru kē ki
		凍頂烏龍茶	凍頂烏龍茶 とうちょうウーロンちゃ to u cho u u u ro n cha

★ 今天的旅遊行程您覺得如何呢？

今日の観光はいかがでしたか？
きょう　かんこう
kyo u no ka n ko u wa i ka ga de shi ta ka?

今日の観光還可以替換成以下的詞語
きょう　かんこう

九份觀光	九份観光 きゅうふんかんこう kyū fu n ka n ko u	工作	お仕事 しごと o shi go to
會議	会議 かいぎ ka i gi	吃飯	お食事 しょくじ o sho ku ji
鼎泰豐餐廳	鼎泰豐 ディンタイフォン di n ta i fo n	參觀忠烈祠	忠烈祠見物 ちゅうれつしけんぶつ chu u re tsu shi ke n bu tsu

(!) 使用時機

　　對外出遊玩、返回飯店的客人問問今天玩得如何，表達關心之意。

★ 我幫您畫 地圖。

地図をお描きいたしましょう。
ちず　　か
chi zu o o ka ki i ta shi ma sho u

出發時間	発車時刻（はっしゃじこく） ha ssha ji ko ku	寫	お書き（か） o ka ki
開始時間	開始時刻（かいしじこく） ka i shi ji ko ku		

ⓘ 使用時機

　　　客人問你某地方在哪裡、火車出發時間等問題時，可以幫他們畫地圖或寫時間，這樣能讓客人感到服務很親切。

★ 您遺失的東西找到後，我們會立即和您聯絡，您可以告訴我方便的聯絡方式嗎？

お客様（きゃくさま）の遺失物（いしつぶつ）は、見（み）つかり次第（しだい）、ご連絡（れんらく）させていただきます。お客様（きゃくさま）のご連絡先（れんらくさき）をいただけますか？

o kya ku sa ma no i shi tsu bu tsu wa, mi tsu ka ri shi da i, go re n ra ku sa se te i ta da ki ma su. o kya ku sa ma no go re n ra ku sa ki o i ta da ke ma su ka?

ⓘ 補充

　　　「～次第（しだい）」〔接助〕立刻；馬上。意思與「～してすぐに」相同。例如：「品物（しなもの）が着（つ）き次第（しだい）送金（そうきん）する（貨到即刻匯款）」。

状況 017　告知客人如何接上旅館WiFi　　06-27.mp3

★ 本旅館有對入住的客人提供免費WiFi。

当（とう）ホテルでは宿泊者限定（しゅくはくしゃげんてい）で無料（むりょう）のWiFi（ワイファイ）を提供（ていきょう）しております。

to u ho te ru de wa syu ku ha ku sya ge n te i de mu ryo u no wa i hua i wo te i kyo u shi te o ri ma su

★ WiFi名字和帳號和密碼請看這裡。

WiFiの名称や、アカウント名、パスワード などはこちらをご覧ください。

wa i hua i no mei i syo u ya, a ka u n to mei, pa su wa a do na do wa ko chi raw o
go ra n ku da sa i

こちら還可以替換成以下詞句

房間鑰匙卡的背面	カードキーの裏
	ka a do ki i no u ra
客人房間的卡上	お客様の部屋のテーブルの上
	o kya ku sa ma no he ya no te e bu ru no u e
廣告小冊子	パンプレット
	pa n pu re tto

ⓘ 使用時機

　　寫WiFi資料的地方隨旅館不同千變萬化，不知道怎麼解釋的
話就自己去指給客人看吧。

★ 很抱歉，本旅館不提供WiFi。

申し訳ございません。当ホテルではWiFiを 提供しておりません。

mo u shi wa ke go za i ma se n. to u ho te ru de wa wa i hua i wo te i kyu u shi te o ri
ma se n

➡客人反應不知道怎麼接上WiFi時

★ 裝置的WiFi機能有開嗎？

デバイスのWiFi機能はオンにしてますか？

de ba i su no wa i hua i ki no u wa o n ni shi te ma su ka

★ 有些地方信號弱，請換個地方試試。

電波が弱い場所がありますので、場所を変えてみてください。

de n pa ga yo wa i ba syo ga a ri ma su no de, ba syo wo ka e te mi te ku da sa i

★ 客人允許的話，請給我看看那個裝置。

お客様が良ければ、そのデバイスを見せていただけますか？

o kya ku sa ma ga yo ke re ba, so no de ba i su o mi se te i ta da ke ma su ka?

(!) 使用時機

　　客人聽不懂你的解釋，或是不知道哪裡有問題時也只能請客人把裝置給借給你操作，直接幫他設定WiFi了。但由於智慧手機是個人情報的寶庫，若客人拿的是手機，最好是連問都不要問。

超好用 服務業必備詞彙

≫ 飯店設施＆設備＆服務

★飯店型態

飯店、旅館 ホテル ho te ru	商務旅館 ビジネスホテル bi ji ne su ho te ru	溫泉旅館 おんせんりょかん 温泉旅館 o n se n ryo ka n
度假飯店 リゾートホテル ri zo o to ho te ru	民宿 みんしゅく 民宿 mi n shu ku	汽車旅館 モーテル mo o te ru

★房間型態

單人房 シングル shi n gu ru	雙人房 ダブル da bu ru	雙人房(兩張床) ツイン tsu i n
小雙人房 セミダブル se mi da bu ru	三人房 トリプル to ri pu ru	套房 スイート su i i to
和室 わしつ 和室 wa shi tsu	禁煙房 きんえん 禁煙ルーム ki n e n ru u mu	吸煙房 きつえん 喫煙ルーム ki tsu e n ru u mu

★房型

餐廳 レストラン re su to ra n	自動販賣機 自動販売機 ji do u ha n ba i ki	自助式洗衣 コインランドリー ko i n ra n do ri i
送洗 クリーニング ku ri i ni n gu	傳真 ファックス送信 fa kku su so u shi n	Morning Call モーニングコール mo o ni n gu ko o ru
宅配服務 宅配便 ta ku ha i bi n	按摩 マッサージ ma ssa a ji	客房服務 ルームサービス ru u mu sa a bi su

★客房設備

電視 テレビ te re bi	電話 電話 de n wa	連接網路 インターネット接続 i n ta a ne tto se tsu zo ku
熱水壺 ポット po tto	冰箱 冷蔵庫 re i zo u ko	枱燈 電気スタンド de n ki su ta n do
加濕氣 加湿器 ka shi tsu ki	熨斗 アイロン a i ro n	嬰兒床 ベビーベッド be bi i be ddo
吹風機 ドライヤー do ra i ya a	茶杯 湯飲み yu no mi	茶包 ティーパック ti i pa kku

礦泉水
ミネラル
ウォーター
mi ne ra ru wo o ta a

即溶咖啡包
インスタント
コーヒー
i n su ta n to ko o hi i

棉花棒
めんぼう
綿棒
me n bo u

針線裁縫包
さいほう
裁縫セット
sa i ho u se tto

信紙
びんせん
便箋
bi n se n

信封
ふうとう
封筒
fu u to o

毛毯
もう ふ
毛布
mo u fu

被子
ふ とん
布団
fu to n

枕頭
まくら
枕
ma ku ra

拖鞋
スリッパ
su ri ppa

睡衣
パジャマ
pa ja ma

毛巾
タオル
ta o ru

浴巾
バスタオル
ba su ta o ru

浴帽
シャワーキャップ
sha wa a kya ppu

洗髮精
シャンプー
sha n pu u

潤髮乳
リンス
ri n su

肥皂
せっ
石けん
se kke n

沐浴乳
ボディシャンプー
bo di sha n pu u

沐浴露、凝膠
バスジェル
ba su je ru

身體乳液
ボディーローション
bo di i ro o sho n

牙刷
は
歯ブラシ
ha bu ra shi

牙膏
は みが こ
歯磨き粉
ha mi ga ki ko

梳子
くし
ku shi

刮鬍刀
カミソリ
ka mi so ri

Part
7

天天用得上的
計程車日語

P07.MP3

狀況 001　日常問候

07-01.mp3

★ 早安。

おはようございます。
o ha yo u go za i ma su

★ 你好。

こんにちは。
ko n ni chi wa

★ 晚安。

こんばんは。
ko n ba n wa

★ 再見。

さようなら。
sa yō na ra

★ 路上請小心。

お気をつけて。
o ki o tsu ke te

★ 請慢走。

いってらっしゃい。
i tte ra ssha i

① 使用時機

在乘客下車時，可以這麼說。

★ 您回來了。

お帰りなさい。
o ka e ri na sa i

① 使用時機

　　如果乘客利用包車服務，從上一個遊玩景點回到車上時，司機可以用這一句話迎接乘客。

★ 晚安

お休みなさい。
o ya su mi na sa i

① 使用時機

　　乘客晚上搭車、到達目的地要下車時，司機可以對他說一句「晚安」，這是讓人覺得很親切、窩心的道別用語。

狀況 002　基本服務用語　07-02.mp3

★ 請。

どうぞ。
do u zo

① 使用時機

　　有些地方會有幫人叫車的服務，當服務員遞交東西給客人，或請客人上座時，可以客氣地說「請」。

★ 我知道了。

分かりました。
wa ka ri ma shi ta

(!) 使用時機

　　乘客提出要求或說明時，司機可以用這句話表示「OK，我聽懂了、我了解了」。

★ 可以嗎？

よろしいですか？
yo ro shi i de su ka?

(!) 使用時機

　　司機可能在載客的過程中遇到一些小狀況，比如說正在施工必須繞路、只剩零散的零錢可以找錢等等，此時司機需要客氣地以這句話詢問乘客是否能夠接受。

★ 謝謝您。

ありがとうございます。
a ri ga to o go za i ma su

(!) 使用時機

　　當乘客欣賞並讚美司機的服務，或者答應司機的要求時，司機都可以用這句話客氣地回應乘客。注意在「ありがとう」後面加上「ございます」才能夠表現出服務者（司機）對待客人的禮貌。乘客下車時可能也會向司機致謝，因為是感謝司機大哥剛才的服務，所以會用過去式的「ありがとうございました」。

★ 不客氣。

どういたしまして。
do u i ta shi ma shi te

★ 對呀、說得也是。

そうですね。
so u de su ne

當司機回答乘客的問題、或是同意乘客的意見時,會用這一句話表示「贊同或呼應」。

★ 歡迎您再次搭乘。

またよろしくお願いします。

ma ta yo ro shi ku o ne ga i shi ma su

★ 不好意思、對不起。

すみません。

su mi ma se n

★ 很抱歉。

申し訳ありません。

mo u shi wa ke a ri ma se n

「すみません」「申し訳ありません」兩者皆是道歉,後者比前者更鄭重。而除了道歉外,「すみません」還可以用在當司機有問題想問乘客時,用來開頭的「不好意思,……」。

★ 一共是85塊。

85元になります。

ha chi ju u go ge n ni na ri ma su

★ 收您100元。

100元お預かりします。

hya ku ge n o a zu ka ri shi ma su

★ 這是找您的10元。

こちら、10元のお返しになります。

_{じゅうげん} _{かえ}

ko chi ra, ju u ge n no o ka e shi ni na ri ma su

狀況 003　溝通不良怎麼辦？　　　07-03.mp3

★ 我聽不太懂。

分かりません。
_わ
wa ka ri ma se n

★ 可以請您再說一次嗎？

もう一度、言っていただけますか？
_{いちど}　_い
mo u i chi do, i tte i ta da ke ma su ka?

★ 可以請您說慢一點嗎？

もう少しゆっくり話していただけますか？
_{すこ}　　　_{はな}
mo u su ko shi yu kku ri ha na shi te i ta da ke ma su ka?

基本會話　　　07-04.mp3

司機：おはようございます。
　　　o ha yo u go za i ma su
　　　早安。

乗客：中正紀念堂まで。
_{ちゅうせい} _{き ねんどう}
　　　chu u se i ki ne n do u ma de
　　　要去中正紀念堂。

司機：すみません、分かりません。
　　　　　　　　　　　_わ
　　　su mi ma se n, wa ka ri ma se n
　　　不好意思，我聽不太懂。

もう<ruby>少<rt>すこ</rt></ruby>しゆっくり<ruby>話<rt>はな</rt></ruby>していただけますか？
mo u su ko shi yu kku ri ha na shi te i ta da ke ma su ka?

請您說慢一點。

乗客：<ruby>中正紀念堂<rt>ちゅうせい き ねんどう</rt></ruby>です。
chu u se i ki ne n dō de su

中正紀念堂。

司機：<ruby>分<rt>わ</rt></ruby>かりました。
wa ka ri ma shi ta

我懂了。

狀況 004　稱呼乘客

07-05.mp3

★ 先生／小姐。

お<ruby>客<rt>きゃく</rt></ruby>さん。
o kya ku sa n

（！）使用時機

　　不管客人是男性、女性、年紀多大，司機一律統稱客人為「お客さん」。「お<ruby>客<rt>きゃく</rt></ruby>樣」也表示同樣的意思，但比「お客さん」有禮貌。

狀況 005　請問要到哪裡？

07-06.mp3

★ 請問您要到哪裡去？

どちらまで<ruby>行<rt>い</rt></ruby>かれますか？
do chi ra ma de i ka re ma su ka?

司機：こんにちは。
ko n ni chi wa
您好。

乘客：こんにちは。
ko n ni chi wa
你好。

司機：どちらまで行かれますか？
do chi ra ma de i ka re ma su ka?
請問，您要到哪裡去？

乘客：台北駅までお願いします。
ta i pe i e ki ma de o ne ga i shi ma su
我要去台北車站。

司機：台北駅ですね？分かりました。
ta i pe i e ki de su ne? wa ka ri ma shi ta
台北車站，是嗎？好的。

狀況 006　和乘客聊天　　　07-08.mp3

★ 請繫好 安全帶。

シートベルトを締めていただけますか？
shi i to be ru to o shi me te i ta da ke ma su ka?

シートベルト和締めて還可以替換成以下的詞語

窗戶	窓 ma do	關	閉めて shi me te
門	ドア do a	打開	開けて a ke te

★ 今天很熱呢！

今日は とても 暑いですね。
kyo u wa to te mo a tsu i de su ne

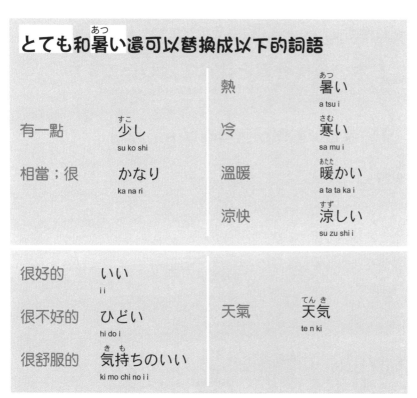

とても和暑い還可以替換成以下的詞語

		熱	暑い a tsu i
有一點	少し su ko shi	冷	寒い sa mu i
相當；很	かなり ka na ri	溫暖	暖かい a ta ta ka i
		涼快	涼しい su zu shi i

很好的	いい i i		
很不好的	ひどい hi do i	天氣	天気 te n ki
很舒服的	気持ちのいい ki mo chi no i i		

★ 真不湊巧的雨天。

あいにくの雨ですね。

a i ni ku no a me de su ne

雨還可以替換成以下的詞語

陰天	曇り空	天氣	天気
	ku mo ri zo ra		te n ki

（！）使用時機

「あいにくの天氣」表示天氣沒有想像中的好。另外也可以用「雨が降りそうですね。」（好像快要下雨的樣子）。

★ 日本的夏天比台灣涼快嗎？

日本の夏は台湾と比べて涼しいですか？

ni ho n no na tsu wa ta i wa n to ku ra be te su zu shi i de su ka?

夏和涼しい還可以替換成以下的詞語

現在	今	熱	暑い
	i ma		a tsu i
春天	春	冷	寒い
	ha ru		sa mu i
秋天	秋	暖和	暖かい
	a ki		a ta ta ka i
冬天	冬		
	fu yu		

★ 您打算在這裡停留幾天呢？

何日 滞在されるご予定ですか？

na n ni chi ta i za i sa re ru go yo te i de su ka?

何日和滞在さ還可以替換成以下的詞語

| 哪裡 | どちらに
do chi ra ni | 去 | 行か
i ka |
| | | 投宿 | 宿泊さ
shu ku ha ku sa |

★ 請小心不要中暑。

暑さにやられないように気を付けて下さいね。

a tsu sa ni ya ra re na i yo u ni ki o tsu ke te ku da sa i ne

暑さにやられ還可以替換成以下的詞語

感冒	風邪を引か ka ze o hi ka	睡覺時著涼	寝冷えし ne bi e shi
弄壞身體	体調を崩さ ta i cho u o ku zu sa	生病	病気にかから byo u ki ni ka ka ra
吃壞肚子	お腹を壊さ o na ka o ko wa sa		

基本會話

07-09.mp3

司機：こんにちは、今日はとても暑いですね。
　　　ko n ni chi wa , kyō wa to te mo a tsu i de su ne
　　　您好，今天非常熱呢。

乘客：本当に。
　　　ho n to u ni
　　　對呀，真的是。

司機：日本の夏は台湾と比べて涼しいですか？
ni ho n no na tsu wa ta i wa n to ku ra be te su zu shi i de su ka?
日本的夏天比台灣涼快嗎？

乗客：そうですね、涼しいですね。
so u de su ne, su zu shi i de su ne
是，很涼快。

司機：暑さにやられないように気を付けてくださ
いね。
a tsu sa ni ya ra re na i yo u ni ki o tsu ke te ku da sa i ne
請您小心不要中暑。

乗客：はい、ありがとうございます。
ha i, a ri ga to u go za i ma su
謝謝你的關心。

★ 來台灣是工作嗎？

台湾へはお仕事ですか？
ta i wa n e wa o shi go to de su ka?

お仕事還可以替換成以下的詞語

出差	ご出張	旅行	ご旅行
	go shu ccho u		go ryo ko u
第一次	初めて	第幾次	何回目
	ha ji me te		na n ka i me
經常性的	よくいらっしゃるん		
	yo ku i ra ssha ru n		

196

★ 辛苦您了呢！

大変ですね。
ta i he n de su ne

大変還可以替換成以下的詞語

不錯	いい i i	很羨慕	うらやましい u ra ya ma shi i
好棒	すごい su go i		

基本會話
07-10.mp3

司機：申し訳ありません。シートベルトを締めて
いただけますか？
mo u shi wa ke a ri ma se n. shi i to be ru to o shi me te i ta da ke ma
su ka?
很抱歉，麻煩您繫好安全帶。

客人：はい、分かりました。
ha i, wa ka ri ma shi ta
好的。

司機：ありがとうございます。
a ri ga to u go za i ma su
謝謝。

台湾へはお仕事ですか？
ta i wa n e wa o shi go to de su ka?
您來台灣是工作嗎？

197

客人：はい、そうです。
ha i, so u de su

是。

司機：大変<ruby>大変<rt>たいへん</rt></ruby>ですね。
ta i he n de su ne

好辛苦喔！

★ 要不要開冷氣？

クーラーを付けましょうか？
ku u ra a o tsu ke ma sho u ka?

① 補充

「クーラー(cooler)」意指「冷氣機」。

クーラー和付け還可以替換成以下的詞語

收音機	ラジオ ra ji o	開	付け tsu ke
暖氣	ヒーター hi i ta a		
窗戶	窓 ma do	打開	開け a ke
		關	閉め shi me
音樂	音楽 o n ga ku	放	かけ ka ke
收據	伝票 de n pyo u	寫	書き ka ki

基本會話

07-11.mp3

司機：今日は暑いですね。
kyo u wa a tsu i de su ne
今天好熱呢！

クーラーを付けましょうか？
ku u ra a o tsu ke ma sho u ka
要不要幫您開冷氣？

客人：はい、お願いします。
ha i, o ne ga i shi ma su
好，麻煩你了。

司機：分かりました。
wa ka ri ma shi ta
好的。

★ 您不舒服嗎？

ご気分お悪いんですか？
go ki bu n o wa ru i n de su ka?

★ 要不要停車？

車止めましょうか？
ku ru ma to me ma sho u ka?

車止め還可以替換成以下的詞語

開慢一點	ゆっくり走り yu kku ri ha shi ri	開快一點	急ぎ i so gi
去藥房	薬局に行き ya kkyo ku ni i ki	去醫院	病院に行き byo u i n ni i ki
找洗手間	お手洗いさがし　o te a ra i sa ga shi		

司機：ご気分お悪いんですか？
go ki bu n o wa ru i n de su ka?

您不舒服嗎？

客人：はい、少し。
ha i, su ko shi

有一點。

司機：車止めましょうか？
ku ru ma to me ma sho u ka?

要不要停車？

★ 您要使用後車廂嗎？

トランクお使いになられますか？
to ra n ku o tsu ka i ni na ra re ma su ka?

トランク還可以替換成以下的詞語

衛生紙	ティッシュペーパー	兒童安全座椅	チャイルドシート
	ti sshu pe e pa a		cha i ru do shi i to
筆	ペン	便條紙	メモ用紙
	pe n		me mo yo u shi

司機：トランクお使いになられますか？
to ra n ku o tsu ka i ni na ra re ma su ka?

請問您要使用後車箱嗎？

客人：はい。
　　　ha i
　　　要。

司機：お手伝い致します。
　　　o te tsu da i i ta shi ma su
　　　我來幫您。

★ 您下車時，請小心後面的車子。

下りられるとき、後方のお車にお気を付け下さい。
o ri ra re ru to ki, ko u ho u no o ku ru ma ni o ki o tsu ke ku da sa i

下りられるとき和後方のお車還可以替換成以下的詞語

下車	下りられる o ri ra re ru	腳步	足元 a shi mo to
		不要忘了您的東西 お忘れ物ないよう o wa su re mo no no na i yo u	
過馬路	道路を渡られる do u ro o wa ta ra re ru	車子	車 ku ru ma
		摩托車	バイク ba i ku

即將抵達目的地　　07-14.mp3

★ 快要到了，再3分鐘左右。

もうすぐ着きます。あと3分くらいです。

mo u su gu tsu ki ma su. a to sa n pu n ku ra i de su

3分（さんぷん）還可以替換成以下的詞語

5分鐘	五分（ご ふん） go fu n	10分鐘	十分（じゅっぷん） ju ppu n
15分鐘	十五分（じゅう ご ふん） ju u go fu n	20分鐘	二十分（に じゅっぷん） ni ju ppu n
30分鐘	三十分（さんじゅっぷん） sa n ju ppu n	40分鐘	四十分（よんじゅっぷん） yo n ju ppu n

★ 到了。

着（つ）きましたよ。
tsu ki ma shi ta yo

★ 不好意思，只有零錢可以找。

申（もう）し訳（わけ）ありません、おつりが少（すこ）し細（こま）かくなります。
mo u shi wa ke a ri ma se n, o tsu ri ga su ko shi ko ma ka ku na ri ma su

おつりが少（すこ）し細（こま）かく還可以替換成以下的詞語

過年加成	正月料金に（しょうがつりょうきん） sho u ga tsu ryo u ki n ni
夜間加成	夜間料金に（や かんりょうきん） ya ka n ryo u ki n ni
會繞遠一點	少し遠回りに（すこ・とおまわ） su ko shi to o ma wa ri ni
會稍微晚一點到	少し遅く（すこ・おそ） su ko shi o so ku

司機：お客さん、着きましたよ。台北駅です。
o kya ku sa n, tsu ki ma shi ta yo. ta i pe i e ki de su

先生，台北車站到了。

客人：おいくらですか？
o i ku ra de su ka?

多少錢？

司機：115元になります。
hya ku ju u go ge n ni na ri ma su

115元。

ありがとうございました。
a ri ga to u go za i ma shi ta

謝謝。

司機：申し訳ありません、おつりが少し細かくな
ります。
mo u shi wa ke a ri ma se n, o tsu ri ga su ko shi ko ma ka ku na ri ma
su

不好意思，只有零錢可以找。

よろしいでしょうか？
yo ro shi i de sho u ka?

可以嗎？

客人：結構ですよ。
ke kko u de su yo!

沒關係。

司機：ありがとうございます。
a ri ga to u go za i ma su

謝謝。

★ 要在十字路口前停嗎？

交差点の手前で止まりますか？

ko u sa te n no te ma e de to ma ri ma su ka?

交差点還可以替換成以下的詞語

紅綠燈	信号 shi n go u	三叉路口	三叉路 sa n sa ro
大樓	ビル bi ru	便利商店	コンビニ ko n bi ni
銀行	銀行 gi n kō	入口	入り口 i ri gu chi
捷運站入口	ＭＲＴの入り口 e mu a a ru ti no i ri gu chi		

★ 過了馬路再停嗎？

道路を渡ってから止まりますか？

do o ro o wa ta tte ka ra to ma ri ma su ka

道路和渡って還可以替換成以下的詞語

下一個紅綠燈	次の信号 tsu gi no shi n go u		
十字路口	交差点 ko u sa te n	開過	超えて ko e te
百貨公司	デパート de pa a to		
橋	橋 ha shi	過	渡って wa ta tte

上面的兩個句子用「それとも(或；還是)」連在一起就會變成選擇疑問句，例如：「交差点の手前で止まりますか？それとも道路を渡ってから止まりますか？」（要停在十字路口前嗎？還是過了馬路再停呢？）

基本會話　　　　　　　　　　　　　　07-16.mp3

司機：お客さん、もうすぐ着きます。
o kya ku sa n , mo u su gu tsu ki ma su
先生，快要到了。

交差点の手前で止まりますか？それとも道路を渡ってから止まりますか？
ko u sa te n no te ma e de to ma ri ma su ka？ so re to mo do u ro o wa ta tte ka ra to ma ri ma su ka?
要停在十字路口的前面嗎？還是過了馬路再停呢？

客人：あ、手前で止まってください。
a, te ma e de to ma tte ku da sa i
啊，前面就停。

司機：手前ですね、分かりました。
te ma e de su ne, wa ka ri ma shi ta
前面這裡嗎？好的。

狀況 008 **無法在指定地點下車**　　　07-17.mp3

★ 不能直接到入口前面。

入り口の前まで行くことができません。
i ri gu chi no ma e ma de i ku ko to ga de ki ma se n

入り口 還可以替換成以下的詞語
いりぐち

車站	駅 えき e ki	大樓	ビル bi ru
銀行	銀行 ぎんこう gi n ko u	餐廳	レストラン re su to ra n
百貨公司	デパート de pa a to	飯店	ホテル ho te ru
咖啡廳	喫茶店 きっさてん ki ssa te n	商店	お店 みせ o mi se

★ 這裡是單行道。

こちら一方通行です。
いっぽうつうこう
ko chi ra i ppo u tsu u ko u de su

★ 要不要在哪裡迴轉一下？

どこかでＵターンしましょうか？
ユー
do ko ka de yu u ta a n shi ma sho u ka?

★ 請問，您要在這裡下車嗎？

ここで下りられますか？
お
ko ko de o ri ra re ma su ka?

★ 會遠一點。

少し遠くなります。
すこ　とお
su ko shi to o ku na ri ma su

基本會話 07-18.mp3

司機：こちら一方通行ですので、入り口の前まで
行くことができません。
ko chi ra i ppo o tsu u ko u de su no de, i ri gu chi no ma e ma de i ku
ko to ga de ki ma se n

這裡是單行道，所以不能直接到入口前面。

どこかでUターンしましょうか？
do ko ka de yu u ta a n shi ma sho u ka?

要不要在哪裡迴轉一下呢？

それともこちらで下りられますか？
so re to mo ko chi ra de o ri ra re ma su ka?

還是要在這裡下車嗎？

客人：Uターンすると、遠くなりますか？
yu ta a n su ru to, to o ku na ri ma su ka?

如果迴轉，會很遠嗎？

司機：そうですね、少し遠くなります。
so u de su ne, su ko shi to o ku na ri ma su

是呀，會因此繞遠一點。

客人：では、ここで下ります。
de wa, ko ko de o ri ma su

那我在這邊下車好了。

司機：そうですか、すみません。
so u de su ka, su mi ma se n

是嗎，不好意思。

ありがとうございました。
a ri ga to u go za i ma shi ta

謝謝。

★ 現在的時間中山北路會塞車。

今の時間、中山北路は混んでいます。
i ma no ji ka n, chū za n ho ku ro wa ko n de i ma su

今の時間和混んでいます還可以替換成以下的詞語

禮拜天	日曜日 ni chi yo u bi	禁止通行	通行禁止です tsu u ko u ki n shi de su
禮拜六	土曜日 do yo u bi		
假日	休日 kyu u ji tsu	在施工中	工事中です ko u ji chu u de su
晚上	夜 yo ru		
通勤尖峰時間	ラッシュアワー ra sshu a wa a		
現在	今 i ma	車禍處理中	事故処理中です ji ko sho ri chu u de su

★ 行駛中山北路。

中山北路を通ります。
chu u za n ho ku ro o to o ri ma su

基本會話

客人：グランドフォルモサホテルまでお願いします。
gu ra n do fo ru mo sa ho te ru ma de o ne ga i shi ma su
請到晶華酒店。

司機：グランドフォルモサホテルですね？
gu ra n do fo ru mo sa ho te ru de su ne?
到晶華酒店對吧？

グランドフォルモサホテルまで、普段は南京東路を通ります。
gu ra n do fo ru mo sa ho te ru ma de, fu da n wa na n ki n to o ro o to
o ri ma su
到晶華酒店通常是走南京東路。

でも、今の時間、南京東路は混んでいます。
de mo, i ma no ji ka n, na n ki n to u ro wa ko n de i ma su
但是，現在的時間南京東路會塞車。

だから、民生東路を通ります。よろしいですか？
da ka ra, mi n se i to u ro o to o ri ma su. yo ro shi i de su ka?
所以我們走民生東路，可以嗎？

客人：結構ですよ。
ke kko u de su yo!
沒問題。

司機：ありがとうございます。
a ri ga to u go za i ma su
謝謝。

　　「でも」「だから」都是連接詞，「でも」表示「可是」；
「だから」表示「所以」。

狀況 010　請問怎麼走？　　07-21.mp3

★ 下一個轉角要轉彎嗎？

次の角を曲がりますか？
tsu gi no ka do o ma ga ri ma su ka?

次の角和曲がり還可以替換成以下的詞語

下一個紅綠燈	次の信号 tsu gi no shi n go u		
十字路口	交差点 ko u sa te n	轉彎	曲がり ma ga ri
三叉路口	三叉路 sa n sa ro		
橋	橋 ha shi	過	渡り wa ta ri
下一個十字路口	次の交差点 tsu gi no ko u sa te n	穿過去	通り抜け to o ri nu ke

基本會話　　07-22.mp3

司機：お客さん、次の角を曲がりますか？
　　　o kya ku sa n, tsu gi no ka do o ma ga ri ma su ka?
　　　先生，下一個轉角要轉彎嗎？

客人：そのまままっすぐ走_{はし}ってく下_{くだ}さい。
so no ma ma ma ssu gu ha shi tte ku da sa i

請就這樣直走。

司機：まっすぐですね？わかりました。
ma ssu gu de su ne? wa ka ri ma shi ta

一直開過去嗎？好，明白了。

(!) 使用時機

「そのまま」表示維持原狀，「まっすぐ」表示「直走下去」，所以「そのまままっすぐ行_いく」就是「繼續直走」。

★ 下一個紅綠燈往哪裡轉？

次_{つぎ}の信号_{しんごう}をどちらに曲_まがりますか？
tsu gi no shi n go u o do chi ra ni ma ga ri ma su ka?

どちら還可以替換成以下的詞語

右邊	右 mi gi	左邊	左 hi da ri

基本會話   07-23.mp3

司機：次_{つぎ}の信号_{しんごう}をどちらに曲_まがりますか？
tsu gi no shi n go u o do chi ra ni ma ga ri ma su ka?

下一個紅綠燈往哪裡轉？

客人：左_{ひだり}に曲_まがって下_{くだ}さい。
hi da ri ni ma ga tte ku da sa i

請往左轉

司機：左_{ひだり}ですね？分_わかりました。
hi da ri de su ne? wa ka ri ma shi ta

往左轉？好的。

★ 好像故障了。

故障（こしょう）したようです。
ko sho u shi ta yo u de su

故障（こしょう）した還可以替換成以下的詞語

發生車禍	事故（じこ）の ji ko no	塞車	渋滞（じゅうたい）の ju u ta i no
熄火	エンストした e n su to shi ta	爆胎	パンクした pa n ku shi ta
施工中	工事中（こうじちゅう）の ko u ji chu u no	臨檢	検問（けんもん）の ke n mo n no
禁止通行	通行止（つうこうど）め／行（い）き止（ど）まり tsu u ko u do me / i ki do ma ri		

(!) 補充

　　エンスト（engine stop）：飛機等引擎停止

　　パンク（puncture）：輪胎爆胎

★ 請您等一下。

少々（しょうしょう）お待（ま）ち下（くだ）さい。
sho u sho u o ma chi ku da sa i

★ 馬上叫別的計程車過來。

すぐ別（べつ）のタクシーをお呼（よ）び致（いた）します。
su gu be tsu no ta ku shi i o o yo bi i ta shi ma su

別のタクシーをお呼び致し 還可以替換成以下的詞語

走別的路	別の道を通り	發動	動き
	be tsu no mi chi o to o ri		u go ki
修理	修り	叫人過來	人を呼び
	na o ri		hi to o yo bi

基本會話

07-25.mp3

客人：どうしたんですか？
do u shi ta n de su ka?
怎麼了？

司機：申し訳ございません。
mo u shi wa ke go za i ma se n
很抱歉。

車が故障したようです。
ku ru ma ga ko sho u shi ta yo u de su
車子好像故障了。

すぐ別のタクシーをお呼び致します。
su gu be tsu no ta ku shi i o o yo bi i ta shi ma su
我馬上叫別的計程車過來。

少々お待ち下さい。
sho u sho u o ma chi ku da sa i
請您稍等一下。

狀況 012 向乘客道謝

07-26.mp3

★ 這是我的名片。

213

こちら<ruby>私<rt>わたし</rt></ruby>の<ruby>名刺<rt>めいし</rt></ruby>です。
ko chi ra wa ta shi no me i shi de su

<ruby>私<rt>わたし</rt></ruby>の<ruby>名刺<rt>めいし</rt></ruby>還可以替換成以下的詞語

零錢	おつり o tsu ri		地圖	<ruby>地図<rt>ち ず</rt></ruby> chi zu
路線圖	<ruby>路線図<rt>ろ せん ず</rt></ruby> ro se n zu		時刻表	<ruby>時刻表<rt>じ こく ひょう</rt></ruby> ji ko ku hyo u
旅遊指南	ガイドブック ga i do bu kku		手冊	パンフレット pa n fu re tto

① 補充

ガイドブック（guide book）：旅遊指南

パンフレット（pamphlet）：簡介等小冊子

★ 歡迎再次搭乘。

どうぞまたご<ruby>利用<rt>りょう</rt></ruby>ください。
do u zo ma ta go ri yo u ku da sa i

★ 這是我的電話號碼。

こちらに、<ruby>電話番号<rt>でん わ ばんごう</rt></ruby>がございます。
ko chi ra ni, de n wa ba n go u ga go za i ma su

<ruby>電話番号<rt>でん わ ばんごう</rt></ruby>還可以替換成以下的詞語

地址	<ruby>住所<rt>じゅうしょ</rt></ruby> ju u sho		名字	<ruby>名前<rt>な まえ</rt></ruby> na ma e
地圖	<ruby>地図<rt>ち ず</rt></ruby> chi zu		說明	<ruby>説明<rt>せつめい</rt></ruby> se tsu me i

基本會話

司機：こちら私の名刺です。
ko chi ra wa ta shi no me i shi de su
這是我的名片。

こちらに電話番号がございます。
ko chi ra ni, de n wa ba n go u ga go za i ma su
這裡有我的電話號碼。

どうぞまたご利用ください。
do u zo ma ta go ri yo u ku da sa i
歡迎再次搭乘。

客人：はい。
ha i
好的。

司機：ありがとうございました。
a ri ga to u go za i ma shi ta
謝謝。

★ 我們也有包車服務，歡迎您多多利用。

貸し切りサービスも行っておりますので、どうぞご利用ください。

ka shi ki ri sa a bi su mo o ko na tte o ri ma su no de, do u zo go ri yo u ku da sa i

貸し切りサービスも行っております 還可以替換成以下的詞語

也有機場接送服務	空港への送迎サービスも行っております
	ku u ko u e no so u ge i sa a bi su mo o ko na tte o ri ma su
也有觀光導覽	観光案内も行っております
	ka n ko u a n na i mo o ko na tte o ri ma su

也有各種套裝行程	各種ツアーも行っております
	ka ku shu tsu a a mo o ko na tte o ri ma su
也有長途優惠	遠距離割引も行っております
	e n kyo ri wa ri bi ki mo o ko na tte o ri ma su
也有殘障優惠	身障者割引も行っております
	shi n sho u sha wa ri bi ki mo o ko na tte o ri ma su
也有兒童安全座椅	チャイルドシートもあります
	cha i ru do shi i to mo a ri ma su
也接受預約	ご予約も承っております
	go yo ya ku mo u ke ta ma wa tte o ri ma su
也有女性駕駛	女性ドライバーもおります
	jo se i do ra i ba a mo o ri ma su
也有通外語的司機	外国語の話せるドライバーもおります
	ga i ko ku go no ha na se ru do ra i ba a mo o ri ma su

★ 如果您打電話給我，我可以去接您。

電話していただければ、お迎えに行けます
よ。

de n wa shi te i ta da ke re ba, o mu ka e ni i ke ma su yo

狀況 013 幫乘客指引方向　　07-28.mp3

★ 您下車之後，請就這樣一直往前走。

車を下りられましたら、そのまままっすぐ
お進み下さい。

ku ru ma o o ri ra re ma shi ta ra, so no ma ma ma ssu gu o su su mi ku da sa i

216

そのまままっすぐ還可以替換成以下的詞語

往右邊	右手の方へ (みぎて ほう) mi gi te no ho u e	往左邊	左手の方へ (ひだりて ほう) hi da ri te no ho u e

往那個方向去　あちらの方向に
(ほうこう)
a chi ra no ho u ko u ni

★ 您下車之後，走到底就到入口了。

車を下りられましたら、入り口はつきあた
(くるま)(お)　　　　　　　　　　(い)(ぐち)
りになります。
ku ru ma o o ri ra re ma shi ta ra, i ri gu chi wa tsu ki a ta ri ni na ri ma su

つきあたり還可以替換成以下的詞語

右側	右側 (みぎがわ) mi gi ga wa	左側	左側 (ひだりがわ) hi da ri ga wa
前方	前方 (ぜんぽう) ze n po u	正對面	正面 (しょうめん) sho u me n
左前方	左斜め前 (ひだりなな まえ) hi da ri na na me ma e	右前方	右斜め前 (みぎなな まえ) mi gi na na me ma e

---

基本會話
07-29.mp3

司機：車を下りられましたら、そのまままっすぐ
　　　(くるま)(お)
　　　お進み下さい。
　　　(すす)(くだ)
ku ru ma o o ri ra re ma shi ta ra, so no ma ma ma ma ssu gu o su su mi ku da sa i

您下車之後，請繼續往前直走。

入り口はつきあたりになります。
i ri gu chi wa tsu ki a ta ri ni na ri ma su

入口處就在走到底的地方。

客人：分かりました、ありがとう。
wa ka ri ma shi ta, a ri ga to u

我懂了，謝謝。

狀況 014　建議客人或推薦景點

07-30.mp3

★ 走高速公路比較快。

高速の方が速いですよ。
ko u so ku no ho u ga ha ya i de su yo

高速和速い還可以替換成以下的詞語

計程車	タクシー ta ku shi i	方便	便利 be n ri
公車	バス ba su	輕鬆	楽 ra ku
捷運	MRT エムアールティ e mu a a ru ti		
小巷子	裏道 u ra mi chi	好玩	楽しい ta no shi i

⚠ 補充

　「高速」是「高速道路」的簡稱。

★ 說到夜市，士林很熱鬧喔！

ナイトマーケットでしたら、士林がにぎやかですよ。

na i to ma a ke tto de shi ta ra, shi ri n ga ni gi ya ka de su yo

ナイトマーケット和にぎやか還可以替換成以下的詞語

中國菜	中華料理 ちゅうかりょうり chu u ka ryo u ri	好吃	おいしい o i shi i
日本菜	日本料理 にほんりょうり ni ho n ryo u ri	不油膩	脂っこくない あぶら a bu ra kko ku na i
藥膳料理	薬膳料理 やくぜんりょうり ya ku ze n ryo u ri		
食物	食べ物 たもの ta be mo no		
飲料	飲み物 のもの no mi mo no		
飲茶	ヤムチャ ya mu cha	有名	有名 ゆうめい yu u me i
點心	点心 てんしん te n shi n		
旗袍	チャイナドレス cha i na do re su		
工藝品	工芸品 こうげいひん ko u ge i hi n		
茶葉	お茶 ちゃ o cha	好、優良	いい i i

溫泉	温泉（おんせん） o n se n		
中藥	漢方薬（かんぽうやく） ka n po u ya ku	好、優良	いい i i
咖啡廳	喫茶店（きっさてん） ki ssa te n		
粥	おかゆ o ka yu		
百貨公司	デパート de pa a to	熱鬧	にぎやか ni gi ya ka
夜市	ナイトマーケット na i to ma a ke tto		
公園	公園（こうえん） ko o e n	漂亮	きれい ki re i
		好玩	楽しい（たの） ta no shi i
		有趣	おもしろい o mo shi ro i
禮品名產	お土産（みやげ） o mi ya ge	便宜	安い（やす） ya su i
		豐富	豊富（ほうふ） ho u fu
		種類齊全	品揃えがいい（しなぞろ） shi na zo ro e ga i i

⊙ 使用時機

　　司機希望客人也能有個豐富有趣的旅程，將自己的心得分享給客人時就可以這麼說。句子中的「士林」可以依狀況替換成適合的地點。

基本會話

客人：今日ナイトマーケットに行きたいんですけど、どこがいいかしら？
kyo u na i to ma a ke tto ni i ki ta i n de su ke do, do ko ga i i ka shi ra?
我今天想去夜市，去哪裡比較好呢？

司機：ナイトマーケットでしたら、士林がにぎやかですよ。
na i to ma a ke tto de shi ta ra, shi ri n ga ni gi ya ka de su yo
說到夜市，士林很熱鬧喔！

客人：そうなんですか？では、士林に行ってみます。
so u na n de su ka? de wa, shi ri n ni i tte mi ma su
是嗎？那我要去士林看看。

司機：電話していただければ、お迎えに行けますよ。
de n wa shi te i ta da ke re ba, o mu ka e ni i ke ma su yo
如果您打電話給我，我就可以去接您喔！

客人：じゃあ、お願いします。
ja a, o ne ga i shi ma su
那拜託你了。

★ 這一帶最有名的就是滿街的清粥小菜。

この辺りは、お粥街で有名なんですよ。
ko no a ta ri wa, o ka yu ga i de yu u me i na n de su yo

① 補充

「……で有名だ」表「以……著稱；因……出名」。
例如：「吉野は桜で有名だ。（吉野以櫻花出名）」。

221

お粥街還可以替換成以下的詞語

商業大樓	商業ビル sho u gyo u bi ru	補習街	塾街 ju ku ga i
書店街	書店街 sho te n ga i	家具街	家具街 ka gu ga i
政府機關很多	政府機関の密集地 se i fu ki ka n no mi sshu u chi		

★ 如果您有興趣的話，要不要繞過去看一看？

よろしかったら、少し寄ってみましょうか？
yo ro shi ka tta ra, su ko shi yo tte mi ma sho u ka?

基本會話

司機：この辺りは、お粥街で有名なんですよ。
ko no a ta ri wa, o ka yu ga i de yu u me i na n de su yo!
這一帶是賣清粥小菜的街，很有名喔！

客人：そうなんですか？
so u na n de su ka?
真的嗎？

司機：よかったら、少し寄ってみましょうか？
yo ka tta ra, su ko shi yo tte mi ma sho u ka?
如果您有興趣，要不要去看一看呢？

客人：はい、お願いします。
ha i, o ne ga i shi ma su
好的，拜託你了。

★ 請您務必要嚐嚐看這裡的牛肉麵。

ぜひ牛肉麺を食べてみて下さい。

ze hi gyu u ni ku me n o ta be te mi te ku da sa i

食べてみて還可以替換成以下的詞語

試試看	試してみて	嚐嚐看	召し上がって
	ta me shi te mi te		me shi a ga tte
喝喝看	飲んでみて		
	no n de mi te		

★ 故宮博物院很受觀光客的歡迎喔！

故宮博物館は観光客の方にとても人気があ
るんですよ。

ko kyu u ha ku bu tsu ka n wa ka n ko u kya ku no ka ta ni to te mo ni n ki ga a ru n
de su yo

観光客の方還可以替換成以下的詞語

老年人	お年寄り	年輕人	若い方
	o to shi yo ri		wa ka i ka ta
家庭	ご家族の方	情侶	カップル
	go ka zo ku no ka ta		ka ppu ru
小孩子	子供さん	外國人	外国人の方
	ko do mo sa n		ga i ko ku ji n no ka ta
女性	女性の方	男性	男性の方
	jo se i no ka ta		da n se i no ka ta

　　前面句子的主詞「故宮博物館」可以換成任何地方、飲食或
物品。
<ruby>故宮博物館<rt>こ きゅうはくぶつかん</rt></ruby>

★ 您已經去過中正紀念堂了嗎？

もう<ruby>中正記念堂<rt>ちゅうせい き ねんどう</rt></ruby>へは<ruby>行<rt>い</rt></ruby>かれましたか？

mō chū se i ki ne n dō e wa i ka re ma shi ta ka?

基本會話　　　　　　　　　　　　　　　　07-33.mp3

司機：<ruby>台湾<rt>たいわん</rt></ruby>へはご<ruby>旅行<rt>りょこう</rt></ruby>ですか？
　　　ta i wa n e wa go ryo ko u de su ka?
　　　請問，您是來台灣旅行嗎？

客人：はい、そうです。
　　　ha i, so u de su
　　　是的。

司機：もう<ruby>中正記念堂<rt>ちゅうせい き ねんどう</rt></ruby>へは<ruby>行<rt>い</rt></ruby>かれましたか？
　　　mo u chu u se i ki ne n do u e wa i ka re ma shi ta ka?
　　　您已經去過中正紀念堂了嗎？

客人：まだです。
　　　ma da de su
　　　還沒。

司機：ぜひ<ruby>行<rt>い</rt></ruby>ってみて<ruby>下<rt>くだ</rt></ruby>さい。
　　　ze hi i tte mi te ku da sa i
　　　我非常推薦您去。

　　　<ruby>中正記念堂<rt>ちゅうせい き ねんどう</rt></ruby>は<ruby>観光客<rt>かんこうきゃく</rt></ruby>の<ruby>方<rt>かた</rt></ruby>にとても<ruby>人気<rt>にんき</rt></ruby>があ

　　　るんですよ。
　　　chu u se i ki ne n do u wa ka n ko u kya ku no ka ta ni to te mo ni n ki
　　　ga a ru n de su yo!
　　　中正紀念堂很受觀光客的歡迎喔！

超好用 服務業必備詞彙

≫ 運匠必備單字

★計程車設備＆名稱

車門 ドア do a	車窗 まど 窓 ma do	駕駛座 うんてんせき 運転席 u n te n se ki
副駕駛座 じょしゅせき 助手席 jo shu se ki	前座 ぜんせき 前席 ze n se ki	後座 こうせき 後席 ko use ki
座椅 シート shi i to	後車箱 トランク to ra n ku	安全帶 シートベルト shi i to be ru to
安全氣囊 エアバッグ e a ba ggu	兒童汽車安全座椅 チャイルドシート cha i ru do shi i to	計程車執業登記證 うんてんしゃしょう 運転者証 u n te n sha sho u
方向盤 ハンドル ha n do ru	後視鏡 フェンダーミラー fe n da a mi ra a	車內後視鏡 バックミラー ba kku mi ra a
前擋風玻璃 フロントガラス fu ro n to ga ra su	後擋風玻璃 バックガラス ba kku ga ra su	車牌 ナンバープレート na n ba a pu re e to
煞車 ブレーキ bu re e ki	引擎 エンジン e n ji n	雨刷 ワイパー wa i pa a

輪胎 タイヤ ta i ya	汽車音響 カーオーディオ ka a o o di o	收音機 ラジオ ra ji o
冷氣 クーラー ku u ra a	車用空氣清淨器 空気清浄機 ku u ki se i jo u ki	計程車碼錶 メーター me e ta a
計程車無線電 タクシー無線 ta ku shi i mu se n	汽車導航系統 カーナビ ka a na bi	ETC設備 ＥＴＣ i i ti i shi i

★服務項目

叫車 配車 ha i sha	搭車 乗り込み no ri ko mi	目的地 行き先 i ki sa ki
接送 送迎 so u ge i	機場接送 空港送迎 ku u ko u so u ge i	共乘 乗り合い no ri a i
包車 チャーター cha a ta a	計時包車 時間貸し切り ji ka n ka shi ki ri	一日包車 一日貸し切り i chi ni chi ka shi ki ri
觀光計程車 観光タクシー ka n ko u ta ku shi i	送貨計程車 お届けタクシー o to do ke ta ku shi i	折扣 割引 wa ri bi ki

夜間加成
夜間料金
や かんりょうきん
ya ka n ryo u ki n

身障者優惠
身障者割引
しんしょうしゃわりびき
shi n sho u sha wa ri bi ki

遠程優惠
遠距離割引
えんきょ り わりびき
e n kyo ri wa ri bi ki

★其他延伸單字

個人計程車
個人タクシー
こ じん
ko ji n ta ku shi i

空車
空車
くうしゃ
ku u sha

乘車人數
乗車人数
じょうしゃにんずう
jo u sha ni n zu u

起跳價
初乗り運賃
はつ の   うんちん
ha tsu no ri u n chi n

行車距離
走行キロ
そうこう
so u ko u ki ro

拒絕載客
乗車拒否
じょうしゃきょ ひ
jo u sha kyo hi

禁煙計程車
禁煙タクシー
きんえん
ki n e n ta ku shi i

無線叫車
無線配車
む せんはいしゃ
mu se n ha i sha

遺失物品
忘れ物
わす   もの
wa su re mo no

付錢
支払い
し はら
shi ha ra i

信用卡付款
カード決済
けっさい
ka a do ke ssa i

收據
領収書
りょうしゅうしょ
ryo u shu u sho

Part
8

天天用得上的健檢服務日語

P08.MP3

狀況 001 向客人介紹健康檢查的專案總類　08-01.mp3

★ 請由我介紹健康檢查專案。

けんこうしんだん
健康診断コースのご紹介をさせていただきます。

ke n ko u shi n da n ko o su no go syo u ka i wo sa se te i ta da ki ma su

(!) 使用時機

　　健康檢查的專案種類依主辦的醫療機關而定，千差萬別。通常這些機關都會有事先預備英文及日文的介紹，要預先看過並記住。

けんこうしんだん
健康診断コース還可以替換成以下的詞語

成人專案	せいじん 成人コース se i ji n ko o su
女性專案	じょせい 女性コース zyo se i ko o su
健檢A專案	にんげん　　エー 人間ドックAコース ni n ge n do gu e ko o su
標準專案	スタンダードコース su ta n da do ko o su
一般專案	いっぱんけんしん 一般健診コース i pa n ke n shi n ko o su
全日專案	ぜんじつ 全日コース ze n ji tu ko o su

| 半日專案 | 半日コース
wa n ni chi ko o su |
| 婚前健檢 | ブライダルチェック
pu ra i da ru che kku |

狀況 002　處理客人預約健康檢查　08-02.mp3

★ 健康檢查的預約手續可透過電話或是網路進行。

健康検査の予約手続きは、電話もしくはインターネットで行えます。
ke n ko u ke n sa no yo ya ku te tsu du ki wa, de n wa mo shi ku wa i n ta a ne tto de o ko na e ma su

電話もしくはインターネット還可以替換成以下的詞語

這裡	ここ ko ko
這個號碼	この電話番号 ko no de n wa ba n go u
那裏的櫃檯	あちらのカウンター a chi ra no ka u n ta a
公式網站	公式サイト ko u shi ki sa i to

★ 一般健檢專案在上午的什麼時候來都可以開始。

一般健診コースでしたら、午前中ならいつ来ても始められます。
i ppa n ke shi n ko o su de shi ta ra, go ze n chu u na ra i tsu ki te mo ha ji me ra re ma su

午前中ならいつ来ても始められます還可以替換成以下的詞語

礼拜一到礼拜五的上午八點開始。
月曜日から金曜日までの午前8時からです。
ge tsu yo u bi ka ra ki n yo u bi ma de no go ze n ha chi ji ka ra de su

礼拜日的下午一點開始
日曜日の午後1時からです
ni chi yo u bi no go go i chi ji ka ra de su

這個月15日的上午七點半開始
今月15日の午前七時30分から始めます
ko n ge tsu zyu u go ni chi no go ze n shi chi ji sa n zyu u hu n ka ra ha ji me ma su

今天下午的兩點開始
今日の午後の2時からです
kyo u no go go no ni ji ka ra de su

下個月開放預約
来月から予約可能になります
ra i ge tsu ka ra yo ya ku ka no u ni na ri ma su

狀況 003 向客人介紹健康檢查前的準備　08-03.mp3

★ 為了驗血順利，在檢查前一天的9點之後請不要再進食。

血液検査のため、食事は前日の21時までに済ませておいてください。
ke tu e ki ke n sa no ta me, syo ku ji wa ze n ji tu no ni zyu u i chi ji ma de ni su ma se te o i te ku da sa i

★ 健康檢查前一天最後的餐點，不要吃火鍋和烤肉一類的油

232

膩、高熱量的東西比較好。

健康検査前日の最後の食事は、火鍋や焼肉のような油っこくてカロリーの高いものを避けた方がいいでしょう。

ke n ko u ke n sa ze n ji tsu no sa i go no syo ku ji wa, hi na be ya ya ki ni ku no yo u na a bu ra kko ku te ka ro ri i no ta ka i mo no wo sa ke ta ho u ga i i de syo u

★ 健康檢查當日請在檢查完畢前不要進食。

健康診断当日は、検査が終わるまで何も食べないでください。

ke n ko u shi n da n to u ji tsu wa ke n sa ga o wa ru ma de na ni mo ta be na i de ku da sa i

★ 前一天喝水也沒問題，但健康檢查當日請在起床到檢查完畢前都不要喝水。

前日は水分は取っても大丈夫ですが、健康診断当日では、目覚めてから診断が終わるまで水を飲まないようご注意ください。

ze n ji tu wa su i bu n wa to tte mo da i zyo u bu de su ga, ke n ko u shi n da n to u ji tu de wa, me za me te ka ra shi n da n ga o wa ru ma de mi zu o no ma na i yo u go chu u i ku da sa i

★ 要做視力檢查的話，請把眼鏡或隱形眼鏡也帶過來。

視力検査をする場合、眼鏡かコンタクトレンズをお持ちください。

shi ryo ku ke n sa o su ru ba a i, me ga ne ka ko n ta ku to re n zu o o mo chi ku da sa i

★ 女士們等生理期過後再進行檢查會比較適合。

女性の方は、生理が終わってから検査をお
受けになったほうがよいでしょう。

zyo se i no ka ta wa, se i ri ga o wa tte ka ra ke n sa o o u ke ni na tta ho u ga yo i de syo u

★ 請確認您的基本資料。

受診票のご確認をお願いします。

zyu shi n hyo u no go ka ku ni n o o ne ga i shi ma su

⚠ 使用時機

　　健康檢查的基本資料通常會在報名時就填好，到現場進行檢查時會再請客人檢查一遍資料是否正確。

★ 請示出您的護照。

パスポートをご提示願います。

pa su po o to o go te i ji ne ga i ma su

⚠ 使用時機

　　健康檢查時需要出示證件，外籍人士通常是護照和居留證兩個都要帶齊。

パスポート還可以替換成以下的詞語

居留證	居住許可証 kyo zyu u kyo ka syo u
身分證	身分証明書 mi bu n syo u me i syo
健保卡	保険証 ho ke n syo u

狀況 005 向客人說明健康檢查的流程　08-05.mp3

★ 最先會進行尿液檢查，請拿尿管和尿杯到那裏的廁所採尿。

最初は尿検査を行います。尿スピッツと採尿コップをお渡ししますので、あちらのトイレで採尿してください。

sa i syo ha nyo u ke n sa o o ko na i ma su. nyo u su pi ttu to sa i nyo u ko ppu wo o wa ta shi shi ma su no de, a chi ra no to i re de sa i nyo u shi te ku da sa i

① 補充

　　「尿スピッツ」是尿檢時用的子彈形的容器。「スピッツ」是比較特殊的詞，日本人通常也只會在尿檢時聽到，跟客人講的時候記得要同時展示實物，不然對方可能不知道你在說什麼東西。

★ 採尿時，請將最初和最後的部分捨棄。尿量只要裝滿尿杯的三分之一即可。

採尿を行うとき、最初と最後の部分は捨ててください。尿量は採尿コップの三分の一ほどを満たせば十分です。

sa i nyo u o o ko na u to ki, sa i syo to sa i go no bu bu n wa su te te ku da sa i. nyo u ryo u wa sa i nyo u ko ppu no sa n bu n no i chi ho do o mi ta se ba zyu u bu n de su

① 使用時機

　　健康檢查最先做的通常都是尿檢，做法要好好說明。

★ 尿檢和更衣做好後，請在候診室坐下來等待。

検尿や着替えを済ませたら、待合室でおか
けになってお待ちください。

ke n nyo u ya ki ga e o su ma se ta ra, ma chi a i shi tsu de o ka ke ni na tte o ma chi ku da sa i

★ 要做檢查時會叫您的名字，請聽從工作人員的指示和帶路進行檢查。

検査の際は、名前をお呼びしますので、ス
タッフの指示や案内に従ってご受診くださ
い。

ke n sa no sa i wa, na ma e o o yo bi shi ma su no de, su ta hhu no shi ji ya a n na i ni shi ta ga te go zyu shi n ku da sa i

★ 全部的檢查結束後，請由本院醫師向您說明檢查的解果。

全ての検査が終わったあとは、本院の医師
による検査結果の説明を受けてください。

su be te no ke n sa ga o wa tta a to wa, ho n i n no i shi ni yo ru ke n sa ke kka no se tsu me i wo u ke te ku da sa i

狀況 006 請客人換上健康檢查用的衣物 08-06.mp3

★ 請在這邊的更衣室換上體檢衣。

こちらの更衣室で、検診衣に着替えてくだ
さい。

ko chi ra no ko u i shi tsu de, ke n shi n i ni ki ga e te ku da sa i

★ 請將貼布和金屬類物品脫下。

湿布や金属類は外してください。

shi ppu ya ki n zo ku ru i wa ha zu shi te ku da sa i

★ 客人的衣服和飾品本醫院會負責保管。

お客様の衣服やアクセサリーは、本院が責任を持って保管致します。

o kya ku sa ma no i hu ku ya a ku se sa ri wa, ho i n ga se ki ni no mo tte ho ka ni ta shi ma su

狀況 007　指引客人至進行檢查的房間　08-07.mp3

★ ○○先生，下一個檢查在這個房間進行，請過來。

○○さま、次の検査はこちらの部屋で行います。こちらへどうぞ。

sa ma, tsu gi no ke n sa wa ko chi ra no he ya de o ko na i ma su, ko chi ra e do u zo

① 使用時機

　　除了叫名字之外，依機構不同會有不同的做法，不過大多還是在叫名字加上先生或小姐。但是要注意有時候客人一家人來做健康檢查，那時光叫姓會不知道是在叫誰，可考慮稱呼全名或是找其他的稱呼方式。

○○さま還可以替換成以下的詞語

○號的先生/小姐	○○番の方 ba n no ka ta
姓+先生/小姐	苗字+さま myo u ji sa ma
全名+先生/小姐	フルネーム+さま hu ru ne mu sa ma

★ 請站在那邊那個看起來像螢幕的機械的正面。

そちらのモニターのような機械の正面に
立ってください。

so chi ra no mo ni ta no yo u na ki ka i no syo u me n ni ta tte ku da sa i

★ 請將胸部貼緊這裡。下巴請放這裡，雙手叉腰。

ここに胸をつけてください。ここに顎をの
せて、腰に手を当ててください。

ko ko ni mu ne o tsu ke te ku da sa i. ko ko ni a go o no se te ko shi ni te o a te te ku da sa i

★ 請深呼吸後憋氣。

大きく息を吸って止めてください。

o o ki ku i ki o su tte to me te ku da sa i

★ 請轉向這邊，要照橫向的。

今度はこちらを向いてください。横向きの
撮影をします。

ko n do wa ko chi ra o mu i te ku da sa i. yo ko mu ki no sa tu e i o shi ma su

(!) 使用時機

　　以上是全部是照胸部X光時必用的句子。客人通常不會熟悉
檢查的流程，要搭配肢體語言好好的指引。

★ 請平躺在這裡的床上。

こちらのベッドに仰向けに横たわってくだ

さい。
ko chi ra no be ddo ni a o mu ke ni yo ko ta wa tte ku da sa i

仰向けに横たわってください 還可以替換成以下
的詞語

請臉朝下躺	うつぶせになってください u tsu bu se ni na tte ku da sa i
請側躺	横になってください yo ko ni na tte ku da sa i

★ 要量血壓，請拉起袖子，將手腕伸出來。

血圧を測りますので、袖をまくって腕を前
に出してください。
ke tsu a tsu wo ha ka ri ma su no de, so de o ma ku tte u de o ma e ni da shi te ku
da sa i

★ 我要把這個測量器貼在您的胸部和手腳上，會有點冰，幾
分鐘就好了。

このセンサーを胸と腕と足につけます。ち
ょっと冷たいかもしれませんが、数分で終
わります。
ko no se n sa o mu ne to u de to a shi ni tsu ke ma su. cho tto tu me ta i ka mo shi
re ma se n ga, su u bu n de o wa ri ma su

★ 請不要動。

動かないでください。
u go ka na i de ku da sa i

　　請客人不要動大概是檢查中最常用的句子，要好好記著。不過講的時候要注意語氣，最好也不要說太多遍比較有禮貌。

狀況 009 健檢結束後的說明與收費 08-09.mp3

→健檢完馬上說明

★ 檢查做完後，請由本院的醫生為您說明檢查結果。

けんさ　お　　　　　　ほんいん　いし　　　　けんさけっか
検査を終えたら、本院の医師から検査結果
せつめい　う
の説明を受けてください。

ke n sa o o e ta ra, ho n i n no i shi ka ra ke n sa ke kka no se tsu me i o u ke te ku da sa i

→寄報告到客人家

★ 由於也有結果出來要花時間的檢查，健檢結果的報告書會在兩周以內送到您的住所。

けっか　で　　　　　じかん　か　　　　けんさ
結果が出るまで時間が掛かる検査もあるた
けんこうけんさけっか　　　　　　　　　　にしゅうかんい
め、健康検査結果のレポートは、二週間以
ない　　たく　とど
内にお宅に届けさせていただきます。

ke kka ga de ru ma de ji ka n ga ka ka ru ke n sa mo a ru ta me, ke n ko u ke n sa ke kka no re po o to wa, ni syu u ka n i na i ni o ta ku ni to do ke sa se te i ta da ki ma su

→請客人自己過來拿檢查結果

★ 檢查結果下禮拜會出來，請再來這裡拿。

らいしゅうけんさけっか　　で
来週検査結果が出ますので、またここにい

らっしゃってください。

ra i syu u ke n sa ke kka ga de ma su no de, ma ta ko ko ni i ra ssya tte ku da sa i

超好用 服務業必備詞彙

≫ 常見健康檢查項目

量血壓 けつあつそくてい 血圧測定 ke tsu a tsu so ku te i	血液檢查 けつえきけん さ 血液検査 ke tsu e ki ke n sa	電腦斷層檢查 シーティーけん さ ＣＴ検査 shi i ti i ke n sa
量脈搏 みゃくはくそくてい 脈拍測定 mya ku ha ku so ku te i	視力檢查 し りょくけん さ 視力検査 shi ryo ku ke n sa	磁振造影檢查 エムアルアイけん さ ＭＲｉ検査 e mu a ru a i ke n sa
身體檢查 しんたいけん さ 身体検査 shi n ta i ke n sa	聽力檢查 ちょうりょくけん さ 聴力検査 cho u ryo ku ke n sa	心電圖檢查 しんでん ず けん さ 心電図検査 shi n de n zu ke n sa
尿液檢查 にょうけん さ 尿検査 nyo u ke n sa	Ｘ光檢查 エックスせんけん さ Ｘ線検査 e kku su se n ke n sa	超音波檢查 ちょうおん ば けん さ 超音波検査 cho u o n pa ke n sa
糞便檢查 ふんべんけん さ 糞便検査 hu n be n ke n sa	Ｘ光檢查 けん さ レントゲン検査 re n to ge n ke n sa	肺功能檢查 はい き のうけん さ 肺機能検査 ha i ki no u ke n sa

天天用得上的
美髮沙龍日語

狀況 001 接受預約

09-01.mp3

★ 請問您是初次蒞臨本店嗎？

当店は初めてのご利用ですか？
to u te n wa ha ji me te no go ri yo u de su ka?

★ 請問有預定哪一天過來呢？

ご希望の日にちはお決まりですか？
go ki bo u no hi ni chi wa o ki ma ri de su ka?

ご希望の日にち還可以替換成以下的詞語

哪位設計師	担当のスタイリスト ta n to u no su ta i ri su to
哪種價目	ご希望のメニュー go ki bo u no me nyu u

★ 禮拜六的上午還有位子。

土曜日は午前中なら空いております。
do yo u bi wa go ze n chu u na ra a i te o ri ma su

土曜日和午前中還可以替換成以下的詞語

禮拜一	月曜日 ge tsu yo u bi	下午	午後 go go
禮拜二	火曜日 ka yo u bi	白天	お昼 o hi ru

禮拜三	すいようび **水曜日** su i yo u bi	傍晚	ゆうがた **夕方** yu u ga ta
禮拜四	もくようび **木曜日** mo ku yo u bi	晚上	よる **夜** yo ru
禮拜五	きんようび **金曜日** ki n yo u bi	一點左右	いちじ **1時くらい** i chi ji ku ra i
禮拜日	にちようび **日曜日** ni chi yo u bi		

★ 林小姐，那麼1月12號10點，我們恭候您的光臨。

はやしさま いちがつじゅうににち じゅうじ ま
林様、1月12日、10時にお待ちしております。

ha ya shi sa ma, i chi ga tsu ju u ni ni chi, ju u ji ni o ma chi shi te o ri ma su

基本會話　　　　　　　　　　　09-02.mp3

よやく ねが
客人：**カットの予約をお願いしたいのですが。**
ka tto no yo ya ku o o ne ga i shi ta i no de su ga
你好，我想要預約理髮。

とうてん はじ
店員：**ありがとうございます。当店は初めてのご**
りよう
利用ですか？
a ri ga to u go za i ma su. to u te n wa ha ji me te no go ri yo u de su ka
好的，請問您有來過嗎？

客人：**はい、そうです。**
ha i, so u de su
有。

245

店員：かしこまりました。ご希望の日にちはお決
まりですか？

ka shi ko ma ri ma shi ta. go ki bo u no hi ni chi wa o ki ma ri de su ka?

請問有預計哪一天過來呢？

客人：週末の午前中はまだ空いていますか？

shu u ma tsu no go ze n chu u wa ma da a i te i ma su ka?

週末的上午時段請問可以預約嗎？

店員：はい、週末の午前中は日曜日10時なら空い
ております。

ha i, shu u ma tsu no go ze n chu u wa ni chi yo u bi ju u ji na ra a i te
o ri ma su

週末的上午的話，星期日的10點左右是可以的。

客人：それでお願いします。

so re de o ne ga i shi ma su

那麼，我要預約那時候。

店員：かしこまりました。お名前と電話番号をお
伺い致します。

ka shi ko ma ri ma shi ta. o na ma e to de n wa ba n go u o o u ka ga i
i ta shi ma su

好的！那麼，請您告訴我您的大名及連絡電話是？

客人：佐藤です。番号は0900-123-456です。

sa to u de su. ba n go u wa ze ro kyu u ze ro ze ro no i chi ni sa n no
yo n go ro ku de su

我姓佐藤，電話號碼是0900-123-456。

店員：ありがとうございます。それでは佐藤様、今
週の日曜日、10時にお待ちしております。

a ri ga to u go za i ma su. so re de wa s a to u sa ma, ko n shu u no ni
chi yo u bi, ju u ji ni o ma chi shi te o ri ma su

狀況 002 接待來店的客人　　09-03.mp3

★ 歡迎光臨！林小姐，我們在此恭候已久。

いらっしゃいませ、林様お待ちしておりました。

i ra ssha i ma se. ha ya shi sa ma, o ma chi shi te o ri ma shi ta

★ 您有會員卡嗎？

会員カードはお持ちでしょうか？

ka i i n ka a do wa o mo chi de sho u ka?

★ 麻煩您填寫一下這裡。

こちらご記入お願いいたします。

ko chi ra go ki nyu u o ne ga i i ta shi ma su

(!) 使用時機

　　當要利用客人等候的時間請他填寫一些資料時，就可以使用這句話。

★ 我幫您存放東西。

お荷物お預かりいたします。

o ni mo tsu o a zu ka ri i ta shi ma su

お荷物還可以替換成以下的詞語

外套	コート
	ko o to
手包	かばん、バッグ
	ka ba n, ba ggu

　　日語的「お荷物」已經包括了客人的外套與手提包等身上所有的東西。，所以基本上如果客人穿著外套進來，此時可以用我幫你存放外套這句來提醒，免得等一下客人覺得很難動作或是室內很熱就失禮了。

★ 我為您帶位。

お席へご案内いたします。
o se ki e go a n na i i ta shi ma su

狀況 003　詢問客人的剪髮需求？ 　09-04.mp3

★ 今天您是要剪髮，對嗎？

本日はカットのご予約ですね。
ho n ji tsu wa ka tto no go yo ya ku de su ne

★ 您想要什麼樣的顏色？

お色みはどうなさいますか？
o i ro mi wa do u na sa i ma su ka?

お色み還可以替換成以下的詞語

顏色	カラー
	ka ra a
長度	長さ
	na ga sa
瀏海	前髪
	ma e ga mi

★ 需要護髮嗎？

トリートメントはいかがなさいますか？
to ri i to me n to wa i ka ga na sa i ma su ka?

基本會話 09-05.mp3

店員：本日はカラーとパーマのご予約ですね。
ho n ji tsu wa ka ra a to pa a ma no go yo ya ku de su ne
您今天是想要染髮及燙髮對嗎？

客人：はい、少し暗めにしたいんです。
ha i, su ko shi ku ra me ni shi ta i n de su
嗯，我想要把髮色弄暗一點。

店員：かしこまりました。パーマはどうなさいますか？
ka shi ko ma ri ma shi ta. pa a ma wa do u na sa i ma su ka
好的，請問您想怎麼燙呢？

客人：全体的にストレートのままで、毛先だけ内巻きでお願いします。
ze n ta i te ki ni su to re e to no ma ma de, ke sa ki da ke u chi ma ki de o ne ga i shi ma su
整體來說保留直髮，然後髮尖要向內燙捲（燙成內彎髮型）。

狀況 004 說明服務過程 09-06.mp3

★ 我是今天為您服務的髮型師，敝姓李。

本日担当させて頂く李と申します。
ho n ji tsu ta n to u sa se te i ta da ku li to mo u shi ma su

★ 我先幫您洗頭髮，然後才開始剪囉！

先にシャンプーしてから、カットに入ります。

sa ki ni sha n pu u shi te ka ra, ka tto ni ha i ri ma su

① 使用時機

　　開始服務前，可以對客人簡單的說明一下今天的過程，客人清楚了解之後，可以讓他有安心感。

★ 按照燙髮，染髮，護髮的順序進行對吧！

パーマ、カラー、トリートメントという順でやっていきますね。

pa a ma, ka ra a, to ri i to me n to to i u ju n ba n de ya tte i ki ma su ne

① 補充！

　　本篇篇末有美容室價目一覽表。

基本會話　　　　　　　　　　　　　　　09-07.mp3

店員：こんにちは。本日担当させて頂く李と申します。本日はカットとカラーのご予約という事で、先にカラーしてからカットに移りたいと思います。

ko n ni chi wa. ho n ji tsu ta n to u sa se te i ta da ku ri to mo u shi ma su. ho n ji tsu wa ka tto to ka ra a no go yo ya ku to i u ko to de, sa ki ni ka ra a shi te ka ra ka tto ni u tsu ri ta i to o mo i ma su

您好，我是今天為您服務的髮型師，敝姓李。今天您預約了剪髮及染髮的服務，我們先從染髮開始，然後再進入剪髮的階段。

客人：お願いします。
　　　ねが
o ne ga i shi ma su
好的！麻煩您了。

店員：カラー剤作ってくるので、少々お待ちくだ
　　　ざいつく　　　　　　しょうしょう　ま
さい。
ka ra a za i tsu ku tte ku ru no de, sho u sho u o ma chi ku da sa i
那麼我先調一下染髮劑，請您先稍候一下。

狀況 005　請客人移動　09-08.mp3

★ 請注意腳下。

足元にお気をつけください。
あしもと　　き
a shi mo ni to o ki o tsu ke ku da sa i

① 使用時機

　　地上有一些電線之類的障礙物，或是有修剪後掉落的頭髮時
都可以用這句話來提醒客人。

★ 請移動到洗髮台。

シャンプー台の方へどうぞ。
だい　ほう
sha n pu u da i no ho u e do u zo

★ 這邊請。

こちらです。
ko chi ra de su

★ 請在此等候。

こちらのお席でお待ちください。
せき　　ま
ko chi ra no o se ki de o ma chi ku da sa i

★ 溫度還可以嗎？

温度は大丈夫ですか？
o n do wa da i jo u bu de su ka?

温度還可以替換成以下的詞語

溫度	お湯加減 o yu ka ge n
力道	強さ tsu yo sa

★ 有哪裡會癢嗎？

痒いところはありますか？
ka yu i to ko ro wa a ri ma su ka?

① 補充！

也可以改說 "流し足りないところはありますか？（有沒有沖洗不足的地方？）"，這兩句都是問候客人沖洗的夠不夠，且都很常用。

★ 您可以稍微向上方挪一下嗎？

少し上の方へずれて頂けますか。
su ko shi u e no ho u e zu re te i ta da ke ma su ka?

★ 椅子會向上抬高喲。

椅子、起き上がります。
i su, o ki a ga ri ma su

① 使用時機

　　裝設有電動椅的店家便可以在調整椅子時使用這句話。

★ 請放輕鬆。

力を抜いてください。
chi ka ra o nu i te ku da sa i

① 使用時機

　　有些客人在洗頭髮的時候，會為了支撐頭部而用力，此時可以說這句話請客人放髮。

狀況 007　過敏性的確認

09-10.mp3

★ 曾經有藥劑過敏嗎？

薬剤アレルギーはありますか？
ya ku za i a re ru gi i wa a ri ma su ka?

薬剤アレルギー還可以替換成以下的詞語

發炎過	炎症を起こしたこと
	e n sho u o o ko shi ta ko to
不舒服	具合が悪くなったこと
	gu a i ga wa ru ku na tta ko to
痛過	痛くなったこと
	i ta ku na tta ko to

★ 如果會燙，請告訴我。

熱かったら言ってください。
a tu ka tta ra i tte ku da sa i

★ 有辛辣灼熱感的疼痛嗎？

ヒリヒリしますか？
hi ri hi ri shi ma su ka?

★ 很抱歉，我們沒有打折。

申し訳ありません。値引きはできないんです。
mo u shi wa ke a ri ma se n. ne bi ki wa de ki na i n de su

★ 您的頭髮並不適合染髮，因為髮梢有可能會斷掉。

毛先が切れてしまう可能性があるので、カラーはできません。
ke sa ki ga ki re te si ma u ka no u se i ga a ru no de, ka ra a wa de ki ma se n

(!) 使用時機

　　當客人頭髮傷的很嚴重，無法替他染髮時可以這麼說。

★ 沒有先漂的話，是染不出這個顏色的。

ブリーチなしではこの色は出せません。
bu ri i chi na shi de wa ko no i ro wa da se ma se n

基本會話   09-12.mp3

客人：これくらいの明るさにしたいです。
ko ku ra i no a ka ru sa ni shi ta i de su
我想要染成這個亮感。

店員：この色はブリーチなしでは出せませんよ、一緒にブリーチもされますか？

ko no i ro wa bu ri i chi na shi de ha da se ma se n yo. i ssho u ni bu ri i chi mo sa re ma su ka?

這個顏色要先漂過才能染喔！那麼請問您要做漂的部分嗎？

客人：いいえ、痛みが怖いのでやめておきます！

i i e, i ta mi ga ko wa i no de ya me te o ki ma su!

不了，我怕痛。

狀況 009　跟客人聊天

09-13.mp3

★ 您是從哪裡來的？

どちらからお越しですか？

do chi ra ka ra o ko shi de su ka?

★ 您是在哪裡知道我們店呢？

当店はどうやってお知りになりましたか？

to u te n wa do u ya tte o shi ri ni na ri ma shi ta ka?

★ 這附近有好吃的麵包店喔。

ここの近くに美味しいパン屋さんがあります
よ。

ko ko no chi ka ku ni o i shi i pa n ya sa n ga a ri ma su yo

★ 平常您會去哪一間美容室呢？

普段はどちらの美容室に行かれているんで

すか？
fu da n wa do chi ra no bi yo u shi tsu ni i ka re te i ru n de su ka?

★ 剪完了，您看一下？

いかがですか？
i ka ga de su ka?

★ 後面大概是這個樣子。

後_{うし}ろはこんな感_{かん}じです。
u shi ro wa ko n na ka n ji de su

(!) 使用時機

　　拿著鏡子，要給客人看頭後部作確認時可以說這一句。

★ 還要剪一點嗎？

もう少_{すこ}し切_きりますか？
mo u su ko shi ki ri ma su ka?

★ 染出來的顏色很漂亮。

カラー綺麗_{きれい}に入_{はい}りましたね。
ka ra a ki re i ni ha i ri ma shi ta ne

★ 請。

こちらどうぞ。
ko chi ra e do u zo

⊕ 使用時機

　　意思是「這個請您喝」，前面加一個こちら，語感上會變得更有禮貌。

★ 請問您要咖啡還是紅茶？

コーヒーと紅茶どちらになさいますか？
ko o hi i to ko o cha do chi ra ni na sa i ma su ka?

コーヒー和紅茶還可以替換成以下的詞語

麥茶	麦茶 mu gi cha	奶茶	ミルクティー mi ru ku ti i
綠茶	緑茶 ryo ku cha	蘋果汁	りんごジュース ri n go ju u su
烏龍茶	ウーロン茶 u u ro n cha	柳丁汁	オレンジジュース o re n ji ju u su

★ 您要冰的還是熱的？

冷たいのと暖かいのどちらになさいますか？
tsu me ta i no to a ta ta ka i no do chi ra ni na sa i ma su ka?

狀況 012 **推薦美髮商品**　　　　09-16.mp3

★ 在家裡您會護髮嗎？

ホームケアなどされていますか？
ho o mu ke a na do sa re te i ma su ka?

★ 您有髮蠟嗎？

ワックスはお持ちですか？
wa kku su wa o mo chi de su ka?

本篇篇末有美髮產品一覽表。

★ 這款護髮油，**不會黏膩**，很好用。

こちらのオイルトリートメント、さらっと
していて使(つか)いやすいですよ。

ko chi ra no o i ru to ri i to me n to, sa ra tto shi te i te tsu ka i ya su i de su yo

さらっとしていて還可以替換成以下的詞語

不會油膩	べたつかなくて be ta tsu ka na ku te
可以讓頭髮容易整理	まとまりやすくしてくれて ma to ma ri ya su ku shi te ku re te
可以讓頭髮自然捲順	癖(くせ)を抑(おさ)えてくれて ku se o o sa e te ku re te
讓頭髮柔順亮麗	髪(かみ)につやを出(だ)してくれて ka mi ni tsu ya o da shi te ku re te

★ 這款洗髮精，它很著重在洗的部分，對頭髮負擔較少。

こちらのシャンプーは落(お)とす事(こと)に特化(とっか)して
いて、髪(かみ)への負担(ふたん)が少(すく)ないんです。

ko chi ra no sha n pu u wa o to su ko to ni to kka shi te i te, ka mi e no hu ta n ga su
ku na i n de su

★ 如果購買整套，則另有優惠喔。

セットでのお買(か)い上(あ)げで割引(わりびき)になりますよ。

se tto de no o ka i a ge de wa ri bi ki ni na ri ma su yo

基本會話

09-17.mp3

店員：ホームケアなどされていますか？
ho o mu ke a na do sa re te i ma su ka?
您在家裡會自己護髮嗎？

客人：いいえ、いつも基本的にシャンプーだけです。
i i e, i tsu mo ki ho n te ki n i sha n pu u da ke de su
沒有耶！只有做一般基本的洗髮而已。

店員：そうなんですね。こちらのトリートメン
ト、癖を抑えてくれて、扱いがとても楽チ
ンになりますよ！
so u na n de su ne. ko chi ra no to ri i to me n to, ku se o o ki e te ku
re te, a tsu ka i ga to te mo ra ku chi n ni na ri ma su yo!
這樣呀！那我們推薦您這款護髮油，能夠讓頭髮自然
捲順，而且使用上相當輕鬆容易。

客人：使ってみたいです、おいくらですか？
tsu ka tte mi ta i de su. o i ku ra de su ka?
聽了好想試試喔，請問價格怎麼算？

店員：900元です。シャンプーとセットでのお買
い上げで割引になりますよ。
kyu u hya ku ge n de su. sha n pu u to se tto de no o ka i a ge de wa ri
bi ki ni na ri ma su yo
一瓶900元，如果跟洗髮精一起合購，另外還有優惠喔！

★ 頭髮要全部吹乾喔。

ドライヤーでしっかり乾かしてください。

do ra i ya a de shi kka ri ka wa ka shi te ku da sa i

★ 用捲髮棒將髮梢稍微內彎一點，就可以把頭髮整的很好看。

カールアイロンで毛先を巻くと、きれいに
まとまります。

ko te de ke sa ki o ma ku to, ki re i ni ma to ma ri ma su

★ 噴髮膠時，請保持離頭髮至少15公分的距離再噴。

スプレーは15センチ以上離してかけてくだ
さい。

su pu re e wa ju u go sse n chi i jo u ha na shi te ka ke te ku da sa i

★ 這是您的會員卡和我的名片。

こちら会員カードと私の名刺です。

ko chi ra ka i i n ka a do to wa ta shi no me i shi de su

★ 如果有問題，請打此電話或用LINE跟我聯絡。

何か問題ありましたらこちらの番号かLINE
にご連絡ください。

na ni ka mo n da i a ri ma shi ta ra ko chi ra no ba n go u ka ra i n ni go re n ra ku ku
da sa i

★ 期待您再次的光臨。

またのご来店、お待ちしております。

ma ta no go ra i te n, o ma chi shi te o ri ma su

★ 很抱歉，我們免費幫您修剪一下。

申し訳ございません。無料でお直しさせて頂きます。

mo u shi wa ke go za i ma se n. mu ryo u de o na o shi sa se te i ta da ki ma su

★ 很抱歉，我請上司過來。

申し訳ございません。上のものを呼んでまいります。

mo u shi wa ke go za i ma se n. u e no mo no o yo n de ma i ri ma su

★ 這次真的很抱歉。

この度は誠に申し訳ございませんでした。

ko no ta bi wa ma ko to ni mo u shi wa ke go za i ma se n de shi ta

客人：ヘアカラーがまだらになっているんですけど。

he a ka ra a ga ma da ran i na tte i ru n de su ke do

哎呀！我的髮色怎麼染得亂七八糟的。

店員：申し訳ございません。無料でお直しさせて頂きます。

mo u shi wa ke go za i ma se n. mu ryo u de o na o shi de o na o shi sa se te i ta da ki ma su

非常抱歉！我免費幫您重新染過。

客人：結構です。返金してもらえますか。

ke kko u de su. he n ki n shi te mo ra e ma su ka?

不必了！請您退錢吧，我不染了！

店員：上のものを呼んでまいりますので少々お待ちください。

u e no mo no o yo n de ma i ri ma su no de sho u sho u o ma chi ku da sa i

我請上司過來，請您稍候一下。

超好用 服務業必備詞彙

》 美髮師必備單字

★美髮沙龍價目表

剪髮 カット ka tto	剪劉海 前髪カット ma e ga mi ka tto	染髮 カラー ka ra a
層次染髮 グラデーションカラー gu ra de e sho n ka ra a	漂髮 ブリーチ bu ri i chi	燙髮 パーマ pa a ma
燙直髮 ストレートパーマ su to re e to pa a ma	離子燙 縮毛矯正 shu ku mo u kyo u se i	接髮 エクステンション e ku su te n sho n
護髮 トリートメント to ri i to me n to	洗髮 シャンプー sha n pu u	

★美髮用品

洗髮精
シャンプー
sha n pu u

潤髮乳
コンディショナー
ko n di sho na a

護髮乳
トリートメント
to ri i to me n to

免洗護髮品
<ruby>洗<rt>あら</rt></ruby>い<ruby>流<rt>なが</rt></ruby>さないトリートメント
a ra i na ga sa na i to ri i to me n to

護髮油
オイルトリートメント
o i ru to ri i to me n to

髮蠟
ワックス
wa kku su

髮膠
ヘアスプレー
he a su pu re e

★美髮工具

髮刷
ブラシ
bu ra shi

梳子
くし
ku shi

髮夾
ピン
pi n

髮圈
ゴム
go mu

美髮剪刀
シザー
shi za a

大髮夾
クリップ
ku ri ppu

離子夾
ストレートアイロン
su to re e to a i ro n

捲髮棒
カールアイロン
ka a ru a i ro n

Part
10

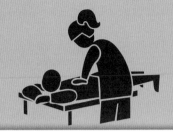

天天用得上的
美體按摩日語

狀況 001　櫃台接待

10-01.mp3

★ 請問您需要哪種服務呢？

どちらのメニューをご希望（きぼう）ですか？
do chi ra no me nyu u o go ki bo u de su ka?

★ 請問要試試看我們的泰式按摩嗎？

タイ式（しき）マッサージはいかがですか？
ta i shi ki ma ssa a ji wa i ka ga de su ka?

★ 我們有40分鐘跟60分鐘的療程。

40分（よんじっぷん）コースと60分（ろくじっぷん）コースがございます。
yo n ju ppu n ko o su to ro ku ju ppu n ko o su ga go za i ma su

★ 您要做指壓還是油壓呢？

指圧（しあつ）マッサージとオイルマッサージ、どちらになさいますか？
shi a tsu ma ssa a ji to o i ru ma ssa a ji, do chi ra ni na sa i ma su ka?

★ 您需不需要去角質呢？

角質（かくしつ）けずりはいかがですか？
ka ku shi tsu ke zu ri wa i ka ga de su ka?

角質けずり（かくしつ）還可以替換成以下的詞語

刮痧	かっさ ka ssa
上半身按摩	上半身マッサージ（じょうはんしん） jo u ha n shi n ma ssa a ji
全身按摩	全身マッサージ（ぜんしん） ze n shi n ma ssa a ji
頭部按摩	頭部マッサージ（とうぶ） to u bu ma ssa a ji

基本會話

10-02.mp3

客人：足（あし）つぼマッサージをお願（ねが）いします。
a shi tsu bo ma ssa a ji o o ne ga i shi ma su
麻煩我要腳底按摩。

店員：40分（よんじっぷん）コースと60分（ろくじっぷん）コースがございますが、どちらになさいますか？
yo n ju ppu n ko o su to ro ku ju ppu n ko o su ga go za i ma su ga, do chi ra ni na sa i ma su ka?
我們有40分鐘跟一小時的品項。請問您要哪一種？

客人：60分（ろくじっぷん）コースで。
ro ku ju ppu n ko o su de
按一小時的好了。

店員：かしこまりました。奥（おく）へどうぞ。
ka shi ko ma ri ma shi ta. o ku e do u zo
好的。裡面請。

➡非全身按摩的引導時

★ 請坐在這邊。

こちらにお座（すわ）りください。
ko chi ra ni o su wa ri ku da sa i

★ 請脫掉襪子。

靴下（くつした）はお脱（ぬ）ぎください。
ku tsu shi ta wa o nu gi ku da sa i

靴下（くつした）還可以替換成以下的詞語

絲襪（薄）	ストッキング su to kki n gu
絲襪（厚）	タイツ ta i tsu
衣服	お洋服（ようふく） o yo u fu ku
內衣	下着（したぎ） shi ta gi

➡全身按摩的引導時

★ 更衣室的話，這邊請！

更衣室（こういしつ）はこちらです。
ko u i shi tsu wa ko chi ra de su

更衣室還可以替換成以下的詞語
こういしつ

洗手間 お手洗い
てあら
o te a ra i

按摩的房間 施術室
せじゅつしつ
se ju tsu shi tsu

結帳區 お会計
かいけい
o ka i ke i

★ 麻煩先沖洗一下身體,並換上這件衣服。

シャワーを浴びてから、こちらの衣服にお
あ　　　　　　　　　　　　　　いふく
着替えください。
きが
sha wa a o a bi te ka ra, ko chi ra no i fu ku ni o ki ga e ku da sa i

★ 請您趴在按摩床上,臉朝著那個洞陷下去。

ベッドにうつ伏せになって頂き、お顔はベ
ぶ　　　　　　　　いただ　　　　かお
ッド上にあります穴におのせください。
じょう　　　　あな
be ddo ni u tsu bu se ni na tte i ta da ki, o ka o wa be ddo jo u e ni a ri ma su a na ni
o no se ku da sa i

狀況 003 打招呼與寒暄 10-04.mp3

★ 請多多指教。

よろしくおねがいします。
yo ro shi ku o ne ga i shi ma su

★ 您常常會去按摩嗎?

マッサージはよく来られるんですか?
こ

ma ssa a ji wa yo ku ko ra re ru n de su ka?

★ 您是來觀光旅行的嗎？

ご旅行ですか？
go ryo ko u de su ka?

旅行還可以替換成以下的詞語

來工作	お仕事
	o shi go to
來出差	出張
	shu ccho u
來留學	留学
	ryu u ga ku
住在這裡	こちらにお住まい
	ko chi ra ni o su ma i

狀況 004 　力道的拿捏
10-05.mp3

★ 請問這個力道可以嗎？

力加減は大丈夫ですか？
chi ka ra ka ge n wa da i jo u bu de su ka?

★ 如果會痛，請告訴我。

痛かったら、言ってください。
i ta ka tta ra, i tte ku da sa i

270

痛かった還可以替換成以下的詞語

いた

| 燙 | 熱かった
あつ
a tsu ka tta | （液體）冰 | 冷たかった
つめ
tsu me ta ka tta |

癢　　痒かった
かゆ
ka yu ka tta

（溫度）冷　寒かった
さむ
sa mu ka tta

★ 會不會太燙？

熱くないですか？
あつ
a tsu ku na i de su ka?

狀況 005 （腳底按摩）提醒健康問題　10-06.mp3

★ 這邊跟肝臟有關。

ここは、肝臓です。
かんぞう
ko ko wa ka n zo u de su

① 補充！

　　1. 完整文是"這邊的穴道是跟肝臟有關係"，用這句的說法來告訴客人他身體不正常或是疲勞的地方。

　　2. 本篇篇末最後附有身體部位一覽表。

★ 您有睡眠不足的問題，對吧？

睡眠不足ですね。
すいみんぶそく
su i mi n bu so ku de su ne

★ 請多喝一點水。

水を多めに飲んでください。
mi zu o o o me ni no n de ku da sa i

★ 這邊會痛是身體哪裡不好呢？

ここはどこが悪いんですか？
ko ko wa do ko ga wa ru i n de su ka?

基本會話
10-08.mp3

客人：ここはどこが悪いんですか？
ko ko wa do ko ga wa ru i n de su ka?

這邊會痛是身體哪裡不好呢？

店員：ここは、目です。普段携帯やパソコン使わ
れる事が多いですか？
ko ko wa, me de su. fu da n ke i ta i ya pa so ko n tsu ka wa re ru ko
to ga o o i de su ka?

這裡是眼睛的問題。您平時都常常會看手機或是電腦
嗎？

客人：はい。
ha i

是呀。

店員：使った後はしっかり目を休ませてください
ね。
tsu ka tta a to wa shi kka ri me o ya su ma se te ku da sa i ne.

那麼看完之後請讓眼睛好好休息才行。

★ 這邊會痛。

そこ、<ruby>痛<rt>いた</rt></ruby>いです。
so ko, i ta i de su

★ 再按輕一點。

もう<ruby>少<rt>すこ</rt></ruby>し<ruby>弱<rt>よわ</rt></ruby>くしてください。
mo u su ko shi yo wa ku si te ku da sa i

<ruby>弱<rt>よわ</rt></ruby>く還可以替換成以下的詞語

強	<ruby>強<rt>つよ</rt></ruby>く tsu yo ku
溫柔	<ruby>優<rt>やさ</rt></ruby>しく ya sa shi ku

狀況 007 讚美客人　　　　10-09.mp3

★ 您的皮膚很好。

お<ruby>肌<rt>はだ</rt></ruby>きれいですね。
o ha da ki re i de su ne

きれい還可以替換成以下的詞語

很光滑	つるつる tsu ru tsu ru
很白皙	<ruby>真<rt>ま</rt></ruby>っ<ruby>白<rt>しろ</rt></ruby> ma sshi ro
很有光澤	つやつや tsu ya tsu ya

★ 您的身體不會水腫。

むくみが少ないですね。
mu ku mi ga su ku na i de su ne

★ 您保養的非常好。

お手入れ完璧ですね。
o te i re ka n pe ki de su ne

★ 正在進行縮小毛孔的療程。

毛穴を引き締めていきます。
ke a na o hi ki shi me te i ki ma su

★ 我幫您矯正歪曲。

左右のゆがみを整えます。
sa yu u no yu ga mi o to to no e ma su

★ 我現在要幫您清潔臉部的部分。

お顔の汚れを落としていきますね。
o ka o no yo go re o o to shi te i ki ma su ne

★ 我先幫您清除粉刺。

毛穴の汚れを落としていきます。
ke a na no yo go re o o to shi te i ki ma su

★ 現在開始幫您做鎮定保溼然後再幫您敷臉喔。

徹底的に保湿をしてから、パックの方へ移
ります。

274

te tte i te ki ni ni ho shi tsu o si te ka ra, pa kku no ho u e u tsu ri ma su

★ 幫您擦上乳液，回去後有任何問題請再告訴我們！

乳液を塗りましたので、もしお帰り後に何か問題ありましたらご連絡ください！

nyu u e ki o nu ri ma shi ta no de, mo shi o ka e ri go ni na ni ka mo n da i ga a ri ma shi ta ra go re n ra ku ku da sa i!

<table>
<tr><td>狀況
009</td><td>瘦身按摩服務</td><td>10-11.mp3</td></tr>
</table>

★ 對消除橘皮組織有效果。

セルライト消去に効果があります。

se ru ra i to sho u kyo ni ko u ka ga a ri ma su

★ 我來幫您消除水腫。

むくみをとっていきます。

mu ku mi o to tte i ki ma su

★ 我先開始幫您鬆筋喔！

先に筋肉をほぐしていきますね！

sa ki ni ki n ni ku o ho gu shi te i ki ma su ne!

★ 您的身體好緊蹦，平常很少運動吧？

かなり凝っていますね、普段運動はあまりされないですか？

ka na ri ko tte i ma su ne, fu da n u n do u wa a ma ri sa re na i de su ka?

★ 我現在幫您按摩頭部。

頭の方、マッサージしていきます。

あたま
頭還可以替換成以下的詞語

手部	手 て te	臀部	臀部 でんぶ de n bu
手指	指 ゆび yu bi	肚子	お腹 なか o na ka
腳部	足 あし a shi	膝蓋	ひざ hi za

★ 請抬高您的頭。

あたま
頭をあげてください。
a ta ma o a ge te ku da sa i

★ 請您翻正面。

あお む
仰向けになってください。
a o mu ke ni na tte ku da sa i

★ 請問您的胸部要按嗎？

むね ぶ ぶん
胸の部分もマッサージいたしますか？
mu ne no bu bu n mo ma ssa a ji i ta shi ma su ka?

(!) 使用時機

　　有些女性貴賓可能不喜歡按摩胸部，所以可以先用這句話做
確認。

狀況
010　介紹商品　　　　　　　　　　10-12.mp3

★ 這是幫助塑身的按摩霜。

こう か
シェイプ効果のあるマッサージクリームです。

276

shi e i pu ko u ka no a ru ma ssa a ji ku ri i mu de su.

★ 這是有助於發汗作用的入浴劑。

<ruby>発<rt>はっ</rt></ruby><ruby>汗<rt>かん</rt></ruby><ruby>作<rt>さ</rt></ruby><ruby>用<rt>よう</rt></ruby>のある<ruby>入<rt>にゅう</rt></ruby><ruby>浴<rt>よく</rt></ruby><ruby>剤<rt>ざい</rt></ruby>です。

ha kka n sa yo u no a ru nyu u yo ku za i de su

★ 這花草茶可以讓您的身體溫熱起來。

<ruby>体<rt>からだ</rt></ruby>を<ruby>芯<rt>しん</rt></ruby>から<ruby>温<rt>あた</rt></ruby>めてくれるハーブティーです。

ka ra da o shi n ka ra a ta ta me te ku re ru ha a bu te i i de su

狀況 011　建議客人生活習慣的改善　10-13.mp3

★ 要注意不要讓體質變寒。

<ruby>体<rt>からだ</rt></ruby>を<ruby>冷<rt>ひ</rt></ruby>やさないように<ruby>心<rt>こころ</rt></ruby>がけてください。

ka ra da o hi ya sa na i yo u ni ko ko ro ga ke te ku da sa i

を冷やさないように還可以替換成以下的詞語

每天要三餐飲食正常	<ruby>3食<rt>さんしょく</rt></ruby>しっかりとるように
	sa n sho ku shi kka ri to ru yo u ni
用餐時間要固定	<ruby>決<rt>き</rt></ruby>められた<ruby>時<rt>じ</rt></ruby><ruby>間<rt>かん</rt></ruby>に<ruby>食<rt>た</rt></ruby>べる
	ki me ra re ta ji ka n ni ta be ru
不要太晚睡	<ruby>夜<rt>よ</rt></ruby><ruby>更<rt>ふ</rt></ruby>かしをしないように
	yo hu ka shi o shi na i yo u ni
要做適量的運動	<ruby>適<rt>てき</rt></ruby><ruby>度<rt>ど</rt></ruby>な<ruby>運<rt>うん</rt></ruby><ruby>動<rt>どう</rt></ruby>をするように
	te ki do na u n do u o su ru yo u ni
不要累積太多壓力	ストレスを<ruby>溜<rt>た</rt></ruby>め<ruby>過<rt>す</rt></ruby>ぎないように
	su to re su o ta me su gi na i yo u ni

★ 要加強保濕。

保湿を心がけてください。
ho shi tsu o ko ko ro ga ke te ku da sa i

保湿還可以替換成以下的詞語

擦乳液	ボディクリームを塗るように bo de i i ku ri i mu o nu ru yo u ni
習慣性的按摩	日ごろからのマッサージを hi go ro ka ra no ma ssa a ji o
洗臉後馬上保濕	洗顔後すぐに保湿するように se n ga n go su gu ni ho shi tsu su ru yo u ni

★ 洗臉要洗得很乾淨。

洗顔を丁寧に行ってください。
se n ga n o te i ne i ni o ko na tte ku da sa i

★ 我們有三個月以上開始的課程。

3ヶ月コースからご用意しております。
sa n ka ge tsu ko o su ka ra go yo u i shi te o ri ma su

3ヶ月還可以替換成以下的詞語

6個月	6ヶ月 ro kka ge tsu

1年	いちねん 1年 i chi ne n
10次	じゅうかい 10回 ju kka i

★ 我們也有提供婚前美體按摩的服務。

ブライダルエステも受け付けております。
bu ra i da ru e su te mo u ke tsu ke te o ri ma su

状況 014　結帳

10-16.mp3

★ 腳底按摩40分鐘，總共是1000元。

あし　　よんじっぷん　　　　　　せん　げん
足つぼ40分コースで、1000元でございます。
a shi tsu bo yo n ju u pu n ko o su de, se n ge n de go za i ma su

★ 收您1000元整，謝謝！

せん　げん　　　　　　　いただ
1000元、ちょうど頂きます。
se n e n, cho u do i ta da ki ma su

(!) 使用時機

　　客人不用找錢的時候才可以用「頂く」這個用語。如果有要
找零，則使用「預かる」替代表達。

★ 收您1000元，找您200元。

せん　げん　　あず　　　　　　　　　　　　　にひゃくげん
1000元お預かりいたしましたので、200元の
かえ
お返しでございます。
se n ge n o a zu ka ri i ta shi ma shi ta no de, ni hya ku ge n no o ka e shi de go za i
ma su

客人：お会計お願いします。
o ka i ke i o ne ga i shi ma su
請幫我結帳。

店員：はい。足つぼ120分コースで、2000元でご
ざいます。
ha i. a shi tsu bo hya ku ni ju ppu n ko o su de, ni se n ge n de go za i
ma su
好的。腳底按摩120分鐘，一共2000元。

客人：（2000元を店員に渡す）
ni se n ge n o te ni n ni wa ta su

店員：2000元、ちょうど頂きます。ありがとうご
ざいました。
ni se n ge n, cho u do i ta da ki ma su. a ri ga to u go za i ma shi ta
收您2000元整。謝謝。

狀況 015   客人再度光臨   10-18.mp3

★ 林小姐，歡迎光臨。

林様、お待ちしておりました。
ha ya shi sa ma, o ma chi shi te o ri ma shi ta

① 使用時機

如果已經知道客人的姓氏，先可以叫對方的姓，較有親切感。

★ 您以前曾經來過嗎？

以前にもいらしたことありますよね？
i ze n ni mo i ra shi ta ko to a ri ma su yo ne?

>> 腳底按摩師必會表現

★ 內臟名稱一覽表

腦部 のう 脳 no u	眼睛 め 目 me	胃 い 胃 i
心臟 しんぞう 心臓 shi n zo u	腎臟 じんぞう 腎臓 ji n zo u	肝臟 かんぞう 肝臓 ka n zo u
膵臟 ぞう すい臓 su i zo u	十二指腸 じゅう に し ちょう 十二指腸 ju u ni shi cho u	小腸 しょうちょう 小腸 sho u cho u
大腸 だいちょう 大腸 da i cho u	尿管 にょうかん 尿管 nyo u ka n	膀胱 ぼうこう 膀胱 bo u ko u
生殖器 せいしょく き 生殖器 se i sho ku ki		

Part 11

天天用得上的寫真攝影日語

狀況 001　接待客人　　　　11-01.mp3

★ 歡迎光臨。請問有預約嗎？

> いらっしゃいませ。ご予約のお客様でしょうか？
>
> i ra ssha i ma se. go yo ya ku no o kya ku sa ma de syo u ka?

★ 您今天要拍變裝照，對吧？

> 本日は変身写真コースのご希望ですね。
>
> ho n ji tsu wa he n shi n sha shi n no go ki bo u de su ne

変身写真コースの還可以替換成以下的詞語

婚紗照	結婚式の前撮り ke kko n shi ki no ma e do ri
家族照	家族写真の ka zo ku sha shi n no ma e do ri
嬰兒照	ベビー写真の be bi i sha shi n no
紀念照	記念写真の ki ne n sha shi n no
證件照	証明写真の sho u me i sha shi n no

★ 在攝影師到之前，請稍等一下。

> カメラマンが来るまで少々お待ちください。

ka me ra ma n ga ku ru ma de sho u sho u o ma chi ku da sa i

狀況 002 詢問客人想要的感覺　　11-02.mp3

★ 請問您要怎麼樣的風格？

どういった<ruby>雰囲気<rt>ふんいき</rt></ruby>に<ruby>仕上<rt>しあ</rt></ruby>げたいですか？
do u itta hu n i ki ni shi a ge ta i de su ka?

★ 最近近代風格的寫真照也很受歡迎。

<ruby>最近<rt>さいきん</rt></ruby>は<ruby>近代的<rt>きんだいてき</rt></ruby>な<ruby>雰囲気<rt>ふんいき</rt></ruby>の<ruby>写真<rt>しゃしん</rt></ruby>も<ruby>人気<rt>にんき</rt></ruby>です
よ。
sa i ki n wa ki n da i te ki na hu n i ki no sha shi n mo ni n ki de su yo

★ 整體上我們以可愛風格為主進行拍攝，但也可以拍幾張酷酷的。

<ruby>全体的<rt>ぜんたいてき</rt></ruby>に<ruby>可愛<rt>かわい</rt></ruby>いスタイルで、いくつかクール<ruby>系<rt>けい</rt></ruby>の<ruby>写真<rt>しゃしん</rt></ruby>も<ruby>撮<rt>と</rt></ruby>っていきましょう。
ze n ta i te ki ni ka wa i i su ta i ru de, i ku tsu ka ku u ru ke i no sha shi n mo to tte i
ki ma sho u

ⓘ 補充！

本篇篇末附有〔攝影風格〕一覽表。

狀況 003 指導表情　　11-03.mp3

★ 笑一個！

<ruby>笑<rt>わら</rt></ruby>って！
wa ra tte!

285

笑って還可以替換成以下的詞語

提起嘴角	口角を上げて
	ko u ka ku o a ge te

撤開眼睛　　　目線をずらして
me se n o zu ra shi te

要收下巴　　　あごを引いて
a go o hi i te

要露出幸福的表情　　　幸せそうな顔で
shi a wa se so u na ka o de

來點挑逗性的眼神　　　挑発的な目線で
cho u ha tsu te ki na me se n de

眼珠朝上看　　　上目遣いで
u wa me zu ka i de

★ 不要看鏡頭。

カメラの方は見ないでください。
ka me ra no ho u wa mi na i de ku da sa i

★ 要自然的表情。

自然な表情を浮かべてください。
shi ze n na hyo u jo u o u ka be te ku da sa i

状況
004　指導姿勢的擺法　　　　　　　11-04.mp3

★ 身體要偏斜，臉看前面。

体は斜めで、お顔だけ前を向いてください。
ka ra da wa na na me de, o ka o da ke ma e o mu i te ku da sa i

★ 把手放到腰部。

腰に手を添えてください。
ko shi ni te o so e te ku da sa i

腰還可以替換成以下的詞語

頭部	頭 a ta ma
下巴	あご a go
肩膀	肩 ka ta
腳	足 a shi

★ 重心要放在左腳。

左足に重心を置いて立ってください。
hi da ri a shi ni ju u shi n o o i te ta tte ku da sa i

狀況 005　誇獎被拍攝的對象
11-05.mp3

★ 很可愛！

可愛いです！
ka wa i i de su!

★ 很好！

いいですね！
i i de su ne!

★ 很棒！

素晴らしい！
su ba ra shi i!

⚠ 使用時機

　　誇獎可以給客人安心感，可以消除緊張，要拍好相片要學會
讚美他人。

狀況 006 幫助被拍攝的對象放鬆　　11-06.mp3

★ 您可以假設這裡沒有照相機。

カメラはないと思って。
ka me ra wa na i to o mo tte

★ 放輕鬆。

リラックスしてください。
ri ra kku su shi te ku da sa i

★ 要覺得自己像模特兒！

モデルになった気分で！
mo de ru ni na tta ki bu n de!

★ 您平常也會拍照嗎？

普段から写真はよく撮る方ですか？
fu da n ka ra sha shi n wa yo ku to ru ho u de su ka?

基本會話

攝影師：緊張しないで大丈夫ですよ。普段から
写真はよく撮る方ですか？

ki n cho u shi na i de da i jo u bu de su yo. fu da n ka ra sha shi n
wa yo ku to ru ho u de su ka?

不要緊張。您平常也會拍照嗎？

客人：いいえ、あまり撮らないんです。

i i e, a ma ri to ra na i n de su

不會，我很少會拍照。

攝影師：そうなんですね。じゃあカメラはないと
思って、おしゃべりにきたと思って撮っ
て行きましょう！

so u na n de su ne. ja a ka me ra wa na i to o mo tte, o sha be ri ni
ki ta to o mo tte to tte i ki ma sho u!

是喔。那您要假設這裡沒有照相機，當作來跟我聊
天輕鬆進行拍攝吧！

狀況 007　怎麼整理照片

★ 要做成相簿嗎？

アルバムにおまとめいたしますか？

a ru ba mu ni o ma to me i ta shi ma su ka?

★ 我們還可以做成卡片版的。

カードタイプもご用意しております。

ka a do ta i pu mo go yo u i shi te o ri ma su

★ 完成的相片，我們燒成光碟給您。

出来上がったお写真はCD-ROMでお渡しいた

します。

で き あ　　　　　　しゃしん　シーディーロム　　　　　わた

de ki a ga tta o sha shi n wa shi i de i i ro mu de o wa ta shi i ta shi ma su

★ 修圖的部分，由我們來幫您調整，可以嗎？

修正はおまかせでよろしいですか？

しゅうせい

shu u se i wa o ma ka se de yo ro shi i de su ka?

★ 有沒有特別想修哪個部分呢？

特に気になる部分などございますか？

とく　　き　　　　　　　ぶ ぶん

to ku ni ki ni na ru bu bu n na do go za i ma su ka?

★ 我們會幫您調整顏色。

お色みはこちらで調整致します。

いろ　　　　　　　　　ちょうせいいた

o i ro mi wa ko chi ra de cho u se tsu i ta shi ma su

お色み還可以替換成以下的詞語

いろ

彩度	彩度 さい ど sa i do
明亮度	明度 めい ど me i do
尺寸	サイズ sa i zu

290

狀況 009　拍攝婚紗照

11-10.mp3

★ 兩個人緊緊靠在一起。

お二人寄り添ってください。
o fu ta ri yo ri so tte ku da sa i

★ 把戒指現出來給我看。

指輪見せてください。
yu bi wa mi se te ku da sa i

(!) 使用時機

　　使用於當要強調拍攝到戒指的時候可以說這句話。意思是請將手擺出來。

★ 牽手一下。

手を繋いでください。
te o tsu na i de ku da sa i

★ 看著您的老婆，微笑一下。

奥さんの方を見て微笑んでください。
o ku sa n no ho u o mi te ho ho e n de ku da sa i

狀況 010　擔任婚禮攝影

11-11.mp3

★ 各位，我們要來拍個大合照。

みなさん、集合写真を撮ります。
mi na sa n, shu u go u sha shi n o to ri ma su

★ 您要不要拍一張？

お写真、いかがですか？
o sha shi n, i ka ga de su ka?

状況 011 拍攝全家福照片

11-12.mp3

★ 請大家稍微移動到左邊。

もう少し、皆さん左側にずれてください。
mo u su ko shi,mi na sa n hi da ri ga wa ni zu re te ku da sa i

左側還可以替換成以下的詞語

右邊	右側 mi gi ga wa
前面	前のほう ma e no ho u
往中間	真ん中のほう ma n na ka no ho u

★ 身體要往側邊，臉要看前面。

体は横向きで、お顔は前を向いてください。
ka ra da wa yo ko mu ki de, o ka o wa ma e o mu i te ku da sa i.

★ 小朋友們站在前排。

お子さんは前列にお並びください。
o ko sa n wa ze n re tsu ni o na ra bi ku da sa i

状況 012 證件照

11-13.mp3

292

★ 請用側邊的頭髮蓋住耳朵。

横髪は耳にかけてください。
yo ko ga mi wa mi mi ni ka ke te ku da sa i

★ 瀏海遮住眼睛了。

前髪、目にかかっています。
ma e ga mi, me ni ka ka tte i ma su

★ 請輕輕的微笑喔！

軽く微笑んでください。
ka ru ku ho ho e n de ku da sa i

★ 請把嘴角抬高一點。

口角を軽くあげてください。
ko u ka ku o ka ru ku a ge te ku da sa i

狀況 013 拍攝嬰兒照　　　　　11-14.mp3

★ 不見了，不見了，有了！

いないいないばぁ！
i na i i na i ba a!

① 使用時機

　　這是嬰兒的用語，這句話可以給嬰兒安心感與歡樂。必要時試著用嬰兒語跟他溝通。

★ 媽媽，請過來站在後面。

お母さん、後ろへお願いします。
o ka a sa n, u shi ro e o ne ga i shi ma su

▶▶ 攝影師必備用語

★攝影風格

可愛 か わい 可愛い ka wa i i	溫馨 あたた 温かみのある a ta ta ka mi no a ru	近代風 げんだいてき 現代的な ge n da i te ki na
典雅風 クラシックスタイル ku ra shi kku su ta i ru	性感 セクシー se ku shi i	日式 に ほんふう 日本風 ni ho n fu u
韓式 かんこくふう 韓国風 ka n ko ku fu u	清新自然 さわ 爽やかナチュラル sa wa ya ka na chu ra ru	唐風 チャイナ cha i na
甜美 スイート su i i to	夢幻 ファンタジック fa n ta ji kku	恐怖 ホラー ho ra a
校園 がくえんふう 学園風 ga ku e n fu u	復古 レトロ re to ro	蘿莉 ロリータ ro ri i ta

★拍攝方式及相關環境、物品

攝影棚
フォトスタジオ
fo to su ta ji o

背景
<ruby>背景<rt>はいけい</rt></ruby>
ha i ke i

布幕
<ruby>背景布<rt>はいけいぬの</rt></ruby>
ha i ke i nu no

棚拍
スタジオ<ruby>撮影<rt>さつえい</rt></ruby>
su ta ji o sa tsu e i

外拍
ロケ（<ruby>撮影<rt>さつえい</rt></ruby>）
ro ke (sa tsu e i)

夕拍
<ruby>夕方<rt>ゆうがた</rt></ruby>ロケ
（<ruby>撮影<rt>さつえい</rt></ruby>）
yu u ga ta ro ke (sa tsu e i)

夜拍
<ruby>夜<rt>よる</rt></ruby>ロケ（<ruby>撮影<rt>さつえい</rt></ruby>）
yo ru ro ke (sa tsu e i)

出國拍攝
<ruby>海外<rt>かいがい</rt></ruby>ロケ
（<ruby>撮影<rt>さつえい</rt></ruby>）
ka i ga i ro ke (sa tsu e i)

拍攝用的道具
<ruby>撮影<rt>さつえい</rt></ruby>に<ruby>使<rt>つか</rt></ruby>う<ruby>道具<rt>どうぐ</rt></ruby>
sa tsu e i ni tsu ka u do u gu

新娘捧花
ウェディングブーケ
wu e di i n gu bu u ke

愛心氣球
ハート<ruby>型風船<rt>がたふうせん</rt></ruby>
ha a to ga ta fu u se n

波浪鼓
でんでん<ruby>太鼓<rt>たいこ</rt></ruby>
de n de n da i ko

★攝影必知用語

廣角
こうかく
広角
ko u ka ku

鏡頭
レンズ
re n zu

濾鏡
フィルター
fu i ru ta a

鎂光燈
フラッシュ
fu ra sshu

比例
ひりつ
比率
hi ri tsu

按快門
お
シャッターを押す
sha tta a o o su

調整光圈
しぼ　　　ちょうせい
絞りを調整する
shi bo ri o cho u se i su ru

消除紅眼
あか め　　しゅうせい
赤目を修正する
a ka me o shu u se i su ru

對焦
あ
ピントを合わせる
pi n to o a wa se ru

打光
あ
ライトを当てる
ra i to o a te ru

錄影
ろく が
録画
ro ku ga

連拍
れんしゃ
連写
re n sha

背光
ぎゃっこう
逆光
gya kko u

曝光
ろ こう
露光
ro ko u

感光
かんこう
感光
ka n ko u

Part
12

天天用得上的
導遊日語

P12.MP3

狀況 001 迎接客人　　　12-01.mp3

★「來來旅行團」的貴賓，請往這邊走。

"ライライトラベル"のお客様<ruby>客<rt>きゃくさま</rt></ruby>はこちらです。
ra i ra i to ra be ru no o kya ku sa ma wa ko chi ra de su

★ 長途旅行辛苦了，請在這邊稍等一下。

<ruby>長旅<rt>ながたび</rt></ruby>お<ruby>疲<rt>つか</rt></ruby>れ<ruby>様<rt>さま</rt></ruby>でした。こちらで<ruby>少々<rt>しょうしょう</rt></ruby>お<ruby>待<rt>ま</rt></ruby>ち
ください。
na ga ta bi o tsu ka re sa ma de shi ta . ko chi ra de sho u sho u o ma chi ku da sa i

★ 歡迎各位的到訪。

<ruby>皆様<rt>みなさま</rt></ruby>ようこそいらっしゃいました。
mi na sa ma yo u ko so i ra ssha i ma shi ta

★ 我是「來來旅遊」的當地導遊，敝姓陳。

<ruby>私<rt>わたし</rt></ruby>はライライトラベル<ruby>現地<rt>げんち</rt></ruby>ガイドの<ruby>陳<rt>チン</rt></ruby>と<ruby>申<rt>もう</rt></ruby>
します。
wa ta shi wa ra i ra i to ra be ru ge n chi ga i do no chi n to mō shi ma su

★ 現在要開始點名，被叫到名字的貴賓請回答。

<ruby>今<rt>いま</rt></ruby>からお<ruby>客様<rt>きゃくさま</rt></ruby>を<ruby>確認<rt>かくにん</rt></ruby>いたしますので、<ruby>呼<rt>よ</rt></ruby>ば
れた<ruby>方<rt>かた</rt></ruby>は<ruby>返事<rt>へんじ</rt></ruby>をくださいませ。
i ma ka ra o kya ku sa ma o ka ku ni n i ta shi ma su no de, yo ba re ta ka ta wa he n ji o ku da sa i ma se

★ 需要匯兌的貴賓，請跟我來。

りょうがえ　　　ひつよう　　　かた　　　　　　　　　　　まい
両替が必要な方、これから参りますので、

おいでください。

★ ryo u ga e ga hi tsu yo u na ka ta , ko re ka ra ma i ri ma su no de , o i de ku da sa i

★ 車子已經準備好了，請往這邊來。

むか　　　くるま　　ま
迎えの車が待っていますので、こちらへど

うぞ。

mu ka e no ku ru ma ga ma tte i ma su no de , ko chi ra e do u zo

くるま
車還可以替換成以下的詞語

遊覽車	かんこう 観光バス ka n ko u ba su	船	ふね 船 fu ne
接駁車	シャトルバス sha to ru ba su	飛機	ひこうき 飛行機 hi ko u ki

★ 大型行李要放在遊覽車上，請集中到這邊來。

おお　　　にもつ　　　　　　　　　　　つ
大きい荷物をバスに積みます。こちらにお

だ
出しください

o o ki i ni mo tsu o ba su ni tsu mi ma su . ko chi ra ni o da shi ku da sa i

おお　　　にもつ　　　　　　　　つ
大きい荷物をバスに積み還可以替換成以下的詞語

護照	パスポート pa su po o to	收；回收	かいしゅう 回収し ka i shu u shi
機票	こうくうけん 航空券 ko o ku u ke n	代為保管	あず 預かり a zu ka ri

★ 那麼，接下來我們要搭車前往飯店。

それでは、これからバスでホテルへ参ります。
so re de wa , ko re ka ra ba su de ho te ru e ma i ri ma su

★ 各位貴賓請上車。

皆様ご搭乗ください。
mi na sa ma go to u jo u ku da sa i

狀況 002　自我介紹

12-02.mp3

★ 我再重新自我介紹一次。

改めて自己紹介させていただきます。
a ra ta me te ji ko sho u ka i sa se te i ta da ki ma su

★ 我的綽號是小王，請叫我小王。

私のニックネームは小王です。小王とお呼
びください。
wa ta shi no ni kku ne e mu wa sha u wa n de su. sha u wa n to o yo bi ku da sa i

★ 我來自於台灣的高雄。

台湾の高雄の出身です。
ta i wa n no ta ka o no shu sshi n de su

高雄還可以替換成以下的詞語

台北	台北 ta i pe i	桃園	桃園 to u e n
基隆	基隆 ki i ru n	新竹	新竹 shi n chi ku

300

苗栗	苗栗 ビョウリ byo u ri	屏東	屏東 ヘイトウ he i to u
台中	台中 タイチュウ ta i chu u	宜蘭	宜蘭 ギラン gi ra n
南投	南投 ナントウ na n to u	花蓮	花蓮 カレン ka re n
彰化	彰化 ショウカ sho u ka	台東	台東 タイトウ ta i to u
雲林	雲林 ウンリン u n ri n	澎湖	澎湖 ホウコ ho u ko
嘉義	嘉義 カギ ka gi	金門	金門 キンモン ki n mo n
台南	台南 タイナン ta i na n	連江	連江 レンコウ re n ko u
高雄	高雄 タカオ ta ka o		

★ 遊覽車的司機是林先生。

ツアーバスの運転手は林さんです。
tsu a a ba su no u n te n shu wa ri n sa n de su

★ 這五天請多多指教。

5日間どうぞよろしくお願いします。
i tsu ka ka n do u zo yo ro shi ku o ne ga i shi ma su

狀況 003 宣導事項
12-03.mp3

★ 首先，請別上標示用的胸針。

まずは目印のバッチをおつけください。

ma zu wa me ji ru shi no ba cchi o o tsu ke ku da sa i

バッチをおつけ還可以替換成以下的詞語

貼上貼紙　　　シールをお貼り
　　　　　　　shi i ru o o ha ri

戴上帽子　　　帽子をお被り
　　　　　　　bo o shi o o ka bu ri

★ 現在的氣溫是攝氏二十五度。

今の気温は25度です。
i ma no ki o n wa ni ju u go do de su

★ 晚上會有一點冷，請帶著薄上衣。

夜は少し肌寒いので、薄手の上着をご持参
ください。
yo ru wa su ko shi ha da za mu i no de , u su de no u wa gi o go ji sa n ku da sa i

① 補充

持参する：表「帶來（或帶去）」

夜は少し肌寒い和薄手の上着還可以替換成以下的詞語

日曬很強烈 日差しが強い hi za shi ga tsu yo i	帽子　　帽子 　　　　bo u shi 洋傘　　日傘 　　　　hi ga sa 太陽眼鏡　サングラス 　　　　　sa n gu ra su

氣象預報會下雨	摺疊傘	折りたたみ傘
天気予報は雨な te n ki yo ho u wa a me na		o ri ta ta mi ka sa
	雨衣	レインコート re i n ko o to

★ 水龍頭裡的水不能直接飲用，請煮開了之後再喝。

水道水はそのまま飲むことができません。
沸かしてから飲んでください。
su i do o su i wa so no ma ma no mu ko to ga de ki ma se n, wa ka shi te ka ra no n de ku da sa i

★ 衛生紙不可以丟進馬桶。

トイレットペーパーはトイレに流してはい
けません。
to i re tto pe i pa a wa to i re ni na ga shi te wa i ke ma se n

トイレットペーパー和トイレに流しては還可以替換成以下的詞語

在捷運上	MRTで	飲食	飲食しては
	エムアールティ e mu a a ru ti de		i n sho ku shi te wa
在公車上	バスで ba su de	嚼口香糖	ガムを噛んでは ga mu o ka n de wa
		吸煙	たばこを吸っては ta ba ko o su tte wa

★ 搭乘手扶梯時，請靠右側站立。

エスカレーターは右に寄って立ちましょう。
e su ka re e ta a wa mi gi ni yo tte ta chi ma sho u

★ 便利商店的袋子要另外購買。

コンビニ袋はお金がかかります。

ko n bi ni bu ku ru wa o ka ne ga ka ka ri ma su

★ 在台灣沒有給小費的習慣。

台湾ではチップの習慣がありません。

ta i wa n de wa chi ppu no shu u ka n ga a ri ma se n

★ 在接受服務的時候，小費隨意給就可以了。

サービスを受けるときは、気持でチップを
払えばいいです。

sa a bi su o u ke ru to ki wa , ki mo chi de chi ppu o ha ra e ba i i de su

---

状況 004 提醒團員注意安全　　　12-04.mp3

★ 護照和貴重物品請妥善保管。

パスポートと貴重品はしっかり保管してく
ださい。

pa su po o to to ki cho u hi n wa shi kka ri ho ka n shi te ku da sa i

★ 台灣的車子是靠右行駛。

台湾は車が右側通行です。

ta i wa n wa ku ru ma ga mi gi ga wa tsu u ko u de su

★ 夜間外出時，請務必攜帶飯店的名片。

夜に外出するとき、必ずホテルの名刺をお
持ちください。

yo ru ni ga i shu tsu su ru to ki , ka na ra zu ho te ru no me i shi o o mo chi ku da sa i

★ 晚上單獨外出很危險，請務必減少外出。

夜間の一人での外出は危ないですので、お控えください。

ya ka n no hi to ri de no ga i shu tsu wa a bu na i de su no de , o hi ka e ku da sa i

★ 請不要到人少的地方去。

人気の少ない場所には近づかないでください。

hi to ke no su ku na i ba sho ni wa chi ka zu ka na i de ku da sa i

★ 請小心留意主動以日語攀談的人士。

自分から日本語で話し掛けてくる人にお気をつけてください。

ji bu n ka ra ni ho n go de ha na shi ka ke te ku ru hi to ni o ki o tsu ke te ku da sa i

★ 在人潮眾多的地方請小心扒手。

人の多いところでは、スリにご注意ください。

hi to no o o i to ko ro de wa , su ri ni go chu u i ku da sa i

★ 請不要忘記自己的行李。

荷物を置き忘れないようにしてください。

ni mo tsu o o ki wa su re na i yo u ni shi te ku da sa i

★ 如果有任何不對勁或是困擾的地方，請儘早和我聯絡。

何か不審な点、困ったときは早めに私に連絡をお取りください。

na ni ka fu shi na te n , ko ma tta to ki wa ha ya me ni wa ta shi ni re n ra ku o o to ri ku da sa i

★ 要打電話回日本時，首先要按「002」。

日本に電話を掛ける時、まず最初に002を押
します。

ni ho n ni de n wa o ka ke ru to ki , ma zu sa i sho ni ze ro ze ro ni o o shi ma su

★ 接下來按日本國碼「81」。

次に日本の国番号81を押します。

tsu gi ni ni ho n no ku ni ba n go u ha chi i chi o o shi ma su

★ 接下來按區域號碼，去掉前面的「0」。

次に最初の0を取った市外局番を押します。

tsu gi ni sa i sho no ze ro o to tta shi ga i kyo ku ba n o o shi ma su

★ 最後依序輸入電話號碼。

後は電話番号を順に押します。

a to wa de n wa ba n go u o ju n ni o shi ma su

★ 要撥打日本手機的時候，輸入「81」之後，去掉手機號碼
開頭的「0」再撥打。

日本の携帯電話にかける場合、81を押してか
ら、番号の最初の0を取って掛けます。

ni ho n no ke i ta i de n wa ni ka ke ru ba a i , ha chi i chi o o shi te ka ra , ba n go o
no sa i sho no ze ro o to tte ka ke ma su

① 使用時機

　台灣的市內電話要撥打日本的電話時，首先要先按「002」
(電信公司服務號碼)，然後輸入日本國碼「81」，「當地區碼」
去掉開頭「0」(如東京是「03」則按「3」)，最後直接撥打電話
號碼即可。如果是要撥打日本手機，則在「81」之後去掉手機號
碼開頭的「0」直接撥打。

狀況 006 行程說明　　　　　　　　　　12-06.mp3

★ 我來簡單說明一下行程。

よ てい かん たん せつめい
予定を簡単に説明いたします。
yo te i o ka n ta n ni se tsu me i i ta shi ma su

★ 首先請看一下您手邊的行程表。

て もと ひょう らん
まずはお手元のスケジュール表をご覧くだ

さい。
ma zu wa o te mo to no su ke ju u ru hyo u o go ra n ku da sa i

★ 第一天的行程是台北市內的觀光。

いちにち め たいぺい し ない まわ
一日目のスケジュールは、台北市内を回り

ます。
i chi ni chi me no su ke ju u ru wa , ta i pe i shi na i o ma wa ri ma su

一日目和台北市内を回ります 還可以替換成以下的詞語

いちにちめ タイペイ しない まわ

第二天	二日目 ふつかめ fu tsu ka me	
第三天	三日目 みっかめ mi kka me	參觀故宮博物院 故宮博物院を見学します こ きゅうはくぶついん けんがく ko kyu u ha ku bu tsu i n o ke n ga ku shi ma su
第四天	四日目 よっかめ yo kka me	參觀中正紀念堂 中正紀念堂を観光します ちゅうせい き ねんどう かんこう chu u se i ki ne n do u o ka n ko u shi ma su
第五天	五日目 いつかめ i tsu ka me	
第六天	六日目 むいかめ mu i ka me	前往購物中心 ショッピングモールに行 い きます sho ppi n gu mo o ru ni i ki ma su
最後一天	最終日 さいしゅう び sai shu u bi	
明天早上	明日の朝 あした あさ a shi ta no a sa	自由活動 自由行動です じ ゆうこうどう ji yu u ko u do u de su
下午	午後 ごご go go	
晚上	夜 よる yo ru	

★ 今天住宿的飯店是晶華酒店。

きょう と
今日のお泊まりは、グランドフォルモサホ
テルです。

kyo u no o to ma ri wa , gu ra n do fo ru mo sa ho te ru de su

308

グランドフォルモサホテル還可以替換成以下的詞語

圓山大飯店
The Grand Hotel

グランドホテル
gu ra n do ho te ru

國賓大飯店
The Ambassador Hotel

アンバサダーホテル
a n ba sa da a ho te ru

君悅大飯店
The Grand Hyatt Hotel

グランドハイアット
gu ra n do ha i a tto

老爺大酒店
Hotel Royal Taipei

ホテル・ロイヤル・タイペイ
ho te ru ro i ya ru ta i pe i

喜來登大飯店
Hotel Sheraton Taipei

シェラトンホテル
she ra to n ho te ru

西華飯店
The Sherwood Taipei

ザ・シャーウッド台北
za sha a u ddo ta i pe i

凱薩大飯店
Caesar Park Taipei

シーザーパークホテル
shi i za a pa a ku ho te ru

亞都麗緻飯店
The Landis Hotel

ザ・ランディス・ホテル
za ra n di su ho te ru

★ 早餐是自助式的。

朝食はバフェ式です。
cho u sho ku wa ba fe shi ki de su

★ 最後一天是下午3點的飛機。

最終日は午後3時の飛行機です。
sa i shu u bi wa go go sa n ji no hi ko u ki de su

★ 現在要開始辦理住宿手續，請稍等一下。

今からチェックインの手続きをしますの
で、少々お待ちください。

i ma ka ra che kku i n no te tsu zu ki o shi ma su no de, sho u sho u o ma chi ku da sa i

★ 木村先生、佐藤先生，兩位的房間是503號房。

木村様、佐藤様、お二人様のお部屋は503号
室です。

ki mu ra sa ma, sa to u sa ma, o fu ta ri sa ma no o he ya wa go ma ru sa n go u shi
tsu de su

⨀ 使用時機

　　在分配房間時，先叫同房團員的名字，告知房號並交付給團員
房間鑰匙。雙人房的時候說「お二人様」，三人房則是「お三人様」
……以此類推。如果是單人房的時候則說「お客様」就可以了。

★ 請妥善保管房間的鑰匙，不要弄丟了。

お部屋の鍵は無くさないように大事に保管
してください。

o he ya no ka gi wa na ku sa na i yo u ni da i ji ni ho ka n shi te ku da sa i

★ 房間裡有保險箱。

部屋に金庫が置いてあります。

he ya ni ki n ko ga o i te a ri ma su

★ 貴重物品請放在保險箱裡面。

貴重品は金庫にお入れください。
ki cho u hi n wa ki n ko ni o i re ku da sa i

★ 房間內冰箱裡的礦泉水是免費的。

客室冷蔵庫のミネラルウォーターはサービ

スです。
kya ku shi tsu re i zo u ko no mi ne ra ru wo o ta a wa sa a bi su de su

★ 飯店的隔壁有便利商店。

ホテルの隣りにコンビニがあります。
ho te ru no to na ri ni ko n bi ni ga a ri ma su

隣り和コンビニ還可以替換成以下的詞語

2樓	2階 ni ka i	餐廳	レストラン re su to ra n
地下1樓	地下1階 chi ka i kka i	麵包店	パン屋 pa n ya
對面	向こう mu ko u	名產店	お土産屋 o mi ya ge ya
藥局	薬局 ya kkyo ku	按摩室	マッサージルーム ma ssa a ji ru u mu
		美容沙龍	エステティックサロン e su te ti kku sa ro n
		自動販賣機	自動販売機 ji do u ha n ba i ki
走廊	廊下 ro u ka	開飲機	ウォーターサーバー wo ta a sa a ba a
		製冰器	製氷機 se i hyo u ki

★ 現在開始發早餐券。

今から朝食券をお配りいたします。
i ma ka ra cho u sho ku ke n o o ku ba ri i ta shi ma su

★ 請拿著早餐券，到二樓的餐廳用早餐。

朝食券を持って、2階のレストランで朝食を
召し上がってください。
cho u sho ku ke n o mo tte, ni ka i no re su to ra n de cho u sho ku o me shi a ga tte
ku da sa i

★ 我的房間是312號房。

私の部屋は312号室です。
wa ta shi no he ya wa sa n i chi ni go u shi tsu de su

★ 有事的話，隨時都可以叫我。

何かあったら、いつでもお呼びください。
na ni ka a tta ra, i tsu de mo o yo bi ku da sa i

狀況 008　約定集合時間　12-08.mp3

★ 早上七點的時候會Morning Call。

朝7時にモーニングコールを致します。
a sa shi chi ji ni mo o ni n gu ko o ru o i ta shi ma su

★ 八點三十分出發。

出発は8時30分ごろです。
shu ppa tsu wa ha chi ji sa n ju ppu n go ro de su

8時還可以替換成以下的詞語
(はちじ)

1點	一時 (いちじ) i chi ji	7點	七時 (しちじ) shi chi ji
2點	二時 (にじ) ni ji	8點	八時 (はちじ) ha chi ji
3點	三時 (さんじ) sa n ji	9點	九時 (くじ) ku ji
4點	四時 (よじ) yo ji	10點	十時 (じゅうじ) ju u ji
5點	五時 (ごじ) go ji	11點	十一時 (じゅういちじ) ju u i chi ji
6點	六時 (ろくじ) ro ku ji	12點	十二時 (じゅうにじ) ju u ni chi

30分還可以替換成以下的詞語
(さんじゅっぷん)

1分	一分 (いっぷん) i ppu n	6分	六分 (ろっぷん) ro ppu n
2分	二分 (にふん) ni fu n	7分	七分 (ななふん) na na fu n
3分	三分 (さんぷん) sa n pu n	8分	八分 (はっぷん) ha ppu n
4分	四分 (よんぷん) yo n pu n	9分	九分 (きゅうふん) kyū fu n
5分	五分 (ごふん) go fu n	10分	十分 (じゅっぷん) ju ppu n

★ 十一點半在飯店大廳集合。

11時半にホテルのロビーでご集合ください。
ju u i chi ji ha n ni ho te ru no ro bi i de go shu u go u ku da sa i

ホテルのロビー還可以替換成以下的詞語

入口	入口 i ri gu chi	遊覽車前	バスの前 ba su no ma e
出口	出口 de gu chi	機場	空港 ku u ko u

★ 現在起，有兩小時的自由活動時間。

今から2時間の自由行動時間があります。
i ma ka ra ni ji ka n no ji yu u ko u do u ji ka n ga a ri ma su

★ 兩點前請回到遊覽車上。

2時までにバスにお戻りください。
ni ji ma de ni ba su ni o mo do ri ku da sa i

★ 請遵守集合時間。

時間厳守でお願いします。
ji ka n ge n shu de o ne ga i shi ma su

狀況 009	逛夜市	12-09.mp3

★ 這裡是士林夜市，有許多知名的台灣小吃。

こちらは士林夜市です。有名な台湾グルメ
がたくさんあります。

ko chi ra wa shi ri n yo i chi de su. yu u me i na ta i wa n gu ru me ga ta ku sa na ri
ma su

有名な台湾グルメ還可以替換成以下的詞語

（ゆうめい）（たいわん）

好吃的路邊攤料理	おいしい屋台料理 o i shi i ya ta i ryo u ri
便宜的服飾	安い衣料品 ya su i i ryo u hi n
可愛的飾品	かわいいアクセサリー ka wa i i a ku se sa ri i
各式各樣的雜貨	さまざまなグッズ sa ma za ma na gu zzu

ⓘ 使用時機

　　這個句子也可以改成其他的夜市，例如「師大夜市」、「六
合夜市」等等。夜市是台灣最知名的景點之一，找出每個夜市的
特色，讓你的團員們好好感受台灣特有的文化吧！

★ 夜市是最受國外觀光客歡迎的景點。

夜市は外国人観光客に一番人気のある観光
スポットです。
yo i chi wa ga i ko ku ji n ka n ko u kya ku ni i chi ba n ni n ki no a ru ka n ko u su po
tto de su

★ 充滿活力的店家販賣著各式各樣的物品。

あらゆる物が活気溢れる屋台で売られています。
a ra yu ru mo no ga ka kki a fu re ru ya ta i de u ra re te i ma su

★ 在這裡可以感受到台灣人的活力。

ここでは台湾人のエネルギーが十分感じら
れます。

ko ko de wa ta i wa n ji n no e ne ru gi i ga jū bu n ka n ji ra re ma su

★ 請一定要嚐嚐看台灣小吃。

台湾グルメをぜひ召し上がってみてください。
ta i wa n gu ru me o ze hi me shi a ga tte mi te ku da sa i

★ 我推薦雞排。

フライドチキンがお勧めです。
fu ra i do chi ki n ga o su su me de su

フライドチキン還可以替換成以下的詞語

鹽酥雞 　台湾鶏肉のからあげ
ta i wa n to ri ni ku no ka ra a ge

大雞排 　巨大フライドチキン
kyo da i fu ra i do chi ki n

蜜汁雞排 　蜜汁フライドチキン
mi tsu ji ru fu ra i do chi ki n

臭豆腐 　臭豆腐
shu u do o fu

大香腸 　巨大台湾ソーセージ
kyo da i ta i wa n so o se e ji

大腸包小腸 　腸詰に台湾ソーセージ
cho u zu me ni ta i wa n so o se e ji

蚵仔煎 　カキのオムレツ
ka ki no o mu re tsu

蚵仔麵線 　カキ入り台湾ソーメン
ka ki i ri ta i wa n so o me n

滷味 　醤油煮込み
sho u yu ni ko mi

滷肉飯 　魯肉飯
ru u ro o ha n

| 肉圓 | 肉入りもち
ni ku i ri mo chi |
| 肉羹 | 肉入りとろみスープ
ni ku i ri to ro mi su u pu |

潤餅	台湾クレープ ta i wa n ku re e pu	涼麵	ゴマダレ麵 go ma da re me n
紅油抄手	ゴマダレワンタン go ma da re wa n ta n	鍋貼	焼きギョーザ ya ki gyo o za
貢丸湯	肉ダンゴスープ ni ku da n go su u pu	地瓜球	サツマイモボール sa tsu ma i mo bo o ru
魚丸湯	魚ダンゴスープ sa ka na da n go su u pu	擔仔麵	タンツーメン ta n tsu u me n
黑輪	おでん o de n	牛肉麵	牛肉麵 gyu u ni ku me n
甜不辣	さつまあげ sa tsu ma a ge	炒米粉	炒めビーフン i ta me bi i fu n
蝦捲	えび入り春巻 e bi i ri ha ru ma ki	肉粽	肉ちまき ni ku chi ma ki

① 使用時機

　　到了夜市當然要向團員介紹國際知名的道地台灣小吃，不過許多台灣的食物是日本沒有的，介紹的時候可以先用日本類似食物的說法來介紹，例如蚵仔煎可以說成「カキのオムレツ」，再說中文名稱「蚵仔煎」並向團員描述這項食物的特性。請參考下面幾項特色小吃的說法。

➡如何用日文介紹台灣的食物

＊臭豆腐　臭豆腐

★ 臭豆腐是一種豆腐發酵製品。

しゅうどうふ　　とうふ　　はっこう　　しょくひん
臭豆腐は豆腐を発酵させた食品です。
shu u do u fu wa to u fu o ha kko u sa se ta sho ku hi n de su

★ 做法是將豆腐放入培養過發酵菌的水中浸泡。

とうふ　　はっこうきん　　ばいよう　　みず　　ひた
豆腐を発酵菌を培養した水に浸しておい
つく
て、作っています。
to u fu o ha kko u ki no ba i yo u shi ta mi zu ni hi ta shi te o i te, tsu ku tte i ma su

★ 一般都用油炸的方式料理。

いっぱんてき　　あぶら　　あ　　ちょうり
一般的には油で揚げて調理します。
i ppa n te ki ni wa a bu ra de a ge te cho u ri shi ma su

★ 也有蒸的和煮的料理方法。

にもの　　む　　もの　　つか
煮物、蒸し物に使うこともあります。
ni mo no, mu shi mo no ni tsu ka u ko to mo a ri ma su

＊蚵仔煎　カキのオムレツ（蚵仔煎）
　　　　　　　　　　　　　　オー　ア　ゼン

★ 蚵仔煎是以新鮮蚵仔加上蛋、青菜淋上太白粉水製成的。

オー　ア　ゼン　　かたくりこ　　しんせん　　や
蚵仔煎は片栗粉に新鮮なカキ、タマゴ、野
さい　　あ
菜を合わせるものです。
o a ze n wa ka ta ku ri ko ni shi n se n na ka ki, ta ma go, ya sa i o a wa se ru mo no
de su

★ 在加了油的鐵板上煎。

あぶら　　てっぱん　　うえ　　や
油をひいた鉄板の上で焼きます。
a bu ra o hi i ta te ppa n no u e de ya ki ma su

318

★ 淋上店家特製醬汁會更美味喔。

店ごとのオリジナルソースを加えたら、さらに美味しくできあがります。

mi se go to no o ri ji na ru so o su o ku wa e ta ra, sa ra ni o i shi ku de ki a ga ri ma su

＊肉圓　肉入りもち（肉圓）

★ 肉圓的外皮是太白粉做成的。

肉圓の外の皮は片栗粉で作られたものです。

ba a wa n no so to no ka wa wa ka ta ku ri ko de tsu ku ra re ta mo no de su

★ 特徵是口感香Q帶勁。

ぷにゅぷにゅとした食感が特徴です。

pu nyu pu nyu to shi ta sho kka n ga to ku cho u de su

★ 內餡有筍絲和肉等等。

中の餡はタケノコや肉などが入っています。

na ka no a n wa ta ke no ko ya ni ku na do ga ha i tte i ma su

★ 依製作方式可分為清蒸肉圓、油炸肉圓兩種。

作り方によって蒸し肉圓と油揚げ肉圓の2種類があります。

tsu ku ri ka ta ni yo tte mu shi ba a wa n to a bu ra a ge ba a wa n no ni shu ru i ga a ri ma su

＊大餅包小餅　大餅包小餅

★ 大餅包小餅是指：外層用一張麵餅皮包著油炸過的酥餅。

大餅包 小餅は油で揚げたパイ皮のような薄
い皮で覆われています。

da a bi n ba a u sha u bi n wa a bu ra de a ge ta pa i ka wa no yo u na u su i ka wa
de o o wa re te i ma su

★ 有鹹、甜兩種口味。

塩辛い味と甘い味の2種類があります。

shi o ka ra i a ji to a ma i a ji no ni shu ru i ga a ri ma su

★ 吃的時候口感酥脆，非常特殊。

口にいれたときのパリパリ感が独特な料理
です。

ku chi ni i re ta to ki no pa ri pa ri ka n ga do ku to ku na ryo u ri de su

★ 外層白色大張的是大餅。

外側の層の白い部分を「大餅」と言います。

so to ga wa no so u no shi ro i bu bu n o da a bi n to i i ma su

★ 跟小餅合在一起，就變成大餅包小餅。

これと「小餅」を一緒にして召し上がりま
す。

ko re to sha u bi n o i ssho ni shi te me shi a ga ri ma su

➡用日文介紹服飾店

320

★ 從經典款到新潮流行款，在這裡可以找到各種牛仔褲。

クラシカルなモデルから最新の流行モデル
まで、あらゆるジーンズをここで探すこと
ができます。

ku ra shi ka ru na mo de ru ka ra sa i shi n no ryu u ko u mo de ru ma de, a ra yu ru ji n zu o ko ko de sa ga su ko to ga de ki ma su

★ 可以以划算的價格買到許多流行款式的衣服。

たくさんの流行のスタイルの服がお得に入
手できます。

ta ku sa n no ryu u ko u no su ta i ru no fu ku ga o to ku ni nyu u shu de ki ma su

★ 以平價供應各式各樣的包鞋和涼鞋，款式非常齊全。

手頃な価格でさまざまなスタイルの靴やサ
ンダルが揃えられています。

te go ro na ka ka ku de sa ma za ma na su ta i ru no ku tsu ya sa n da ru ga so ro e ra re te i ma su

狀況 010　參觀台灣的廟　　12-10.mp3

★ 行天宮是觀光客一定會造訪的觀光景點之一。

行天宮は観光客が必ず訪れる観光名所のひ
とつです。

shi n ti e n ko n wa ka n ko u kya ku ga ka na ra zu o to zu re ru ka n ko u me i sho no hi to tsu de su

龍山寺	龍山寺 ryu u sa n ji	台南孔子廟	台南孔子廟 タイナンこう し びょう ta i na n ko u shi byo u
清水祖師廟	セイスイソ シ びょう 清水祖師廟 se i su i so shi byo u	基隆天后宮	キールンテンコウぐう 基隆天后宮 ki i ru n te n ko u gu u
大甲鎮瀾宮	ダイコウチンランこう 大甲鎮瀾宮 da i ko u chi n na n ko u	高雄佛光山	タカ オ ブッコウざん 高雄佛光山 ta ka o bu kko u za n

★ 每天會有許多的參拜者和觀光客來造訪。

まいにちおお　　　　　　　　　さんばいしゃ　　かんこうきゃく　　おとず
毎日多くの参拝者や観光客が訪れます。
ma i ni chi o o ku no sa n ba i sha ya ka n ko u kya ku ga o to zu re ma su

★ 一天的到訪的人數達到兩萬人。

いちにち　　にゅうじょうしゃすう　　にまんにん　　　　たっ
一日の入場者数は2万人にも達します。
i chi ni chi no nyu u jo o sha su u wa ni ma n ni n ni mo ta sshi ma su

★ 聽校雖然是道教的寺廟，在建築上也融合了儒家和佛教，
有種素雅莊嚴之美。

どうきょう　　　てら　　　　　　じゅか　　ぶっきょう　けんちくようしき
道教のお寺ですが、儒家と仏教の建築様式
ゆうごう　　　　　ゆうがそうれい　　び　か　　そな
を融合して、優雅壮麗な美を兼ね備えてい
ます。
do u kyo u no o te ra de su ga, ju ka to bu kkyo u no ke n chi ku yo u shi ki o yu u go u shi te, yu u ga so u re i na bi o ka ne so na e te i ma su

★ 屋頂的形狀是由燕尾飛翔的姿勢，展現廟宇造型之美。

おくじょう　　かたち　　　　　　　と　　　しせい　　あらわ　　びょう
屋上の形はツバメが飛ぶ姿勢を表して、廟
ぞうけい び　　きょうちょう
の造形美を強調します。
o ku jo u no ka ta chi wa tsu ba me ga to bu shi se i o a ra shi te, byo u no zo u ke i bi o kyo u cho u shi ma su

★ 除夕夜、初一以及恭祝神明聖誕，迎神、送神期間才會開放。

きゅうれきおおみそか　がんたん　　　　　　　かみさま　　たんじょうび
旧暦大晦日と元旦、そして神様の誕生日と
おく　むか　きかん　　　　　だいもん　あ
送り迎え期間のみ、大門は開けられます。

kyu u re ki o o mi so ka to ga n ta n, so shi te ka mi sa ma no ta n jo u bi to o ku ri
mu ka e ki ka n no mi, da i mo n wa a ke ra re ma su

★ 這間廟主要祭拜觀世音菩薩。

びょう　おも　かんのんぼさつ　　まつ
この廟は主に観音菩薩を祀っています。

ko no byo u wa o mo ni ka n no n bo sa tsu o ma tsu tte i ma su

かんのんぼさつ
観音菩薩還可以替換成以下的詞語

釋迦牟尼佛	しゃかにょらい 釈迦如来 sha ka nyo ra i	玉皇大帝	ぎょくこうたいてい 玉皇大帝 gyo ku ko u ta i te i
藥師如來佛	やくしにょらい 薬師如来 ya ku shi nyo ra i	城隍爺	じょうこうしん 城隍神 jo u ko u shi n
阿彌陀佛	あみだぶつ 阿弥陀仏 a mi da bu tsu	文昌帝君	ぶんしょうていくん 文昌帝君 bu n sho u te i ku n
千手觀音	せんじゅかんのん 千手観音 se n ju ka n no n	關聖帝君	かんせいていくん 関聖帝君 ka n se i te i ku n
文殊菩薩	もんじゅぼさつ 文殊菩薩 mo n ju bo sa tsu	孔子	こうし 孔子 ko u shi
地藏王菩薩	じぞうぼさつ 地蔵菩薩 ji zo u bo sa tsu	鄭成功	ていせいこう 鄭成功 te i se i ko u
	じぞうさま お地蔵様 o ji zo u sa ma	土地公	とちしん 土地神 to chi shi n
保生大帝	ほせいたいてい 保生大帝 ho se i ta i te i		ふくとくせいしん 福徳正神 fu ku to ku se i shi n
三山國王	さんざんこくおう 三山国王 sa n za n ko ku o o	媽祖	まそ 媽祖 ma so

★ 這位神明善於管理財務，因此被奉為財神。

この神様は財の管理にすぐれているので、商業の神様として信仰されています。

ko no ka mi sa ma wa za i no ka n ri ni su gu re te i ru no de , sho u gy o u no ka mi sa ma to shi te shi n ko u sa re te i ma su

財の管理としてすぐれている和商業還可以替換成以下的詞語

掌管學業和考試	学業と試験を管理する	學業	学業
	ga ku gyo u to shi ke n o ka n ri su ru		ga ku gyo u
掌管姻緣	良縁をつかさどる	戀愛	恋
	ryō e n o tsu ka sa do ru		ko i
掌管平安生產	安産をつかさどる	平安生產	安産
	a n za n o tsu ka sa do ru		a n za n

★ 也被視為商人的保護神。

商人の守護神としても祀られます。

sho u ni n no shu go shi n to shi te mo ma tsu ra re ma su

商人還可以替換成以下的詞語

考生	受験生	孕婦	妊婦
	ju ke n se i		ni n pu
小孩	子供	農民	農民
	ko do mo		no u mi n

★ 用鮮花、水果和餅乾祭拜即可。

お供え物は花や果物、お菓子などで事足ります。

o so na e mo no wa ha na ya ku da mo no , o ka shi na do de ko to ta ri ma su

★ 在這間廟裡可以求籤占卜。

このお寺ではおみくじを引いて、占いができます。

ko no o te ra de wa o mi ku ji o hi i te , u ra na i ga de ki ma su

おみくじを引いて、占いができます 還可以替換成以下的詞語

可以求平安符	御守りがもらえます
	o ma mo ri ga mo ra e ma su
可以收驚	収驚というお払いができます
	so u chi n to i u o ha ra i ga de ki ma su
可以點光明燈	光明灯を点すことができます
	ko u myo u to u o to mo su ko to ga de ki ma su
可以消災解厄	邪気や不運を払ってくれます
	ja ki ya fu u n o ha ra tte ku re ma su

➡ 廟宇儀式的介紹

＊ 擲筊　筊を放り投げる

★ 是向神明請示的占卜工具。

神様に伺いを立てる占いの道具です。

ka mi sa ma ni u ka ga i o ta te ru u ra na i no do u gu de su

★ 兩個為一對，呈立體的新月形狀，並分有正反面。

二個が一対になって、三日月の形をして表と裏になっています。

ni ko ga i ttsu i ni na tte , mi ka zu ki no ka ta chi o shi te o mo te to u ra ni na tte i ma su

★ 將兩個筊杯擲出，來探測神明的心意。

二つの筊を放り投げて、神様の真意を問います。

fu ta tsu no cha u o ho u ri na ge te, ka mi sa ma no shi n i o to i ma su

★ 一正一反叫「聖筊」。

裏と表が現われる場合、「聖筊」と言います。

u ra to o mo te ga a ra wa re ru ba a i, sa n cha u to i i ma su

表示神明答應所祈求的事情。

神様が願い事を聞いてくれます。

ka mi sa ma ga ne ga i go to o ki i te ku re ma su

★ 兩面都是正面叫「笑筊」。

二つとも表の場合、「笑筊」と言います。

fu ta tsu to mo o mo te no ba a i, sha u cha u to i i ma su

表示所講的內容不清楚無法裁示、或所提問題已經心裡有數，不必再問。

願い事の内容が不明確、あるいは心に答えがあることで再び問う必要がありません。

ne ga i go to no na i yo u ga fu me i ka ku, a ru i wa ko ko ro ni ko ta e ga a ru ko to de fu ta ta bi to u hi tsu yo u ga a ri ma se n

★ 兩面都是反面叫「陰筊」。

二つとも裏の場合、「陰筊」と言います。

fu ta tsu to mo u ra no ba a i, i n cha u to i i ma su

表示神明不答應所祈求的事情。

神様が願い事に対し答えないことを表します。

ka mi sa ma ga ne ga i go to ni ta i shi ko ta e na i ko to o a ra wa shi ma su

＊求平安符　御守りをもらいます

步驟1. 先在大殿中央的箱子裡拿筊。

大殿中央の箱の中で筊を取ります。
da i de n chu u o u no ha ko no na ka de cha u o to ri ma su

步驟2. 對神明報上自己的姓名、出生時辰、住址以及請求的事。

神様に自分の氏名、生まれた日時と時間
帯、住所と願い事を告げます。
ka mi sa ma ni ji bu n no shi me i, u ma re ta ni chi ji bu n ji to ji ka n ta i, ju u
sho to ne ga i go to o tsu ge ma su

步驟3. 擲筊直到聖筊才可以算成功。

聖筊が現わるまで放り投げれば成功です。
sa n cha u ga a ra wa re ru ma de ho u ri na ge re ba se i ko u de su

步驟4. 聖筊之後，感謝神明的保佑，再到服務處向廟方人員
求取平安符。

聖筊が出た後、神様のお守りに感謝して、
インフォメーションセンターで御守りを
受け取ります。
sa n cha u ga de ta a to, ka mi sa ma no o o ma mo ri ni ka n sha shi te, i n fo
me e sho n se n ta a de o ma mo ri o u ke to ri ma su

步驟5. 告知廟方人員已請示神明，並且得到同意即可（領取
平安符）。

神様の同意を得たと伝えればもらえます。
ka mi sa ma no do u i o e ta to tsu ta e re ba mo ra e ma su

＊求籤　おみくじを引きます

步驟1. 向神明稟明自己的姓名、年齡、出生年月日、住址，以及祈求指示的事由。

かみさま
神様に氏名、年齢、生年月日、住所、それから願い事の理由を明かします。

ka mi sa ma ni shi me i, ne n re i, se i ne n ga ppi, ju u sho, so re ka ra ne ga i go to no ri yu u o a ka shi ma su

步驟2. 求到聖筊才能夠抽取籤支。

サンチャウ　　　あら
聖筊が現われてはじめて、おみくじを取ることができます。

sa n cha u ga a ra wa re te ha ji me te, o mi ku ji o to ru ko to ga de ki ma su

步驟3. 一件事求取一支籤為原則。

おみくじ一本で願い事ひとつが原則です。

o mi ku ji i ppo n de ne ga i go to hi to tsu ga ge n so ku de su

步驟4. 從籤筒中抽取一支竹籤。

筒の中から竹おみくじを取り出します。

tsu tsu no na ka ka ra ta ke o mi ku ji o to ri da shi ma su

步驟5. 確認籤號後先將竹籤放回。

番号を確認した後そのまま竹おみくじを元に戻します。

ba n go u o ka ku ni n shi ta a to so no ma ma ta ke o mi ku ji o mo to ni mo do shi ma su

步驟6. 擲筊向神明確認所抽到的籤號正不正確。

筊で神様におみくじの番号が正しいかどうかを確認します。

cha u de ka mi sa ma ni o mi ku ji no ba n go u ga ta da shī ka dō ka o ka ku ni n shi ma su

步驟7. 若擲到笑筊或陰筊，則須再繼續抽取另外一支籤。

笑筊か陰筊だと、続けて他のおみくじを取ります。

sha u cha u ka i n cha u da to, tsu du ke te ho ka no o mi ku ji o to ri ma su

步驟8. 如此動作一直到擲出聖筊為止。

このように聖筊が出るまでこの動きを繰り返します。

ko no yo u ni sa n cha u ga de ru ma de ko no u go ki o ku ri ka e shi ma su

步驟9. 最後確認籤支無誤後，再前往事務所「發籤處」請領籤詩。

くじ棒が間違っていないことを確認して、事務所へ行ってその番号に対応したおみくじを受け取ります。

ku ji bo u ga ma chi ga tte i na i ko to o ka ku ni n shi te, ji mu sho e i tte so no ba n go u ni ta i o u shi ta o mi ku ji o u ke to ri ma su

步驟10.請解籤的工作人員為此籤解釋其意義。

事務所の方にその意味を説明してもらいましょう。

ji mu sho no ka ta ni so no i mi o se tsu me i shi te mo ra i ma sho u

★ 來到台灣，一定會去的地方是 中正紀念堂 。

たいわん き かなら おとず ちゅうせい き ねんどう
台湾に来て、必ず訪れるのは中正紀念堂です。

ta i pe i ni ki te, ka na ra zu o to zu re ru no wa chu u se i ki ne n do u de su

ちゅうせい き ねんどう
中正紀念堂還可以替換成以下的詞語

台北101	台北101 ta i pe i wa no o wa n	故宮博物院	台北故宮博物院 ta i pe i ko kyu u ha ku bu tsu i n
龍山寺	龍山寺 ryu u sa n ji	國父紀念館	国父紀念館 ko ku fu ki ne n ka n
忠烈祠	忠烈祠 chu u re tsu shi	赤崁樓	赤崁楼 se ki ka n ro u

★ 建設（紀念館）的目的是為了紀念先總統蔣中正先生。

しょうかいせきそうとう たた もくてき けんせつ
蒋介石総統を称える目的で建設されました。

sho u ka i se ki so u to u o ta ta e ru mo ku te ki de ke n se tsu sa re ma shi ta

しょうかいせきそうとう たた
蒋介石総統を称える還可以替換成以下的詞語

紀念國父孫中山先生	国父孫文を記念する ko ku fu so n bu n o ki ne n su ru
追思殉職軍人	英霊を祀る e i re i o ma tsu ru

★ 在1980年先總統蔣中正逝世紀念日的4月5號開館。

1980年、蔣介石総統の命日の4月5日に公開
されました。

se n kyu u hya ku ha chi ju u ne n, sho u ka i se ki so u to u no me i ni chi no shi ga
tsu i tsu ka ni ko u ka i sa re ma shi ta

★ 展示了很多與蔣公相關的文物。

蔣介石総統に関する文物がたくさん展示さ
れています。

sho u ka i se ki so u to u ni ka n su ru bu n bu tsu ga ta ku sa n te n ji sa re te i ma
su

蔣介石総統に関する文物還可以替換成以下的詞語

豐富的文化遺産　豊富な文物遺産
ho u fu na bu n bau tsu i sa n

當時使用的物品　当時使った品物
to u ji tsu ka tta shi na mo no

➡ 中外知名文化景點

＊故宮博物院　台北故宮博物院

★ 台北故宮珍藏著中國五千多年65萬件的豐厚文物遺産。

台北故宮博物院には中国五千年の豊富な文
物遺産がおよそ六十五万点収蔵されていま
す。

ta i pe i ko kyu u ha ku bu tsu i n ni wa, chu u go ku go se n ne n no ho u fu na bu n
bu tsu i sa n ga o yo so ro ku ju u go ma n te n shu u zo u sa re te i ma su

★ 展示了新石器時代到晚清末年，近七千年歷史的華夏文物。

新石器時代から清朝の終わりまでの七千年
近い華夏文物が展示されています。

shi n se kki ji da i ka ra shi n cho u no o wa ri ma de no na na se n ne n chi ka i ka ka bu n bu tsu ga te n ji sa re te i ma su

★ 會依照展覽文物的特色，平均每三個月固定更換展示文物。

展示品の特色により、三カ月に一回の割合
で展示物の入れ替えが行われています。

te n ji hi n no to ku sho ku ni yo ri , sa n ka ge tsu ni i kka i no wa ri a i de te n ji bu tsu no i re ka e ga o ko na wa re te i ma su

★ 但是有三件從未更換過的作品。

一度も入れ替えが行われていない展示品が
三点あります。

i chi do mo i re ka e ga o ko na wa re te i na i te n ji hi n ga sa n te n a ri ma su

★ 分別為「翠玉白菜」、「東坡肉形石」和「毛公鼎」。

「翠玉白菜」、「肉形石」と「毛公鼎」の三
点です。

"su i gyo ku ha ku sa i" , "ni ku ke i se ki" to "mo u ko u te i" no sa n te n de su

★ 被稱為「鎮館之寶」。

「鎮館之寶」と呼ばれています。

chi n ka n no ta ka ra to yo ba re te i ma su

★ 「翠玉白菜」是透過一塊半白半綠的翠玉雕刻出的。

「翠玉白菜」は白と緑半々の玉から彫刻し

332

て作られた物です。
"su i gyo ku ha ku sa i" wa shi ro to mi do ri ha n ha n no gyo ku ka ra cho u ko ku shi te tsu ku ra re ta mo no de su

★ 葉子上面的兩隻昆蟲是「螽斯」及「蝗蟲」。

葉の上に留まっている二匹の昆虫はキリギリスとイナゴです。
ha no u e ni to ma tte i ru ni hi ki no ko n chu u wa ki ri gi ri su to i na go de su

★ 雕刻得栩栩如生，非常生動。

今にも動き出すかのように生き生きとしています。
i ma ni mo u go ki da su ka no yo u ni i ki i ki to shi te i ma su

★ 「肉形石」是一塊天然的石頭。

肉形石は一個の天然の石から作られています。
"ni ku ke i se ki" wa i kko no te n ne n no i shi ka ra tsu ku ra re te i ma su

★ 色澤紋理神似一塊五花肉。

色合いも気質もまるで豚の角煮にそっくりです。
i ro a i mo ki shi tsu mo ma ru de bu ta no ka ku ni ni so kku ri de su

★ 「毛公鼎」為西周晚期的文物。

毛公鼎は西周末期の文物です。
"mo u ko u te i" wa se i shu u ma kki no bu n bu tsu de su

★ 口大腹圓，口沿上有兩隻大耳，腹下有三隻獸蹄形足。

おお　　　くち　　た　あ　　　　　ふた　　　みみ　　さんぼん
大きな口と立ち上がった二つの耳、三本の
けもの　あし　　つ
獣の脚が付いています。

o o ki na ku chi to ta chi a ga tta fu ta tsu no mi mi, sa n bo n no ke mo no no a shi
ga tsu i te i ma su

★ 鼎的內部刻滿了銘文。

うつわ　　ないへき　　　　　めいぶん　　きざ
器の内壁には銘文が刻まれています。

u tsu wa no na i he ki ni wa me i bu n ga ki za ma re te i ma su

★ 現在我們來到了陽明山。

いま　　ようめいさん　　き
今、陽明山に来ています。

i ma yo u me i sa n ni ki te i ma su

ようめいさん
陽明山還可以替換成以下的詞語

阿里山	あ り さん 阿里山 a ri sa n	澄清湖	チェンチンフー 澄清湖 che n chi n fu u
日月潭	にちげったん 日月潭 ni chi ge tta n	野柳	や りゅう 野柳 ya ryu u
愛河	あい が 愛河 a i ga	墾丁	ケンティン 墾丁 ke n ti n

★ 因為地下蘊藏著大量的地熱，所以這裡有許多的溫泉。

ちか　　たいりょう　　ちねつ　　ないぞう
地下に大量の地熱が内蔵されているので、
かずおお　　　　　おんせん　　わ
数多くの温泉が沸いています。

chi ka ni ta i ryo u no chi ne tsu ga na i zo u sa re te i ru no de, ka zu o o ku no o n
se n ga wa i te i ma su

★ 可以看到噴火口或是火山口等等的奇觀。

噴火口やカルデラなどの奇観を目にする事
ができます。
fu n ka ko u ya ka ru de ra na do no ki ka n o me ni su ru ko to ga de ki ma su

★ 陽明山國家公園內有各種豐富的生態。

陽明山国家公園には、各種豊富な生態系が
あります。
yo u me i za n ko kka ko u e n ni wa, ka ku shu ho u fu na se i ta i ke i ga a ri ma su

陽明山国家公園還可以替換成以下的詞語

墾丁國家公園	ケンティン国家公園 ke n ti n ko kka ko u e n
玉山國家公園	玉山国家公園 gyo ku sa n ko kka ko u e n
太魯閣國家公園	太魯閣国家公園 ta ro ko ko kka ko u e n
雪霸國家公園	雪覇国家公園 se ki ha ko kka ko u e n
金門國家公園	金門国家公園 ki n mo n ko kka ko u e n

★ 櫻花鉤吻鮭被政府指定為瀕臨絕種的動物。

タイワンマスは政府から希少種の動物と指
定されています。
ta i wa n ma su wa se i fu ka ra ki sho u shu no do u bu tsu to shi te i sa re te i ma su

　　「ます」是指「鱒魚」。而「ツキノワ（或寫成「月の輪」）」則是指「黑熊胸前所長的月形白毛」，因此「ツキノワグマ」用來指「台灣黑熊」。

タイワンマス還可以替換成以下的詞語

台灣黑熊	ツキノワグマ tsu ki no wa gu ma	雲豹	うんぴょう 雲豹 u n byo u
梅花鹿	バイ カ しか 梅花鹿 ba i ka shi ka	台灣獼猴	タイワンザル ta i wa n za ru

★ 牠只棲息在大甲溪的源頭流域。

だいこうけい　　みなもとりゅういき　　　せいそく
大甲渓の源流域のみに生息しています。
da i ko u ke i no mi na mo to ryu u i ki no mi ni se i so ku shi te i ma su

★ 玉山是台灣最高的 山。

ぎょくさん　　たいわん　　　　　たか　　やま
玉山は台湾でもっとも高い 山です。
gyo ku sa n wa ta i wa n de mo tto mo ta ka i ya ma de su

玉山和高い和山還可以替換成以下的詞語

濁水溪	たくすいけい 濁水渓 ta ku su i ke i	長的	なが 長い na ga i	河川	かわ 川 ka wa
日月潭	にちげったん 日月潭 ni chi ge tta n	大的	おお 大きな o o ki na	湖泊	みずうみ 湖 mi zu u mi
台北101	たいぺいわんオーワン 台北101 ta i pe i wa n o o wa n	高的	たか 高い ta ka i	建築物	たてもの 建物 ta te mo no

★ 從玉山山頂可以看到非常美麗的日出。

玉山の頂上からとてもきれいな日の出が眺められます。

gyo ku sa n no cho jo u ka ra to te mo ki re i na hi no de ga na ga me ra re ma su

玉山の頂上和とてもきれいな日の出還可以替換成以下的詞語

台北101頂樓
台北101の頂上
ta i pe i wa n o o wa n no cho u jo u

愛河河畔
愛河の岸辺
a i ga no ki shi be

台北的全景
台北の全景
ta i pe i no ze n ke i

高雄的夜景
高雄の夜景
ta ka o no ya ke i

★ 每年的除夕夜，會在台北101施放煙火，舉辦跨年晚會。

毎年の大晦日にカウントダウンライブを行って、台北101に花火を打ち上げます。

ma i to shi no o o mi so ka ni ka u n to da u n ra i bu o o ko na tte , ta i pe i wa n o o wa n ni ha na bi o u chi a ge ma su

(!) 補充

「大晦日」是指除夕。

「カウントダウンライブ(count down live)」是指跨年倒數的活動。

狀況 013　危機處理　　12-13.mp3

★ 您怎麼了？

どうなさいましたか？
do u na sa i ma shi ta ka?

★ 您現在在哪裡？

今どちらにいらっしゃいますか？

i ma do chi ra ni i ra ssha i ma su ka?

★ 附近有什麼（明顯的）建築物嗎？

周りに何か建物とかありますか？

ma wa ri ni na ni ka ta te mo no to ka a ri ma su ka?

★ 我馬上就去接您。請在那邊稍等一下。

今すぐに迎えてまいります。そこでしばら
くお待ちください。

i ma su gu ni mu ka e te ma i ri ma su. so ko de shi ba ra ku o ma chi ku da sa i

★ 有掉了什麼東西嗎？

何か落し物とかありますか？

na ni ka o to shi mo no to ka a ri ma su ka?

★ 我來叫警察。

警察に通報いたします。

ke i sa tsu ni tsu u ho u i ta shi ma su

★ 您是不是有哪裡不舒服？

どこか具合が悪いんでしょうか？

do ko ka gu a i ga wa ru i n de sho u ka?

★ 要不要休息一下？

少し休みましょうか？

su ko shi ya su mi ma sho u ka?

★ 好像發燒了，我們去附近的醫院吧！

熱が出たみたいですね。近くの病院に行き
ましょう。
ne tsu ga de ta mi ta i de su ne . chi ka ku no byo u i n ni i ki ma sho u!

★ 您有沒有受傷？

ケガはありませんか？
ke ga wa a ri ma se n ka?

★ 我幫您叫救護車吧！

救急車を呼びましょうか。
kyu u kyu u sha o yo bi ma sho u ka?

基本會話　　　　　　　　　　　　12-14.mp3

導遊：顔色よくありませんね。どうなさいました
か？
ka o i ro yo ku a ri ma se n ne. do u na sa i ma shi ta ka?
您臉色看起來不太好，怎麼了嗎？

團員：気分が悪いです。
ki bu n ga wa ru i de su
我覺得不舒服。

導遊：熱はありますか？
ne tsu wa a ri ma su ka?
有發燒嗎？

團員：少しあります。それにお腹も痛いです。
su ko shi a ri ma su. so re ni o na ka mo i ta i de su
有一點。而且肚子也會痛。

導遊：じゃ、近くの病院に行きましょう。
ja, chi ka ku no byo u i n ni i ki ma sho u!
那我們去附近的醫院吧！

狀況 014　紀念品和名產

★ 接下來我們要前往名產店。

次に向かうのはお土産屋さんです。
tsu gi ni mi ka u no wa o mi ya ge ya sa n de su

★ 有1小時的購物時間。

買い物時間は1時間です。
ka i mo no ji ka n wa i chi ji ka n de su

★ 這間店有許多品質優良的台灣特產。

この店には上質な台湾お土産がたくさんあ
ります。
ko no mi se ni wa jo u shi tsu na ta i wa n o mi ya ge ga ta ku sa n a ri ma su

★ 可以試吃、試喝。

試食、試飲ができます。
shi sho ku , shi i n ga de ki ma su

★ 內有鳳梨甜甜香味的鳳梨酥是必買的伴手禮。

パイナップルの甘い香りを閉じこめたパイ
ナップルケーキは定番のお土産です。
pa i na ppu ru no a ma i ka o ri o to ji ko me ta pa i na ppu ru ke e ki wa te i ba n no o mi ya ge de su

340

★ 有香醇口感的凍頂烏龍茶非常受歡迎。

ふんわりとしたまろやかな味_{あじ}わいがする凍_{とう}頂烏龍茶_{ちょうウーロンちゃ}は大人気_{だいにんき}です。

fu n wa ri to shi ta ma ro ya ka na a ji wa i ga su ru to u cho u u u ro n cha wa da i ni n ki de su

★ 有販賣台北101和中正紀念堂等地的風景明信片。

台北101_{たいぺいワンオーワン}や中正紀念堂_{ちゅうせいきねんどう}などの写真_{しゃしん}のポストカードが販売_{はんばい}されています。

ta i pe i wa n o o wa n ya chu u se i ki ne n do u na do no sha shi no po su to ka a do ga ha n ba i sa re te i ma su

★ 寫完之後可以直接寄出。

書_かいてそのまま投函_{とうかん}できます。

ka i te so no ma ma to u ka n de ki ma su

★ 花蓮麻糬是花蓮最具代表性的特產。

花蓮_{カレン}もちは花蓮_{カレン}のもっとも代表的_{だいひょうてき}なお土産_{みやげ}です。

ka re n mo chi wa ka re n no mo tto mo da i hyo u te ki na o mi ya ge de su

狀況 015 退房與送機　　12-16.mp3

★ 明天早上九點退房。

明日_{あした}の朝9時_{あさくじ}にホテルをチェックアウトします。

a shi ta no a sa ku ji ni ho te ru o che kku a u to shi ma su

★ 時間到了，請到這邊集合。

時間になったらこちらにご集合ください。
ji ka n ni na tta ra ko chi ra ni go shu u go u ku da sa i

★ 飛機的起飛時間是十二點。

飛行機は12時です。
hi ko uki wa ju u ni ji de su

★ 請打包行李，並確認有沒有遺漏的物品。

荷物を片付けて、忘れ物のないようにして
ください。
ni mo tsu o ka ta zu ke te, wa su re mo no no na i yo u ni shi te ku da sa i

★ 行李都齊了嗎？請再確認一次。

お荷物が全部ありますか？もう一度ご確認
ください。
o ni mo tsu ga ze n bu a ri ma su ka? mo u i chi do go ka ku ni n ku da sa i

★ 搭機手續是從十點開始。

搭乗手続きは10時からです。
to u jo u te tsu zu ki wa ju u ji ka ra de su

★ 好，現在開始發貴賓的護照和登機證。

それでは、パスポートと搭乗券をお渡しし
ます。
so re de wa, pa su po o to to to u jo u ke n o o wa ta shi shi ma su

★ 各位貴賓，這次的台灣旅行如何呢？

皆様、この台湾のご旅行はいかがでしたで
しょうか？

mi na sa ma, ko no ta i wa n no go ryo ko u wa i ka ga de shi ta de sho u ka?

★ 希望各位可以對這趟旅行留下美好的回憶。

この旅が皆様のいい思い出になれば幸いで
す。

ko no ta bi ga mi na sa ma no i i o mo i de ni na re ba sa i wa i de su

★ 出境審查在三樓。

出国審査は3階になっています。

shu kko ku shi n sa wa sa n ka i ni na tte i ma su

★ 我就在這裡告辭了。

私はこちらで失礼致します。

wa ta shi wa ko chi ra de shi tsu re i i ta shi ma su

★ 那麼，祝各位一路平安。

それではお気をつけてお帰りくださいませ。

so re de wa o ki o tsu ke te o ka e ri ku da sa i ma se

★ 期待各位的再度造訪。

またのお越しをお待ちしております。

ma ta no o ko shi o o ma chi shi te o ri ma su

★ 請保重，再見。

どうぞお元気で。さようなら。

dō zo o ge n ki de. sa yo u na ra

超好用 服務業必備詞彙

>> 導遊必備天氣 & 食物 & 醫療用語

★天氣＆氣候

晴天 は 晴れ ha re	陰天 くも 曇り ku mo ri	晴時多雲 は　　　　　くも 晴れときどき曇り ha re to ki do ki ku mo ri
陰有雨 くも　　　　あめ 曇りのち雨 ku mo ri no chi a me	大雨 おおあめ 大雨 o o a me	小雨 こ さめ 小雨 ko sa me
雪 ゆき 雪 yu ki	霧 きり 霧 ki ri	颱風 たいふう 台風 ta i fu u
亞熱帶 あ ねったい 亜熱帯 a ne tta i	四季 し き 四季 shi ki	溼度 しつ ど 湿度 shi tsu do
溫暖 おんだん 温暖 o n da n	梅雨 つ ゆ 梅雨 tsu yu	地震 じ しん 地震 ji shi n

★國情＆文化

中華民國
ちゅう か みんこく
中華民国
chu u ka mi n ko ku

總統
そうとう
総統
so u to u

國父
こく ふ
国父
ko ku fu

孫中山
そんぶん
孫文
so n bu n

蔣中正
しょうかいせき
蒋介石
sho u ka i se ki

蔣經國
しょうけいこく
蒋経国
sho u ke i ko ku

李登輝
り とう き
李登輝
ri to u ki

陳水扁
ちんすいへん
陳水扁
chi n su i he n

馬英九
ば えいきゅう
馬英九
ba e i kyu u

面積
めんせき
面積
me n se ki

人口
じんこう
人口
ji n ko u

語言
げん ご
言語
ge n go

中文
ちゅうごく ご
中国語
chu u go ku go

台語
たいわん ご
台湾語
ta i wa n go

客語
はっか ご
客家語
ha kka go

原住民語
せんじゅうみんぞく ご
先住民族語
se n ju u mi n zo ku go

道教
どうきょう
道教
do u kyo u

佛教
ぶっきょう
仏教
bu kkyo u

★知名台灣料理

鹹酥雞
<ruby>台湾鶏肉<rt>たいわんとりにく</rt></ruby>のからあげ
ta i wa n to ri ni ku no ka ra a ge

大雞排
<ruby>巨大<rt>きょだい</rt></ruby>フライドチキン
kyo da i fu ra i do chi ki n

蜜汁雞排
<ruby>蜜汁<rt>みつじる</rt></ruby>フライドチキン
mi tsu ji ru fu ra i do chi ki n

臭豆腐
<ruby>臭豆腐<rt>しゅうどうふ</rt></ruby>
shu u do u fu

大香腸
<ruby>巨大台湾<rt>きょだいたいわん</rt></ruby>ソーセージ
kyo da i ta i wa n so o se e ji

大腸包小腸
<ruby>腸詰<rt>ちょうづめ</rt></ruby>に<ruby>台湾<rt>たいわん</rt></ruby>ソーセージ
cho u zu me ni ta i wa n so o se e ji

蚵仔煎
カキのオムレツ
ka ki no o mu re tsu

蚵仔麵線
カキ<ruby>入<rt>い</rt></ruby>り<ruby>台湾<rt>たいわん</rt></ruby>ソーメン
ka ki i ri ta i wa n so o me n

滷味
<ruby>醤油<rt>しょうゆ</rt></ruby><ruby>煮込<rt>にこ</rt></ruby>み
sho u yu ni ko mi

滷肉飯
<ruby>魯肉飯<rt>ルーローハン</rt></ruby>
ru u ro o ha n

肉圓
<ruby>肉入<rt>にくい</rt></ruby>りもち
ni ku i ri mo chi

肉羹湯
<ruby>肉入<rt>にくい</rt></ruby>りとろみスープ
ni ku i ri to ro mi su u pu

潤餅
<ruby>台湾<rt>たいわん</rt></ruby>クレープ
ta i wa n ku re e pu

紅油抄手
ゴマダレワンタン
go ma da re wa n ta n

貢丸湯
<ruby>肉<rt>にく</rt></ruby>ダンゴスープ
ni ku da n go su u pu

魚丸湯
<ruby>魚<rt>さかな</rt></ruby>ダンゴスープ
sa ka na da n go su u pu

346

黑輪
おでん
o de n

甜不辣
さつまあげ
sa tsu ma a ge

蝦捲
えび入り春巻
e bi i ri ha ru ma ki

涼麵
ゴマダレ麺
go ma da re me n

鍋貼
焼きギョーザ
ya ki gyo o za

地瓜球
サツマイモボール
sa tsu ma i mo bo o ru

擔仔麵
タンツーメン
ta n tsu u me n

牛肉麵
牛肉麺
gyu u ni ku me n

炒米粉
炒めビーフン
i ta me bi i fu n

肉粽
肉ちまき
ni ku chi ma ki

生炒花枝
イカと野菜の炒め物
i ka to ya sa i no i ta me mo no

藥燉排骨
薬膳スペアリブ
ya ku ze n su pe a ri bu

豬血糕
豚の血もち米
bu ta no chi mo chi go me

豬血
豚の血の固めたもの
bu ta no chi no ka ta me ta mo no

四神湯
スーシェンタン
四神湯
su u she n ta n

蘿蔔糕
揚げ大根もち
a ge da i ko n mo chi

※「四神湯スーシェンタン」：4種の漢方を使用している薬膳のスープ。

燒酒螺
酒漬けの巻貝
さけづ　　　　　まきがい
sa ke zu ke no ma ki ga i

棺材板
シチュー入りトースト
い
shi chu u i ri to o su to

芋圓
タロイモ団子
だん ご
ta ro i mo da n go

地瓜圓
サツマイモ団子
だん ご
sa tsu ma i mo da n go

鹽水雞
塩漬けの鶏肉
しおづ　　　　　とりにく
shi o zu ke no to ri ni ku

蔥油餅
ネギ入りおやき
い
ne gi i ri o ya ki

小籠包
小籠包
しょうろんぼう
sho u ro n bo u

酸辣湯
酸辣湯
サンラータン
sa n ra a ta n

水餃
水餃子
すいギョウ ザ
su i gyo u za

粥
お粥
かゆ
o ka yu

肉包
肉マン
にく
ni ku ma n

北京烤鴨
北京ダック
ペ きん
pe ki n da kku

珍珠奶茶
タピオカミルクティー
ta pi o ka mi ru ku ti i

珍珠椰奶
タピオカココナツミルク
ta pi o ka ko ko na tsu mi ru ku

杏仁豆腐
杏仁豆腐
あんにんどう ふ
a n ni n do o fu

青草茶
薬草茶
やくそうちゃ
ya ku so u cha

348

壽司 すし su shi	飯糰 おにぎり o ni gi ri	生魚片 さしみ sa shi mi
炸豬排 とんかつ to n ka tsu	烤肉 焼肉 ya ki ni ku	串燒 串焼き ku shi ya ki
大阪燒 お好み焼き o ko no mi ya ki	親子蓋飯 親子丼 o ya ko do n	牛肉蓋飯 牛丼 gyu u do n
天婦羅蓋飯 天丼 te n do n	炒麵 焼きそば ya ki so ba	烏龍麵 うどん u do n
拉麵 ラーメン ra a me n	炒青菜 野菜炒め ya sa i i ta me	下酒小菜 おつまみ o tsu ma mi
醃漬物 漬物 tsu ke mo no	味噌湯 味噌汁 mi so shi ru	豬肉蔬菜湯 豚汁 to n ji ru

★西式料理

牛排
ステーキ
su te e ki

漢堡
ハンバーガー
ha n ba a ga a

漢堡肉
ハンバーグ
ha n ba a gu

炸雞
フライドチキン
fu ra i do chi ki n

熱狗
ホットドッグ
ho tto do ggu

湯
スープ
sū pu

沙拉
サラダ
sa ra da

麵包
パン
pa n

甜甜圈
ドーナツ
do o na tsu

三明治
サンドイッチ
sa n do i cchi

義大利麵
スパゲッティ
su pa ge tti

焗烤飯
グラタン
gu ra ta n

咖哩飯
カレーライス
ka re e ra i su

點心
スナック
su na kku

派
パイ
pa i

蛋糕
ケーキ
ke e ki

果凍
ゼリー
ze ri i

布丁
プリン
pu ri n

★肉類＆海鮮

牛肉 ぎゅうにく 牛肉／ビーフ gyu u ni ku／bi i fu	豬肉 ぶたにく 豚肉／ポーク bu ta ni ku／po o ku	雞肉 とりにく 鶏肉／チキン to ri ni ku／chi ki n
羊肉 ラム ra mu	火腿 ハム ha mu	香腸 ソーセージ so o se e ji
培根 ベーコン be e ko n	魚 さかな 魚 sa ka na	鮭魚 さけ 鮭 sa ke
沙丁魚 いわし i wa shi	竹筴魚 あじ a ji	鰹魚 かつお ka tsu o
鮪魚 マグロ ma gu ro	鱈魚 たら ta ra	鰻魚 うなぎ u na gi
秋刀魚 さんま 秋刀魚 sa n ma	蝦子 えび e bi	螃蟹 かに ka ni
鮑魚 あわび a wa bi	牡蠣 かき ka ki	蛤蜊 あさり a sa ri
干貝 ほたて ho ta te	章魚 タコ ta ko	花枝 イカ i ka

★飲料

開水 みず 水 mi zu	礦泉水 ミネラルウォーター mi ne ra ru wo o ta a	咖啡 コーヒー ko o hi i
茶 ちゃ お茶 o cha	紅茶 こうちゃ 紅茶 ko o cha	綠茶 りょくちゃ 緑茶 ryo ku cha
烏龍茶 ウーロン茶 ちゃ u u ro n cha	牛奶 ミルク mi ru ku	奶茶 ミルクティー mu ru ku ti i
珍珠奶茶 タピオカ ミルクティー ta pi o ka mi ru ku ti i	豆漿 とうにゅう 豆乳 to o nyu u	酸梅汁 うめ 梅ジュース u me ju usu
可可亞 ココア ko ko a	檸檬茶 レモンティー re mo n ti i	蘋果汁 アップルジュース a ppu ru ju u su
柳橙汁 オレンジジュース o re n ji ju u su	汽水 ソーダ so o da	可樂 コーラ ko o ra
啤酒 ビール bi i ru	生啤酒 なま 生ビール na ma bi i ru	燒酒 しょうちゅう 焼酎 sho u chu u

352

清酒 日本酒 ni ho n shu	紅酒 赤ワイン a ka wa i n	白酒 白ワイン shi ro wa i n
香檳 シャンパン sha n pa n	威士忌 ウィスキー wi su ki i	白蘭地 ブランデー bu ra n di i

★台灣常見水果

芒果 マンゴー ma n go o	西瓜 スイカ su i ka	香蕉 バナナ ba na na
木瓜 パパイヤ pa pa i ya	芭樂 グアバ gu a ba	楊桃 スターフルーツ su ta a fu ru u tsu
蓮霧 レンブ re n bu	火龍果 ドラゴンフルーツ do ra go n fu ru u tsu	荔枝 ライチ ra i chi

胃痛
いつう
胃痛
i tsu u

牙齒痛
は　　いた
歯が痛い
ha ga i ta i

生理痛
せい り つう
生理痛
se i ri tsu u

發冷；打冷顫
さむけ　　おかん
寒気／悪寒
sa mu ke / o ka n

發燒
ねつ　　で
熱が出る
ne tsu ga de ru

感冒
か　ぜ
風邪
ka ze

鼻水
はなみず
鼻水
ha na mi zu

鼻塞
はな
鼻づまり
ha na zu ma ri

噴嚏
くしゃみ
ku sha mi

咳嗽
せ
咳き
se ki

喉嚨痛
の ど　　いた
喉が痛い
no do ga i ta i

發癢
かゆみ
ka yu mi

斑疹
かぶれ
ka bu re

腫
は
腫れ
ha re

曬傷
ひ や
日焼け
hi ya ke

胃不舒服(火燒心)
むね や
胸焼け
mu ne ya ke

打嗝
げっぷ
ge ppu

便秘
べん ぴ
便秘
be n pi

頭痛藥
ず つうやく
頭痛薬
zu tsu u ya ku

胃藥
い ぐすり
胃薬
i gu su ri

感冒藥
か ぜ ぐすり
風邪薬
ka ze gu su ri

眼藥水
目薬
me gu su ri

OK繃；醫用貼布
ばんそうこう
ba n so u ko u

急救箱
救急箱
kyu u kyu u ba ko

繃帶
包帯
ho u ta i

體溫計
体温計
ta i o n ke i

冰敷
氷で冷やす
ko o ri de hi ya su

點滴
点滴
te n te ki

急診
急診
kyu u shi n

入院
入院
nyu u i n

量血壓
血圧測定
ke tsu a tsu so ku te i

脈搏
脈拍
mya ku ha ku

血液檢查
血液検査
ke tsu e ki ke n sa

尿液檢查
尿検査
nyo u ke n sa

胸部X光
胸部 X 線
kyo u bu e kku su se n

心電圖
心電図
shi n de n zu

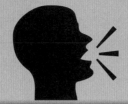

天天用得上的
聊天日語

狀況 001　您是什麼血型？

13-01.mp3

➡和客人裝熟找話題

★ 店員：你是什麼血型的？

けつえきがた　なにがた
血液型は何型ですか？
ke tsu e ki ga ta wa na ni ga ta de su ka?

客人：A型。

エーがた
A型。
e e ga ta

★ 店員：啊，A型嗎？

エーがた
あ、A型なんですか？
a , e e ga ta na n de su ka?

我好像在哪裡看過，聽說A型的男生是小心謹慎型的。

よ　　　　　　　　　　　　　　　エー
どこかで読んだことがあるんですけど、A
がた　　だんせい　　　　　いしばし　　　　わた
型の男性って、石橋をたたいて渡るタイプ
なんですって。
do ko ka de yo n da ko to ga a ru n de su ke do, e e ga ta no da n se i tte , i shi ba shi o ta ta i te wa ta ru ta i pu na n de su tte

我說中了嗎？

あたってます？
a ta tte ma su?

358

石橋をたたいて渡るタイプ還可以替換成以下的詞語

A型

（把橋敲一敲確定無誤後才渡河）表小心謹慎型
石橋をたたいて渡るタイプ
i shi ba shi o ta ta i te wa ta ru ta i pu

有責任感的人
責任感がある人
se ki ni n ka n ga a ru hi to

內心溫柔體貼的人
内に秘めた優しさがある人
u chi ni hi me ta ya sa shi sa ga a ru hi to

B型

有領導者風範
リーダー的存在
ri i da a te ki so n za i

心胸寬敞、性格開朗
ゆったりとした心の持ち主で明るい性格
yu tta ri to shi ta ko ko ro no mo chi nu shi de a ka ru i se i ka ku

依自己的步調行事的類型
マイペースで行動するタイプ
ma i pe e su de ko u do u su ru ta i pu

情緒多變的人　　気分屋
ki bu n ya

O型

牢牢掌握自己目標的人
自分の目標をしっかりと持っている人
ji bu n no mo ku hyo u o shi kka ri to mo tte i ru hi to

非常有自信的人　　自信家
ji shi n ka

不服輸的　　負けず嫌い
ma ke zu gi ra i

359

O型 <small>オーがた</small>	非常重視人際關係的類型 人間関係を大切にするタイプ <small>にんげんかんけい たいせつ</small> ni n ge n ka n ke i o ta i se tsu ni su ru ta i pu
	重感情的人　　　　　　愛情のある人 <small>あいじょう ひと</small> a i jo u no a ru hi to
	喜歡照顧別人的人　　　親分肌 <small>おやぶんはだ</small> o ya bu n ha da
AB型 <small>エービー がた</small>	多愁善感的人 感受性が豊かな人 <small>かんじゅせい ゆた ひと</small> ka n ju se i ga yu ta ka na hi to
	做事有效率的人 効率的に仕事をこなせる人 <small>こうりつてき し ごと ひと</small> ko u ri tsu te ki ni shi go to o ko na se ru hi to
	有赤子之心的人 純粋な面もある人 <small>じゅんすい めん ひと</small> ju n su i na me n mo a ru hi to
	有自我風格、想做什麼就做什麼的人 なるがままに生きる人 <small>い ひと</small> na ru ga ma ma ni i ki ru hi to

★ 客人：那你是什麼血型？

あなたは何型なんですか？
<small>なにがた</small>
a na ta wa na ni ga ta na n de su ka?

★ 店員：我是B型。B型的女生是情緒多變的人呢！

私はB型です。B型の女性って気分屋なんで
<small>わたし ビーがた ビーがた じょせい きぶんや</small>

すよ。
wa ta shi wa bi i ga ta de su. bi i ga ta no jo se i tte ki bu n ya na n de su yo

B型和気分屋（きぶんや）還可以替換成以下的詞語

A型（エーがた）	人品高尚的	人格や品行が清く潔い性格 （じんかく　ひんこう　きよ　いさぎよ　せいかく） ji n ka ku ya hi n ko u ga ki yo ku i sa gi yo i sw i ka ku
	內斂、不愛出鋒頭	清楚で控えめ （せいそ　ひか） se i so de hi ka e me
	逞強不服輸	意地っ張りで勝ち気 （いじ　ば　か　き） i ji ppa ri de ka chi ki
B型（ビーがた）	很重情義的類型	情に厚いタイプ （じょう　あつ） jo u ni a tsu i ta i pu
	能言善道的	話し上手 （はな　じょうず） ha na shi jo u zu
O型（オーがた）	浪漫派	ロマンチストなタイプ ro ma n chi su to na ta i pu
	很體貼的個性	思いやりのある性格 （おも　せいかく） o mo i ya ri no a ru se i ka ku
AB型（エービーがた）	興趣廣泛的女子	多くのことに興味を持っている女性 （おお　きょうみ　も　じょせい） o o ku no ko to ni kyo u mi o mo tte i ru jo se i
	才華洋溢的女子	才知に富んでいる女性 （さいち　と　じょせい） sa i chi ni to n de i ru jo se i
	不擅長表達自己情緒的類型	気持ちを素直に表すことが苦手なタイプ （き　も　すなお　あらわ　にがて） ki mo chi o su na o ni a ra wa su ko to ga ni ga te na ta i pu

---

狀況 002 ｜ 已經習慣台灣的生活了嗎？　　13-02.mp3

★ 店員：是第一次來台灣嗎？

台湾へは初めてですか？
たいわん　　　　　はじ

ta i wa n e wa ha ji me te de su ka?

客人：不，是第二次。

いえ、二回目です。
　　　にかいめ

i e , ni ka i me de su

★ 店員：已經能習慣這邊的天氣了嗎？

こちらの気候にはもう慣れられましたか？
　　　　きこう　　　　　　　な

ko chi ra no ki ko u ni wa mo u na re ra re ma shi ta ka?

客人：還是不太習慣。

やっぱりまだ慣れないですね。
　　　　　　な

ya ppa ri ma da na re na i de su ne

初めて還可以替換成以下的詞語
はじ

第一次	初めて hajimete	旅行	ご旅行 go ryo ko u
工作	お仕事 o shi go to	一個人	おひとりで o hi to ri de
與家人一起	ご家族とご一緒 go ka zo ku to go i ssho		
第幾次	何回目 na n ka i me		
經常來	よくいらっしゃるん yo ku i ra ssha ru n		

気候還可以替換成以下的詞語

生活	生活 se i ka tsu	生活步調	生活ペース se i ka tsu pe e su
工作	お仕事 o shi go to	食物	食べ物 ta be mo no
炎熱	暑さ a tsu sa		

★ 店員：台灣的夏天很熱，很令人難以忍受吧？

台湾の夏は暑いから大変でしょ？
ta i wa n no na tsu wa a tsu i ka ra ta i he n de sho?

客人：真的很熱。

本当に。
ho n to u ni

夏和暑い▶大変還可以替換成以下的詞語

	很熱	暑い a tsu i
	▼	
夏天　夏 na tsu	很潮濕	じとじとしている ji to ji to shi te i ru
	很悶熱	むしむししている mu shi mu shi shi te i ru
	▼	
	很難受	大変 ta i he n

冬天	冬 ふゆ fu yu	不冷 ▼ 很好適應	寒くない さむ sa mu ku na i 過ごしやすい す su go shi ya su i
食物	食べ物 た　もの ta be mo no	很油 ▼ 吃不慣	脂っこい あぶら a bu ra kko i 食べ慣れない た　な ta be na re na i
交通	交通 こうつう ko u tsu u	很亂 ▼ 很危險	乱れている みだ mi da re te i ru 危ない あぶ a bu na i
空氣	空気 くう　き ku u ki	很糟 ▼ 很難適應	悪い わる wa ru i 過ごしにくい す su go shi ni ku i

★ 店員：請多多保重，不要弄壞了身體。

体調を崩さないように、気を付けて下さいね。
たいちょう　くず　　　　　　　　　　　き　　つ　　　くだ
ta i cho u o ku zu sa na i yo u ni , ki o tsu ke te ku da sa i ne

体調を崩さ 還可以替換成以下的詞語
たいちょう　くず

弄壞身體	体調を崩さ たいちょう　くず ta i cho u o ku zu sa	累積過多壓力	ストレスをため su to re su o ta me
感冒	風邪をひか か　ぜ ka ze o hi ka	累倒	倒れない たお ta o re na i

天氣很熱，請多保重　暑_{あつ}さに負_まけ

a tsu sa ni ma ke

狀況 003 最近臉色不太好喔！

13-03.mp3

★ 店員：最近工作很累嗎？臉色好像不太好喔！

最近_{さいきん}、お仕事大変_{しごとたいへん}なんですか？顔色_{かおいろ}がよく

ないみたいだから。

sa i ki n , o shi go to ta i he n na n de su ka ? ka o i ro ga yo ku na i mi ta i da ka ra

客人：對呀！

そうなんですよ。

so u na n de su yo!

お仕事 大変_{しごとたいへん}な和 顔色_{かおいろ}がよくない還可以替換成以下的詞語

很累	お疲_{つか}れな o tsu ka re na	臉色不太好	顔色_{かおいろ}がよくない ka o i ro ga yo ku na i
很忙	お忙_{いそが}しい o i so ga shi i	心情不太好	ご気分_{きぶん}がすぐれない go ki bu n ga su gu re na i
身體不太舒服	お体_{からだ}きつい o ka ra da ki tsu i	不太有食慾	あまり食_{しょく}が進_{すす}まない a ma ri sho ku ga su su ma na i
睡眠不足	寝不足_{ねぶそく}な ne bu so ku na	有黑眼圈	目_めの下_{した}にくまができている me no shi ta ni ku ma ga de ki te i ru
怎麼了	どうされた do u sa re ta	酒喝得比較少	お酒_{さけ}が少_{すく}ない o sa ke ga su ku na i

★ 店員：可以的話盡量多休養唷！

できるだけ休養をとるようにして下さいね。
de ki ru da ke kyu u yo u o to ru yo u ni shi te ku da sa i ne

★ 因為健康第一嘛。

健康第一ですから。
けんこうだいいち
ken ko u da i i chi de su ka ra

(!) 注意

「みたい」是「好像」、「看起來」的意思。

「～ようにしてください」表示「請儘量～」之意。

休養をとる還可以替換成以下的詞語
きゅうよう

多休養	休養をとる きゅうよう kyu u yo o o to ru	多攝取營養	栄養を摂る えいよう と e i yo u o to ru
多放輕鬆	リラックスされる ri ra kku su sa re ru	多補充睡眠	睡眠をとる すいみん su i mi no to ru
不要太勉強	無理なさらない む り mu ri na sa ra na i	多補充水分	水分を取る すいぶん と su i bu no to ru
辣的東西少吃	辛いものを控える から ひか ka ra i mo no o hi ka e ru		
多想些快樂的事	楽しいことを考える たの かんが ta no shi i ko to o ka n ga e ru		

| 狀況 004 | 什麼事這麼開心？ | 13-04.mp3 |

★ 店員：最近工作很順利吧？您看來心情很好呢！

最近、お仕事順調なんですか？ご機嫌よさ
さいきん　　　しごとじゅんちょう　　　　　　　　きげん

そうですから。

sa i ki n, o shi go to ju n cho u na n de su ka？go ki ge n yo sa so u de su ka ra!

客人：對呀！

そうなんですよ。

so u na n de su yo!

★ 店員：真好，這樣可以多喝一點酒呢！

よかったですね。おいしいお酒が飲めますね。

yo ka tta de su ne. o i shi i o sa ke ga no me ma su ne

不過，還是要好好休養身體喔！

でも、ちゃんと休養も取るようにして下さ
いね。

de mo, cha n to kyu u yo u mo to ru yo u ni shi te ku da sa i ne

不然，以後就不能常常一起喝酒了。

でないと、お酒ご一緒できなくなってしま
いますよ。

de na i to, o sa ke go i ssho de ki na ku na tte shi ma i ma su yo

お仕事順調な和ご機嫌よさそうです
還可以替換成以下的詞語

	臉色很好	顔色がとてもいい ka o i ro ga to te mo i i
有什麼好事 いいことあった i i ko to a tta	看起來很高興	嬉しそうだ u re shi so u da
	笑容滿面	ニコニコしておられる ni ko ni ko shi te o ra re ru

★ 店員：您是幾月出生的？

何月のお生まれなんですか？
na n ga tsu no o u ma re na n de su ka?

客人：四月。

4月です。
shi ga tsu de su

★ 店員：四月啊？在日本，說到四月就想到開學典禮的季節吧！

4月なんですか。日本で4月と言えば、入学式の季節ですね。
shi ga tsu na n de su ka. ni ho n de shi ga tsu to i e ba, nyu u ga ku shi ki no ki se tsu de su ne

4月和入学式の季節還可以替換成以下的詞語

1月 i chi ga tsu	新年	正月 sho u ga tsu
	成人儀式	成人式 se i ji n shi ki
2月 ni ga tsu	立春的前一天	節分 se tsu bu n
	最冷的時候	一番寒い時 i chi ba n sa mu i to ki

	桃子的節日	桃の節句 もも せっく mo mo no se kku
3月 さんがつ sa n ga tsu	畢業的季節	卒業の季節 そつぎょう きせつ so tsu gyo u no ki se tsu
4月 しがつ shi ga tsu	開學典禮的季節	入学式の季節 にゅうがくしき きせつ nyū ga ku shi ki no ki se tsu
	櫻花的季節	桜の季節 さくら きせつ sa ku ra no ki se tsu
5月 ごがつ go ga tsu	黃金週	ゴールデンウィーク go o ru de n u ī ku
6月 ろくがつ ro ku ga tsu	梅雨季	梅雨 つ ゆ tsu yu
	嫩葉萌芽的季節	若葉の季節 わか ば きせつ wa ka ba no ki se tsu
7月 しちがつ shi chi ga tsu	七夕	七夕 たなばた ta na ba ta
	盂蘭盆會	お盆 ぼん o bo n
8月 はちがつ ha chi ga tsu	煙火	花火 はな び ha na bi
	盂蘭盆傳統舞	盆踊り ぼんおど bo n o do ri
9月 くがつ ku ga tsu	重陽節	敬老の日 けいろう ひ ke i ro u no hi

じゅうがつ 10月 ju u ga tsu	運動會	うんどうかい 運動会 u n do u ka i
	體育節	たいいく ひ 体育の日 ta i i ku no hi
じゅういちがつ 11月 ju u i chi ga tsu	文化節	ぶんか ひ 文化の日 bu n ka no hi
	勞動節	きんろうかんしゃ ひ 勤労感謝の日 ki n ro u ka n sha no hi
じゅうにがつ 12月 ju u ni ga tsu	年尾	ねんまつ 年末 ne n ma tsu
	師走（國曆12月的另一種說法）	しわす 師走 shi wa su

★ 店員：食物方面，也是竹筍的盛產季吧？

た もの しゅん
食べ物は、たけのこが旬なんですよね？
ta be mo no wa, ta ke no ko ga shu n na n de su yo ne?

我最喜歡竹筍了，日本都是怎麼吃的呢？

わたし だい す にほん
私たけのこが大好きなんですけど、日本で
た
はどうやって食べるんですか？
wa ta shi ta ke no ko ga da i su ki na n de su ke do, ni ho n de wa dō ya tte ta be ru
n de su ka?

たけのこ還可以替換成以下的詞語

	茼蒿	しゅんぎく 春菊 shu n gi ku
いちがつ 1月 i chi ga tsu	百合根	ゆりね yu ri ne
	金桔	きんかん 金柑 ki n ka n

	比目魚	ひらめ hi ra me
にがつ **2月** ni ga tsu	帝王蟹	たらばがに ta ra ba ga ni
さんがつ **3月** sa n ga tsu	真鯛	まだい ma da i
	油菜花	菜の花 na no ha na
しがつ **4月** shi ga tsu	螢烏賊	ほたるいか ho ta ru i ka
	竹筍	たけのこ ta ke no ko
ごがつ **5月** go ga tsu	海帶芽	わかめ wa ka me
	夏蜜柑	夏みかん na tsu mi ka n
ろくがつ **6月** ro ku ga tsu	枇杷	びわ bi wa
	醃漬的大蔥 （野韭）	らっきょう ra kkyo u
	桃子	桃 mo mo
しちがつ **7月** shi chi ga tsu	竹莢魚	あじ a ji
	西瓜	すいか su i ka
はちがつ **8月** ha chi ga tsu	牛蒡	ごぼう go bo u
	紫蘇	しそ shi so
	野澤菜	野沢菜 no za wa na

9月 く がつ ku ga tsu	秋刀魚	さんま sa n ma	
	芋頭	さといも sa to i mo	
	無花果	いちじく i chi ji ku	
10月 じゅうがつ ju u ga tsu	鯖魚	さば sa ba	
	地瓜	さつまいも sa tsu ma i mo	
	柿子	柿 かき ka ki	
	石榴	ざくろ za ku ro	
11月 じゅういちがつ ju u i chi ga tsu	毛蟹	毛蟹 け がに ke ga ni	
	白菜	白菜 はくさい ha ku sa i	
	蓮藕	蓮根 れんこん re n ko n	
12月 じゅうにがつ ju u ni ga tsu	河豚	ふぐ fu gu	
	龍蝦	いせえび i se e bi	
	牡蠣	かき ka ki	

狀況 006　在哪裡買的？

13-06.mp3

★ 店員：哇，這領帶好漂亮啊！很適合您呢！

そのネクタイ素敵ですね。よくお似合いで

すよ。

so no ne ku ta i su te ki de su ne . yo ku o ni a i de su yo

您在台灣買的嗎？

台湾で買われたんですか？

ta i wa n de ka wa re ta n de su ka?

客人：是的。

はい。

ha i

ネクタイ還可以替換成以下的詞語

絲巾	スカーフ su ka a fu	襯衫	シャツ sha tsu
錢包	お財布 o sa i fu	鞋子	靴 ku tsu
西裝	背広 se bi ro	手錶	時計 to ke i
褲子	ズボン zu bo n	眼鏡	めがね me ga ne
手提包	かばん ka ba n	錢包	財布 sa i fu
帽子	帽子 bo u shi		

★ 店員：在台灣買東西，和日本比起來不會不方便嗎？

台湾でお買い物されるの、日本と比べて不便ではありませんか？

ta i wa n de o ka i mo no sa re ru no, ni ho n to ku ra be te fu be n de wa a ri ma se n ka?

不便ではありませんか還可以替換成以下的詞語

品質怎麼樣呢	品質はどうですか
	hi n shi tsu wa do u de su ka?
價錢不會比較貴一點嗎	お値段少し高くありませんか
	o ne da n su ko shi ta ka ku a ri ma se n ka?
商品比較沒那麼齊全嗎	品揃えは少なくないですか
	shi na zo ro e wa su ku na ku na i de su ka?
找得到喜歡的樣式嗎	お好みのスタイル見つかりますか
	o ko no mi no su ta i ru mi tsu ka ri ma su ka?

★ 店員：我非常喜歡日本的東西。

私、日本の商品すごく好きなんです。

wa ta shi, ni ho n no sho u hi n su go ku su ki na n de su

如果你知道日本有什麼好的店的話，下次請介紹給我好嗎？

もし、日本のいいお店ご存知でしたら今度紹介していただけませんか？

mo shi, ni ho n no i i o mi se go zo n ji de shi ta ra ko n do sho u ka i shi te i ta da ke ma se n ka?

紹介して還可以替換成以下的詞語

告訴我	教えて	帶我去	連れていって
	o shi e te		tsu re te i tte

374

狀況 007　聽客人訴苦

13-07.mp3

★ 客人：最近，老碰到不如意的事。

最近、うまくいかないことばかりだよ。
さいきん

sa i ki n, u ma ku i ka na i ko to ba ka ri da yo

★ 店員：人生不如意之事十之八九啊！

そんな時もありますよ。
とき

so n na to ki mo a ri ma su yo

そんな時もありますよ還可以替換成以下的詞語
とき

是好事將要發生的前兆也說不定
いいことが起こる前兆かもしれません
お　　　　　　　ぜんちょう

i i ko to ga o ko ru ze n cho u ka mo shi re ma se n

塞翁失馬，下回將有好事發生
悪いことの次には必ずいいことがあります
わる　　　　　　つぎ　　　かなら

wa ru i ko to no tsu gi ni wa ka na ra zu i i ko to ga a ri ma su

船到橋頭自然直，一定會有辦法的　どうにかなります

do u ni ka na ri ma su

沒關係；沒問題的　大丈夫です
だいじょう ぶ

da i jo u bu de su

★ 店員：請不要想太多。

あまり考えすぎないで下さい。
かんが　　　　　　　くだ

a ma ri ka n ga e su gi na i de ku da sa i

あまり考えすぎないで還可以替換成以下的詞語
（かんが）

打起精神	元気を出して gen ki o da shi te
不要太沮喪	あまり落ち込まないで a ma ri o chi ko ma na i de
不要太鑽牛角尖	あまり思いつめないで a ma ri o mo i tsu me na i de
腳步放慢一點	少しゆっくりなさって su ko shi yu kku ri na sa tte
心情放輕鬆	気を楽になさって ki o ra ku ni na sa tte

狀況 008　你的家鄉在哪裡？

13-08.mp3

★ 店員：松田先生，您是哪裡人？

松田さん、どちらのご出身なんですか？
（まつだ）（しゅっしん）
ma tsu da sa n, do chi ra no go shu sshi n na n de su ka?

客人：我是和歌山縣。

私は和歌山県です。
（わたし）（わ か やまけん）
wa ta shi wa wa ka ya ma ke n de su

★ 店員：和歌山縣也有方言嗎？

和歌山県にも、方言はあるんですか？
（わ か やまけん）（ほうげん）
wa ka ya ma ke n ni mo, ho u ge n wa a ru n de su ka?

客人：有啊。和歌山腔。

ありますよ、和歌山弁。
（わ か やまべん）

376

a ri ma su yo, wa ka ya ma be n

★ 店員：可以告訴我一些什麼有趣的說法嗎？

何かおもしろい表現を教えていただけませんか？

na ni ka o mo shi ro i hyo u ge n o o shi e te i ta da ke ma se n ka?

おもしろい和表現還可以替換成以下的詞語

特有的	特有の to ku yu u no	廟會祭典	お祭り o ma tsu ri
不一樣的	変わった ka wa tta	名産	名産品 me i sa n hi n
好吃的	おいしい o i shi i	鄉土料理	郷土料理 kyo u do ryo u ri
有名的	有名な yu u me i na	節慶活動	行事 gyo u ji
		風俗	風俗 fu u zo ku
		方言	方言 ho o ge n

狀況 009 健康的飲食建議　　　13-09.mp3

★ 客人：最近覺得很容易疲倦。

このところ、疲れぎみで。

ko no to ko ro, tsu ka re gi mi de

店員：要不要緊？平常三餐有均衡攝取嗎？

大丈夫ですか？ちゃんとお食事されてます
か？

da i jo u bu de su ka ? cha n to o sho ku ji sa re te ma su ka ?

★ 客人：不太均衡呢！

偏ってるね。

ka ta yo tte ru ne

店員：可以的話，飲食盡量要均衡喔！

できるだけ、ちゃんとお食事されるように
して下さいね。

de ki ru da ke, cha n to o sho ku ji sa re ru yo u ni shi te ku da sa i ne

聽說吃水果對消除疲勞很不錯喔！

疲労回復には果物がいいそうですよ。

hi ro u ka i fu ku ni wa ku da mo no ga i i so u de su yo

疲労回復和果物還可以替換成以下的詞語

吃太飽消化不良		木瓜	パパイア
食べ過ぎの消化			pa pa i a
ta be su gi no sho u ka		奇異果	キウイ
			ki u i
		新鮮鳳梨	生パイン
			na ma pa i n
宿酔	二日酔い	白菜	白菜
	fu tsu ka yo i		ha ku sa i
腸胃不好的人	胃腸の弱い人	豌豆	グリンピース
	i cho u no yo wa i hi to		gu ri n pi i su

失眠	不眠症 ふみんしょう fu mi n sho u		
感冒	風邪 か ぜ ka ze	洋蔥	玉ねぎ たま ta ma ne gi
手腳冰冷	冷え症 ひ しょう hi e sho u		
低血壓	低血圧 ていけつあつ te i ke tsu a tsu		
消除疲勞	疲労回復 ひ ろうかいふく hi ro u ka i fu ku	蘆筍	アスパラガス a su pa ra ga su
維持體力	体力維持 たいりょく い じ ta i ryo ku i ji		
高血壓	高血圧 こうけつあつ ko u ke tsu a tsu	鮭魚	さけ sa ke
肝臟	肝臓 かんぞう ka n zo u		
夏季感冒的預防 夏風邪予防 なつ か ぜ よ ぼう na tsu ka ze yo bo u		鰻魚	うなぎ u na gi
視力減退	視力低下 し りょくてい か shi ryo ku te i ka		
腰、腳等下半身無力 足腰の弱り あしこし よわ a shi ko shi no yo wa ri		螃蟹	かに ka ni
頭昏目眩	めまい me ma i		
體質虛弱	虚弱体質 きょじゃくたいしつ kyo ja ku ta i shi tsu	雞肉	鶏肉 とりにく to ri ni ku

★店員：台灣比較沒有泡澡的習慣，您會不會覺得不太方便？

台湾<ruby>台<rt>たいわん</rt></ruby>では、お<ruby>風呂<rt>ふろ</rt></ruby>につかるという<ruby>習慣<rt>しゅうかん</rt></ruby>があ
まりないから、<ruby>不便<rt>ふべん</rt></ruby>ではないですか？
ta i wa n de wa, o fu ro ni tsu ka ru to i u shu u ka n ga a ma ri na i ka ra , fu be n de
wa na i de su ka?

客人：對呀！

そうですね。
so o de su ne

★店員：台灣大多只用淋浴。

<ruby>台湾<rt>たいわん</rt></ruby>は、シャワーだけですからね。
ta i wa n de wa, sha wa a da ke de su ka ra ne

其實泡澡比較能消除疲勞呢！

お<ruby>風呂<rt>ふろ</rt></ruby>につかると、<ruby>疲<rt>つか</rt></ruby>れがとれますものね。
o fu ro ni tsu ka ru to tsu ka re ga to re ma su mo no ne

<ruby>疲<rt>つか</rt></ruby>れがとれます還可以替換成以下的詞語

暖和起來	<ruby>暖<rt>あたた</rt></ruby>まります a ta ta ma ri ma su
神清氣爽	さっぱりします sa ppa ri shi ma su
能放輕鬆	リラックスできます ri ra kku su de ki ma su

| 心靈得到休息 | 心が休まります
ko ko ro ga ya su ma ri ma su |
| 增進血液循環 | 血行がよくなります
ke kko u ga yo ku na ri ma su |

① 補充

「つかる」是「浸；泡」之意。「お風呂につかる」即為「泡澡」。

狀況 011　日本什麼都很貴吧！　13-11.mp3

★ 店員：日本什麼都很貴吧！

日本は何でも高いですよね。
ni ho n wa na n de mo ta ka i de su yo ne

客人：對呀！

そうだね。
sō da ne

★ 店員：尤其是吃東西的花費很高！

特に、飲食代はすごく高いですよね。
to ku ni , i n sho ku da i wa su go ku ta ka i de su yo ne

台灣就很便宜吧？

台湾は安いでしょ？
a i wa n wa ya su i de sho?

飲食代還可以替換成以下的詞語

交通費	こうつう ひ 交通費 ko u tsu u hi	學費	がく ひ 学費 ga ku hi
衣服	ふく 服 fu ku	房租	や ちん 家賃 ya chi n
電費和瓦斯費	こうねつ ひ 光熱費 ko u ne tsu hi		

状況 012

狀況 012 日本女生都很漂亮吧！

13-12.mp3

★ 店員：日本的女性很漂亮呢！

にほん じょせい
日本の女性はきれいですね。
ni ho n no jo se i wa ki re i de su ne!

客人：是嗎？

そうかな？
so u ka na?

きれい還可以替換成以下的詞語

可愛	かわいい ka wa i i	皮膚白皙	いろじろ 色白 i ro ji ro
時髦	おしゃれ o sha re	身材纖細	スマート su ma a to

★ 店員：個性都很溫柔不是嗎？

せいかく やさ ひと おお
性格は、優しい人が多いんじゃないですか？

382

se i ka ku wa, ya sa shi i hi to ga o o i n ja na i de su ka?

台灣的女性都比較活潑。

台湾の女性は、活発な人が多いんですよ。

ta i wa n no jo se i wa, ka ppa tsu na hi to ga o o i n de su yo

客人：是這樣啊？

そうなんですか？

so o na n de su ka?

★ 店員：如果要結婚，你覺得日本和台灣的女性何者比較好？

結婚するなら、日本人と台湾人の女性、ど

ちらのほうがいいですか？

ke kko n su ru na ra, ni ho n ji n to ta i wa n ji n no jo se i, do chi ra no ho u ga i i de su ka?

客人：日本吧！

日本人かな？

ni ho n ji n ka na?

★ 店員：那當女朋友呢？

じゃあ、彼女にするなら？

ja a , ka no jo ni su ru na ra?

客人：台灣人吧！

台湾人かな？

ta i wa n ji n ka na?

優しい（やさ）和 活発（かっぱつ）な 還可以替換成以下的詞語

精明	スマートな su ma a to na	乖巧	おとなしい o to na shi i
有女人味	女らしい（おんな） o n na ra shi i	開朗	明るい（あか） a ka ru i
純真	純粋な（じゅんすい） ju n su i na		

状況 013　日本男生都很時髦吧！　13-13.mp3

★ 店員：日本的男性，都很時髦吧！

日本（にほん）の男性（だんせい）は、おしゃれな人（ひと）が多い（おお）ですよ
ね？

ni ho n no da n se i wa, o sha re na hi to ga o o i de su yo ne?

客人：是嗎？

そうかな？

so u ka na?

★ 店員：台灣的男性，很多人都不太在意外表。

台湾（たいわん）の男性（だんせい）は、あまり外見（がいけん）を気（き）にしない人（ひと）
が多い（おお）んですよ。

ta i wa n no da n se i wa, a ma ri ga i ke n o ki ni shi na i hi to ga o o i n de su yo!

不過非常體貼喔！

でも、すごく優しい（やさ）んですよ。

384

de mo, su go ku ya sa shi i n de su yo!

客人：是這樣啊！

そうなんですか。
so u na n de su ka

★ 店員：要我選的話，還是比較喜歡日本的男性呢！

私^{わたし}は、どちらかというと、日本人男性^{にほんじんだんせい}の方^{ほう}
が好^すきなんですよ。
wa ta shi wa , do chi ra ka to i u to, ni ho n ji n da n se i no ho u ga su ki na n de su yo!

あまり外見^{がいけん}を気^きにしない和優^{やさ}しい

還可以替換成以下的詞語

有男人味	男^{おとこ}らしい o to ko ra shi i	溫柔體貼	優^{やさ}しい ya sa shi i
很軟弱	気^きが弱^{よわ}い ki ga yo wa i	很有主見	気^きが強^{つよ}い ki ga tsu yo i
大男人主義	亭主関白的^{ていしゅかんぱくてき}な te i shu ka n pa ku te ki na	很帥	かっこいい ka kko i i
很瘦	細^{ほそ}い ho so i	很胖	太^{ふと}っている fu tto te i ru
很固執	頑固^{がんこ}な ga n ko na	很認真	まじめな ma ji me na

狀況 014　您的中文說得真好　13-14.mp3

★ 店員：您的中文說得真好！

中国語^{ちゅうごく ご}本当^{ほんとう}にお上手^{じょうず}ですね。

chu u go ku go ho n to u ni o jo u zu de su ne

客人：真的嗎？謝謝。

本当ですか？ありがとう。

ほんとう

ho n to u de su ka？a ri ga to u

★ 店員：你是在哪裡學的？

どちらで勉強されたんですか？

べんきょう

do chi ra de be n kyo u sa re ta n de su ka?

客人：我請家教老師教我中文。

家庭教師についてもらったんです。

か ていきょう し

ka te i kyo u shi ni tsu i te mo ra tta n de su

★ 店員：因為是年輕漂亮的女老師，所以學得特別好嗎？

その先生が若くて美人だったから、そんな
にお上手なんじゃないですか？

せんせい わか びじん

じょう ず

so no se n se i ga wa ka ku te bi ji n da tta ka ra, so n na ni o jo u zu na n ja na i de
su ka?

客人：沒那回事啦！

そんなことないですよ。

so n na ko to na i de su yo

★ 店員：那台語怎麼樣，會講嗎？

じゃあ、台湾語はどうですか？話せますか？

たいわん ご はな

ja a, ta i wa n go wa do u de su ka? ha na se ma su ka?

客人：不會。不過台語好像滿有意思的。

できないな。でも、台湾語おもしろそうで

たいわん ご

すね。
de ki na i na. de mo, ta i wa n go o mo shi ro so u de su ne

★ 店員：對呀，可以的話讓我教你幾句吧！

そうでしょ？よろしかったら、お教えしま
すよ。
so u de sho ? yo ro shi ka tta ra, o o shi e shi ma su yo!

跟台灣的客戶談生意，會講幾句台語的話，對方會感覺很
親切。

台湾人のお客さんと商談される時なんか
に、台湾語を少し使われると、すごく好感
を持ってもらえますよ。
ta i wa n ji n no o kya ku sa n to sho u da n sa re ru to ki na n ka ni, ta i wa n go o su
ko shi tsu ka wa re ru to, su go ku ko u ka n o mo tte mo ra e ma su yo!

這樣可以拉近彼此間的距離喔！

台湾人のお客さんとの距離が近くなると思
いますよ。
ta i wa n ji n no o kya ku sa n to no kyo ri ga chi ka ku na ru to o mo i ma su yo!

狀況 015 會想念家人嗎？ 13-15.mp3

★ 店員：來台灣一段時間了，您會想念家人嗎？

台湾に来られてしばらくになりますけど、
ご家族のことが恋しいんじゃないですか？
ta i wa n ni ko ra re te shi ba ra ku ni na ri ma su ke do, go ka zo ku no ko to ga ko i
shi i n ja na i de su ka?

客人：不會，因為我們經常用e-mail聯絡。

それはないですね。電子メールでしょっち
ゅう連絡をとっていますから。

so re wa na i de su ne. de n shi me e ru de sho cchu u re n ra ku o to tte i ma su ka ra

★ 店員：那您家人不會擔心田中先生您一個人在台灣生活嗎？

じゃあ、ご家族は田中さんがお一人で台湾
におられること心配されてません？

ja a, go ka zo ku wa ta na ka sa n ga o hi to ri de ta i wa n ni o ra re ru ko to shi n pa i sa re te ma se n?

客人：他們不擔心。因為我大部分的時間都在公司。

心配していませんよ。ほとんど、会社にい
ますから。

shi n pa i shi te i ma se n yo. ho to n do, ka i sha ni i ma su ka ra

生活上若有什麼問題，公司都會幫我解決。

なにか問題があれば、会社側がほとんど解
決してくれますから。

na ni ka mo n da i ga a re ba, ka i sha ga wa ga ho to n do ka i ke tsu shi te ku re ma su ka ra

★ 店員：如果碰到什麼困難，我也很樂意幫忙。請別客氣，
儘管開口喔！

なにかお困りでしたら、私もお手伝いできま
すから、遠慮せずにおっしゃって下さいね。

na ni ka o ko ma ri de shi ta ra, wa ta shi mo o te tsu da i de ki ma su ka ra, e n ryo se zu ni o ssha tte ku da sa i ne

狀況 016 聽說您的老家很美　13-16.mp3

★ 店員：富山先生，您家在日本哪裡呢？

富山さん、お生まれはどちらなんですか？
to ya ma sa n, o u ma re wa do chi ra na n de su ka?

客人：我來自三重縣，結婚後住在京都。

三重です。結婚後は京都に住んでいます。
mi e de su. ke kko n go wa kyo u to ni su n de i ma su

★ 店員：真的嗎？好棒喔！聽說京都是很美的地方呢！

そうなんですか？京都ってすごくきれいな
所(なん)ですよね。
so u na n de su ka ? kyo u to tte su go ku ki re i na to ko ro (na n) de su yo ne

客人：是呀。你去過嗎？

そうですね。行ったことありますか？
so u de su ne. i tta ko to a ri ma su ka?

★ 店員：只去過一次，但還有很多地方沒有玩到。

一度だけ行ったことがあるんですけど、まだ
行ってないところがたくさんあるんですよ。
i chi do da ke i tta ko to ga a ru n de su ke do, ma da i tte na i to ko ro ga ta ku sa n a ru n de su yo

可以介紹一些您覺得還不錯的景點嗎？

お薦めのスポット、紹介していただけませんか？
o su su me no su po tto, sho u ka i shi te i ta da ke ma se n ka?

　　句子後面加「なん」表示說話者沒去過那個地方，只是說一說從哪裡聽到的消息而已；如果沒加「なん」則表示說話者去過該地方。

京都和 すごくきれいな所(なん) 還可以替換成以下的詞語

北海道
ho kka i do u

自然景色很美
自然がとてもきれい(なん)
shi ze n ga to te mo ki re i (na n)

一整片薰衣草田很美
一面のラベンダー畑がとてもきれい(なん)
i chi me n no ra be n da a ba ta ke ga to te mo ki re i (na n)

海鮮應有盡有，很好吃
海の幸が豊富ですごくおいしい(ん)
u mi no sa chi ga ho u fu de su go ku o i shi i (n)

有很多有特色的名產
名物がたくさん(なん)
me i bu tsu ga ta ku sa n (na n)

大阪
ō sa ka

大阪城很有名　大阪城が有名(なん)
o o sa ka jo u ga yu u me i (na n)

環球影城很有名
ユニバーサルスタジオジャパンが有名(なん)
yu ni ba a sa ru su ta ji o ja pa n ga yu u me i (na n)

美食街　　　食べ歩きの町(なん)
ta be a ru ki no ma chi (na n)

長野
na ga no

雪景很美　　雪景色がきれい(なん)
yu ki ge shi ki ga ki re i (na n)

因有懷舊的老街而出名
昔懐かしい町並みで有名(なん)
mu ka shi na tsu ka shi i ma chi na mi de yu u me i (na n)

狀況 017　提供抒發壓力的方法　13-17.mp3

★ 店員：您的工作也常會有壓力不是嗎？

お仕事、ストレスがたまることも多いん
じゃないですか？
o shi go to, su to re su ga ta ma ru ko to mo o o i n ja na i de su ka?

ⓘ 補充

「ストレス(stress)」表示「有壓力、精神緊張」之意。

客人：對呀！

そうですね。
so u de su ne

★ 店員：這個時候，您都怎麼發洩壓力呢？

そんな時はどうやってストレスを発散する
んですか？
so n na to ki wa do u ya tte su to re su o ha ssa n su ru n de su ka?

客人：對喔……好像也沒特別做什麼。

そうだな。特に何もしません。
so u da na. to ku ni na ni mo shi ma se n

★ 店員：這樣啊？

そうなんですか？
so u na n de su ka?

但是壓力不發洩掉的話，對身體不太好喔！

でも、ストレスは発散しないと体によくな
いですよ。

de mo, su to re su wa ha ssa n shi na i to ka ra da ni yo ku na i de su yo!

我一有壓力的話，會去唱卡拉OK喔！

私はストレスがたまると、カラオケに行っ
て歌い続けるんですよ。

wa ta shi wa su to re su ga ta ma ru to, ka ra o ke ni i tte u ta i tsu zu ke ru n de su yo!

心情會豁然開朗呢！您也可以試試看。

心がすかっとしますよ。試してみてくださ
い。

ko ko ro ga su ka tto shi ma su yo, ta me shi te mi te ku da sa i

カラオケに行って歌い続ける還可以替換成以下的詞語

跑步	走る
	ha shi ru
爬到山上大叫	山に登って大声で叫ぶ
	ya ma ni no bo tte o o go e de sa ke bu
連續看好幾部恐怖片	ホラー映画を立て続けに見る
	ho ra a e i ga o ta te tsu zu ke ni mi ru
去吃蛋糕吃到飽	ケーキの食べ放題に行く
	ke e ki no ta be ho u da i ni i ku
一邊泡溫泉一邊喝酒	温泉に浸かりながらお酒を飲む
	o n se n ni tsu ka ri na ga ra o sa ke o no mu
拼命購物	買い物しまくる
	ka i mo no shi ma ku ru

| 去狂打高爾夫球 | ゴルフの打ちっぱなしに行く
go ru fu no u chi ppa na shi ni i ku |
| 去游泳 | 泳ぎに行く
o yo gi ni i ku |

① 補充

　　「すっかと」有「乾淨俐落；痛快」之意。「こころがすっかとする」表示「心情痛快」。

　　接尾詞「～まくる」接在動詞連用形後方，表示「激烈地、拼命地做該動作」之意。例：「はたらきまくる」表示「拼命工作」。

★姓氏的唸法

チン 陳 chi n	ソウ 曽 so u	リン 林 ri n
コウ 黃 ko u	リ 李 ri	サイ 蔡 sa i
テイ 鄭 te i	チョウ 張 cho u	ライ 賴 ra i
オウ 王 o u	リュウ 劉 ryu u	キョ 許 kyo
ゴ 吳 go	シュウ 周 shu u	ヨウ 楊 yo u
カン 簡 ka n	ヨウ 葉 yo u	マ 馬 ma
シャ 謝 sha	ソ 蘇 so	カク 郭 ka ku
ソウ 荘 so u	キュウ 邱 kyu u	コウ 江 ko u
コウ 洪 ko u	テイ 程 te i	オン 温 o n
ソウ 宋 so u	ギ 魏 gi	シン 沈 shi n
じょ 徐 jo	キン 金 ki n	シュ 朱 shu

★工作職稱

老師 きょう し 教師 kyo u shi	學生 がくせい 学生 ga ku se i	公司職員・上班族 かいしゃいん 会社員・ビジネスマン ka i sha i n・ bi ji ne su ma n
公務員 こう む いん 公務員 ko u mu i n	粉領族 オーエル OL o o e ru	上班族 サラリーマン sa ra ri i ma n
運動選手 せんしゅ スポーツ選手 su po o tsu se n shu	警察 けいさつ 警察 ke i sa tsu	空姐 スチュワーデス su chu wa a de su
牛郎／酒店小姐 ホスト・ホステス ho su to・ho su te su	藝人 タレント ta re n to	美容美髪師 び よう し 美容師 bi yo ushi
廚師 コック ko kku	飛行員 パイロット pa i ro tto	店員 てんいん 店員 te n i n
建築師 けんちく し 建築士 ke n chi ku shi	護理人員 かん ご し 看護師 ka n go shi	廣告設計人員 こうこく 広告デザイナー ko u ko ku de za i na a

指甲彩繪師 ネイリスト ne i ri su to	播報員／主播 アナウンサー・ニュース キャスター a na u n sa a／nyu u su kya su ta a	
工程師 エンジニア e n ji ni a	導遊 ガイド ga i do	醫生 医者 i sha
（服裝）設計師 デザイナー de za i na a	護士 看護婦 ka n go fu	律師 弁護士 be n go shi
編輯 編集者 he n shu u sha	自己創業 自営業 ji e i gyo u	家庭主婦 専業主婦 se n gyo u shu fu
（電視）製作人 プロデューサー pu ro du u sa a	教練／導演 監督 ka n to ku	記者 記者 ki sha

★交談＆聊天：感嘆詞

ああ a a	うん u n	ええ e e
へー e e	ほお ho o	おお o o
是；對 はい ha i		不是；不對 いいえ i i e

★ 交談＆聊天：指示代名詞

這個 これ ko re	那個 それ so re	那個 （離雙方都遠） あれ a re	哪個 多選一／二選一 どれ／どちら do re／do chi ra

★ 交談＆聊天：指示代名詞

你好；謝謝 どうも do u mo		請 どうぞ do u zo
原來如此 なるほど na ru ho do	我就知道；不出我所料 やっぱり ya ppa ri	的確如此 確かに ta shi ka ni
還沒 まだです ma da de su	不用了 いいです・結構です i i de su／ke kko o de su	你說的對 その通りです so no to o ri de su
是這樣嗎 そうですか so u de su ka	對啊 そうですね so u de su ne	真的嗎 本当ですか ho n to u de su ka
可以喔 いいですよ i i de su yo	不行耶 無理ですね mu ri de su ne	好可惜 残念ですね za n ne n de su ne
真厲害 すごいですね su go i de su ne	太棒了 最高ですね sa i ko u de su ne	我知道了 分かりました wa ka ri ma shi ta

★交談＆聊天：星座

摩羯座 （12.22－1.19） やぎ座 ya gi za	水瓶座 （1.20－2.18） みずがめ座 mi zu ga me za	雙魚座 （2.19－3.20） うお座 u o za
牡羊座 （3.21－4.19） おひつじ座 o hi tsu ji za	金牛座 （4.20－5.20） おうし座 o u shi za	雙子座 （5.21－6.21） ふたご座 fu ta go za
巨蟹座 （6.22－7.22） かに座 ka ni za	獅子座 （7.23－8.22） しし座 shi shi za	處女座 （8.23－9.22） おとめ座 o to me za
天秤座 （9.23－10.23） てんびん座 te n bi n za	天蠍座 （10.24－11.22） さそり座 sa so ri za	射手座 （11.23－12.21） いて座 i te za

Part 14

天天用得上的
機場服務日語

狀況 001 一般機場注意事項
14-01.mp3

★ 候機室、機場大廳全面禁煙。懇請各位旅客多多配合。

搭乗待合室を含め、空港内ロビーは全面禁煙です。お客様のご理解とご協力をお願い申し上げます。

to u jo u ma chi a i shi tsu o hu ku me, ku u ko u nai ro bi wa ze n me n ki n e n de su. o kya ku sa ma no go ri ka i to go kyo u ryo ku o o ne ga i mo u shi a ge ma su

★ 機場前停車場若車位已滿，請利用P1、P2停車場停車。

空港前駐車場が満車の場合、P1、P2駐車場をご利用ください。

ku u ko u ma e chu u sha jo u ga ma n sha no ba a i, pi i wa n, pi i tsu u chu u sha jo u o go ri yo u ku da sa i

狀況 002 旅客要求廣播
14-02.mp3

★ 請問有什麼可以為您服務的嗎？

どうかなさいましたか？

do u ka na sa i ma shi ta ka?

★ 請不要慌張，我會為您廣播。

どうぞ落ち着かれてください。アナウンスいたします。

do u zo o chi tsu ka re te ku da sa i. a na u n su i ta shi ma su

★ 我馬上為您服務。

少々お待ちください。
sho u sho u o ma chi ku da sa i

★ 您走失的孩子幾歲？

いなくなったお子様は、おいくつですか？
i na ku na tta o ko sa ma wa, o i ku tsu de su ka?

★ 若您有看到戴紅色帽子的孩子，請將他帶到服務中心！

赤い帽子をかぶったお子様をお見掛けの際
は、サービスセンターまでお連れ下さい。
a ka i bo u shi o ka bu tta o ko sa ma o o mi ka ke no sa i wa, sa a bi su se n ta a ma de o tsu re ku da sa i

★ 王小明小朋友，您的家人在服務台等您！

王小明くん、ご家族の方がサービスセンタ
ーで、お待ちになっています。
o o sho u me i ku n, go ka zo ku no ka ta ga sa a bi su se n ta a de, o ma chi ni na tte i ma su

⚠ 使用時機

　　「くん」的部分，如果是年紀小的女孩的話用「ちゃん(cha n)」小男孩的話用「くん(ku n)」比較自然。還有、「ご家族の方」的部分、要找的對象如果是小孩子的話、「お母さん(o ka a sa n)」或「お父さん(o to u sa n)」之類的說法比較自然。

★ 您掉的錢包是什麼樣子？

なくされたのは、どのような財布ですか？

na ku sa re ta no wa, do no yo u na sa i fu de su ka?

財布(さいふ)還可以替換成以下的詞語

錢包	財布(さいふ) sa i fu	機票	チケット chi ke tto
行李	荷物(にもつ) ni mo tsu	登機證	搭乗券(とうじょうけん)／ボーディングパス to u jo u ke n / bo o di n gu pa su
護照	パスポート pa su po o to		
筆記型電腦	ノートパソコン no o to pa so ko n	手機	携帯電話(けいたいでんわ) ke i ta i de n wa
手提袋	手提(てさ)げ袋(ぶくろ) te sa ge bu ku ro	公事包	書類(しょるい)かばん sho ru i ka ba n

★ 若您有拾獲黑色皮質的錢包，請送至服務台。

黒(くろ)い皮(かわ)の財布(さいふ)を拾(ひろ)われた方(かた)は、サービスセンターまでお持(も)ち下(くだ)さい。

ku ro i ka wa no sa i fu o hi ro wa re ta ka ta wa, sa a bi su se n ta a ma de o mo chi ku da sa i

★ 需要為您請鈴木小姐出來嗎？

鈴木様(すずきさま)をお呼(よ)び出(だ)しなさいますか？

(鈴木様(すずきさま)をお呼(よ)び致(いた)しましょうか？)

su zu ki sa ma o o yo bi da shi na sa i ma su ka? / su zu ki sa ma o o yo bi i ta shi ma sho u ka?

402

鈴木還可以替換成以下的詞語

田中	ta na ka
佐藤	sa to u
高橋	ta ka ha shi
林	ha ya shi
小林	ko ba ya shi
加藤	ka to u
伊藤	i to u
佐々木	sa sa ki
鈴木	su zu ki
谷中/谷中	ta ni na ka / ya na ka
長野	na ga no
豐田/豐田	to yo ta / to yo da
中村	na ka mu ra

藤岡	fu ji o ka
中田/中田	na ka ta / na ka da
山本	ya ma mo to
渡辺	wa ta na be
木村	ki mu ra
中村	na ka mu ra
斉藤	sa i to u
前田	ma e da
渡辺	wa ta na be
田辺	ta na be
長谷川	ha se ga wa
德川	to ku ga wa

★ 鈴木先生請至5號入口處，您的朋友正在找您。

鈴木様、5番の出入口までお越し下さい。お探しの方がいらっしゃいます。

（〜が探していらっしゃいます）

su zu ki sa ma, go ba n no de i ri gu chi ma de o ko shi ku da sa i. o sa ga shi no ka ta ga i ra ssha i ma su(〜ga sa ga shi te i ra ssha i ma su)

★ 車牌ET8868的旅客，請移動您的車子。

カーナンバーET8868のお客様、お車の移動
をお願い致します。

ka a na n ba a i i ti i ha chi ha chi ro ku ha chi no o kya ku sa
ma, o ku ru ma no i do u o o ne ga i i ta shi ma su

狀況 003 旅客交通問題   14-03.mp3

★ 搭乘機場接送巴士請在1號出口轉搭。

空港リムジンバスは、1号出口でお乗換え
下さい。

ku u ko u ri mu ji n ba su wa, i chi go u de gu chi de o no ri ka e ku da sa i

★ 第二航廈，請往那邊走。

第2空港ビルは、あちらからどうぞ。

da i ni ku u ko u bi ru wa, a chi ra ka ra do o zo

★ 請問您搭乘的是哪一家航空公司？

どちらの航空会社（の飛行機）にお乗りに
なりますか？

do chi ra no ko u ku u ga i sha (no hi ko u ki) ni o no ri ni na ri ma su ka?

★ 我為您查詢在第幾航廈。

どちらのターミナルビルか、お調べします。

do chi ra no ta a mi na ru bi ru ka, o shi ra be shi ma su

★ ANA國際航空在第二航廈。

ANA国際航空は、第二ターミナルビルでございます。

e e e nu e e ko ku sa i ko u ku u wa, da i ni ta a mi na ru bi ru de go za i ma su

★ 國際線請搭6號巴士到第二航廈。

国際線は、6番のバスで第二ターミナルビルにいらっしゃってください。

ko ku sa i se n wa, ro ku ba n no ba su de da i ni ta a mi na ru bi ru ni i ra ssha tte ku da sa i

★ 請從那裡搭國內線！

あちらから国内線にお乗り下さい。

a chi ra ka ra ko ku na i se n ni o no ri ku da sa i

狀況 004　地勤票務

14-04.mp3

★ 請出示您的護照與機票。

パスポートとチケットを見せてください。

pa su po o to to chi ke tto o mi se te ku da sa i

★ 您的機票號碼是＿＿＿＿＿＿。

お客様のチケットナンバーは○○でございます。

o kya ku sa ma no chi ke tto na n ba a wa ○○ de go za i ma su

★ 請問您是網路訂位嗎？

インターネットで予約したんですか？

i n ta a ne tto de yo ya ku shi ta n de su ka?

★ 請問您的訂位代碼是？

予約番号をお教えください。

（予約番号は、何番でしょうか？）

yo ya ku ba n go u o o shi e ku da sa i / yo ya ku ba n go u wa na n ba n de sho u ka?

★ 您有行李要託運嗎？

預ける荷物があるんでしょうか？

a zu ke ru ni mo tsu ga a ru n de sho u ka?

★ 需要特別指定位子嗎？

座席は、特に指定がございますか？

za se ki wa, to ku ni shi te i ga go za i ma su ka?

★ 好的，我幫您確認一下。

はい、確認させて頂きます。

ha i , ka ku ni n sa se te i ta da ki ma su

★ 很抱歉，靠窗的位子已經沒有了。

すみませんが、窓側の席は満席になっております。

su mi ma se n ga, ma do ga wa no se ki wa ma n se ki ni na tte o ri ma su

★ 可以給您靠走道的位子嗎？

通路側の座席でもよろしいですか？

tsu u ro ga wa no za se ki de mo yo ro shi i de su ka?

★ 有要申報的物品嗎？

申告するものはありますか？

shi n ko ku su ru mo no wa a ri ma su ka?

★ 這是申報單。

これが税関申告書です。
ko re ga ze i ka n shi n ko ku sho de su

★ 這是您的登機證與護照。

こちらがお客様の搭乗券とパスポートでございます。
ko chi ra ga o kya ku sa ma no to u jo u ke n to pa su po o to de go za i ma su

★ 請在D37號登機門登機。

D37番ゲートでご搭乗してください。
di i sa n ju u na na ba n ge e to de go to u jo u shi te ku da sa i

★ 還有什麼需要為您服務的嗎？

他に何かございますか？
ho ka ni na ni ka go za i ma su ka?

★ 祝您旅途愉快。

よいご旅行を。

（お気をつけて、いってらっしゃいませ）
yo i go ryo ko u o (o ki o tsu ke te, i tte ra ssha i ma se)

狀況 005 海關查驗   14-05.mp3

★ 我們需要拍照，請您脫下帽子。

写真を撮りますので、帽子をお取りください。

sha shi n o to ri ma su no de, bo u shi o o to ri ku da sa i

★ 請看鏡頭。

レンズを見てください。

re n zu o mi te ku da sa i

★ 請用食指按下標示處的按鈕。

人差し指で、表示のところを押してください。

hi to sa shi yu bi de, hyo u ji no to ko ro o o shi te ku da sa i

★ 這次來日本的目的是什麼？

訪問の目的は何ですか？

ho u mo n no mo ku te ki wa na n de su ka ?

★ 打算停留幾天呢？

何日間滞在の予定ですか？

na n ni chi ka n ta i za i no yo te i de su ka ?

★ 請問您的職業是什麼？

職業は何ですか？

sho ku gyo u wa na n de su ka ?

★ 您將要住在哪兒？

滞在先はどこですか？

ta i za i sa ki wa do ko de su ka?

★ 行李箱裡面裝了些什麼呢？

スーツケースには、何が入っていますか？

su u tsu ke e su ni wa, na ni ga ha i tte i ma su ka?

★ 可以請您打開行李箱讓我看看嗎？

スーツケースの中身を見せていただいてよろしいですか？

su u tsu ke e su no na ka mi o mi se te i ta da i te yo ro shi i de su ka?

★ 很抱歉這些是違禁品，我們必須查扣。

すいませんが、こちらは持ち込み禁止です。検査の為、お預かりします。

su i ma se n ga, ko chi ra wa mo chi ko mi ki n shi de su. ke n sa no ta me, o a zu ka ri shi ma su

★ 很抱歉，請到旁邊諮詢室。

恐れ入りますが、取調室へお越しください。

o so re i ri ma su ga, to ri shi ra be shi tsu e o ko shi ku da sa i

狀況 006　詢問旅客是否攜帶違禁品　14-06.mp3

★ 農產品是不可以攜帶入境的！

農産物の入国持ち込みは、禁止されております。

no u sa n bu tsu no nyu u ko ku mo chi ko mi wa, ki n shi sa re te o ri ma su

★ 指甲刀是不可以帶上飛機的！

爪切りの機内持ち込みはできません。

tsu me ki ri no ki na i mo chi ko mi wa de ki ma se n

★ 您有帶什麼違禁品嗎？

何か法律に触れるものをお持ちですか？

na ni ka ho u ri tsu ni fu re ru mo no o o mo chi de su ka?

★ 您有需要申報的物品嗎？

<ruby>申告<rt>しんこく</rt></ruby>の<ruby>必要<rt>ひつよう</rt></ruby>なものが、ございますか？

shi n ko ku no hi tsu yo u na mo no ga, go za i ma su ka?

<ruby>農産物<rt>のうさんぶつ</rt></ruby>還可以替換成以下的詞語

美工刀	カッターナイフ ka tta a na i fu	植物	<ruby>植物<rt>しょくぶつ</rt></ruby> sho ku bu tsu
汽油	ガソリン ga so ri n	生肉	<ruby>生肉<rt>なまにく</rt></ruby> na ma ni ku
噴霧劑	スプレー su pu re e	水果	<ruby>果物<rt>くだもの</rt></ruby> ku da mo no
水果刀	<ruby>果物<rt>くだもの</rt></ruby>ナイフ ku da mo no na i fu	海鮮	<ruby>魚介類<rt>ぎょかいるい</rt></ruby> gyo ka i ru i
剪刀	はさみ ha sa mi	種子	<ruby>植物<rt>しょくぶつ</rt></ruby>の<ruby>種<rt>たね</rt></ruby> sho ku bu tsu no ta ne

狀況 007　旅客詢問兌換外幣事宜　　14-07.mp3

★ 請到3號窗口兌換外幣。

3<ruby>番窓口<rt>ばんまどぐち</rt></ruby>に<ruby>行<rt>い</rt></ruby>って、<ruby>外貨<rt>がいか</rt></ruby>を<ruby>両替<rt>りょうがえ</rt></ruby>して<ruby>下<rt>くだ</rt></ruby>さい。

sa n ba n ma do gu chi ni i tte, ga i ka o ryo u ga e shi te ku da sa i

★ 今天對日圓的匯率是3.4比1。

<ruby>本日<rt>ほんじつ</rt></ruby>の<ruby>日本円<rt>にほんえん</rt></ruby>との<ruby>交換<rt>こうかん</rt></ruby>レートは、3.4<ruby>対<rt>たい</rt></ruby>1でございます。

ho n ji tsu no ni ho n e n to no ko u ka n re e to wa, sa n te n yo n ta i i chi de go za i ma su

★ 請先填寫兌幣申請單。

まず、両替の申込書にご記入ください。
ma zu, ryo u ga e no mo u shi ko mi sho ni go ki nyu u ku da sa i

★ 請在填寫單上勾選貨幣代碼。

通貨コードにチェックを入れてください。
tsu u ka ko o do ni che kku o i re te ku da sa i

★ 麻煩您在這裡簽名。

こちらにサインしてください。
ko chi ra ni sa i n shi te ku da sa i

★ 請簽上跟護照相同的英文名字。

パスポートと同じような英語名をサインし

てください。
pa su po o to to o na ji yo o na e i go me i o sa i n shi te ku da sa i

★ 可以讓我看一下您的護照嗎？

パスポートを見せて頂けないでしょうか？
pa su po o to o mi se te i ta da ke na i de sho u ka?

★ 這是您兌換的日幣。

こちらがお客様が両替した日本円です。
ko chi ra ga o kya ku sa ma ga ryo u ga e shi ta ni ho n e n de su

★ 已經為您辦理完成。

はい、これで大丈夫です。
ha i, ko re de da i jo u bu de su

★ 您需要協助嗎？

何かお<ruby>手伝<rt>てつだ</rt></ruby>いいたしましょうか？

na ni ka o te tsu da i i ta shi ma sho u ka?

★ 這裡有推車。

こちらにカートがございます。

ko chi ra ni ka a to ga go za i ma su

★ 在櫃台可以請人幫您搬運行李。

フロントに、お<ruby>荷物<rt>にもつ</rt></ruby>をお<ruby>運<rt>はこ</rt></ruby>びする<ruby>係<rt>かかり</rt></ruby>の<ruby>者<rt>もの</rt></ruby>が
おります。

fu ro n to ni, o ni mo tsu o o ha ko bi su ru ka ka ri no mo no ga o ri ma su

★ 您可以將推車直接放在大門口。

カートは<ruby>出入口<rt>でいりぐち</rt></ruby>のところに<ruby>置<rt>お</rt></ruby>いたままで<ruby>結<rt>けっ</rt></ruby>
<ruby>構<rt>こう</rt></ruby>です。

ka a to wa de i ri gu chi no to ko ro ni o i ta ma ma de ke kko u de su

★ 在大廳櫃台處可以租借輪椅！

ホールのフロントで<ruby>車椅子<rt>くるまいす</rt></ruby>をお<ruby>貸<rt>か</rt></ruby>し<ruby>出<rt>だ</rt></ruby>しし
ております。

ho o ru no fu ro n to de ku ru ma i su o o ka shi da shi shi te o ri ma su

★ 這是您要的輪椅。

こちらが<ruby>お客様<rt>きゃくさま</rt></ruby>の<ruby>車椅子<rt>くるまいす</rt></ruby>でございます。

412

ko chi ra ga o kya ku sa ma no ku ru ma i su de go za i ma su

★ 請在這裡填寫資料。

こちらにご記入ください。
ko chi ra ni go ki nyu u ku da sa i

★ 服務員會為您收輪椅。

車椅子を回収するスタッフがおります。
ku ru ma i su o ka i shu u su ru su ta ffu ga o ri ma su

狀況 009 購買旅遊平安保險　　　14-09.mp3

★ 您需要買旅遊平安保險嗎？請到這邊來！

保険にお入りになりますか？こちらへ、ど
うぞ。
ho ke n ni o ha i ri ni na ri ma su ka? ko chi ra e do u zo

★ 現在的匯率是……。

現在のレートは……でございます。
ge n za i no re e to wa …… de go za i ma su

★ 請問您要買什麼樣的保險？

どのような保険になさいますか？
do no yo u na ho ke n ni na sa i ma su ka?

★ 這是短期的旅遊保險。

こちらは短期の旅行保険でございます。
ko chi ra wa ta n ki no ryo ko u ho ke n de go za i ma su

★ 這裡有兩款，請問您需要哪一種？

こちらには二つ（ふた）のタイプがございます。どちらがよろしいでしょうか？

ko chi ra ni wa fu ta tsu no ta i pu ga go za i ma su. do chi ra ga yo ro shi i de sho u ka?

★ 需要我為您解說嗎？

ご説明（せつめい）いたしましょうか？

go se tsu me i i ta shi ma sho u ka?

★ 這一個禮拜的保單，費用是10,000日幣。

この1週間（いっしゅうかん）の保険（ほけん）の費用（ひよう）は、日本円（にほんえん）で10,000円（いちまんえん）でございます。

ko no i sshu u ka n no ho ke n no hi yo u wa, ni ho n e n de i chi ma n e n de go za i ma su

★ 現在這個月的保單有優惠，只要20,000日幣。

今（いま）、この1カ月（いっかげつ）の保険（ほけん）は割引（わりびき）サービスがありますので、日本円（にほんえん）で20,000円（にまんえん）しかかかりません。

i ma, ko no i kka ge tsu no ho ke n wa wa ri bi ki sa a bi su ga a ri ma su no de, ni ho n e n de ni ma n e n shi ka ka ka ri ma se n

★ 請在這裡填寫您的受益人。

こちらに保険（ほけん）の受取人（うけとりにん）をご記入（きにゅう）ください。

ko chi ra ni ho ke n no u ke to ri ni n o go ki nyu u ku da sa i

★ 請問您的聯絡地址是……。

お客様（きゃくさま）の連絡先（れんらくさき）は......。

o kya ku sa ma no re n ra ku sa ki wa.......

★ 最後，請在這裡簽名。

最後に、こちらにサインをお願い致します。
sa i go ni, ko chi ra ni sa i n o o ne ga i i ta shi ma su

狀況 010 協助旅客填寫相關表格　14-10.mp3

★ 出入境卡

出入国カード
shu tsu nyu u ko ku ka a do

★ 需要入境卡嗎？

入国カードはお持ちですか？
nyu u ko ku ka a do wa o mo chi de su ka ?

★ 請出示您的入境卡與護照（以便海關查驗）。

税関検査で出入国カードとパスポートをご提出下さい。
ze i ka n ke n sa de shu tsu nyu u ko ku ka a do to pa su po o to o go te i shu tsu ku da sa i

★ 這是您要的入境卡。

こちらがお客様の出入国カードでございます。
ko chi ra ga o kya ku sa ma no shu tsu nyu u ko ku ka a do de go za i ma su

★ 需要協助您填寫嗎？

お手伝いいたしましょうか？
o te tsu da i i ta shi ma sho u ka ?

★ 請在這裡填寫您的大名。

こちらにお名前をご記入ください。

ko chi ra ni o na ma e o go ki nyu u ku da sa i

★ 最後請在這裡簽名。

最後に、こちらにサインをお願い致します。

sa i go ni, ko chi ra ni sa i n o o ne ga i i ta shi ma su

填寫入境卡的相關延伸單字

名字	お名前		護照編號	パスポートナンバー
	o na ma e			pa su po o to na n ba a
英文姓氏	ローマ字(苗字)		航班編號	便名
	ro o ma ji (myo u ji)			bi n me i
英文名字	ローマ字（名）		航空公司	航空会社
	ro ma ji (na)			ko u ku u ga i sha
國籍	国籍		降落地	降機地
	ko ku se ki			ko u ki chi
出生	出生地		簽名處	サイン
	shu sse i chi			sa i n

外國人入國記錄 DISEMBARKATION CARD FOR FOREIGNER ①　　HB 8902843　21

氏　名 (漢字) (Name)	Family name	陳	Given Name	夏趣			
		Chen		Hsia-Chu			
國　籍 Nationality as shown on passport		台灣	生年月日 Date of Birth	Day日　Month月　Year年 1 0 1 1 8.5	男 ① Male 女 ② Female		
現 住 所 Home Address	國市名 Country name (你家的地址，直接寫中文)			都市名 City name	職　業 Occupation		商
旅 券 番 號 Passport number	(你的護照號碼)		航空機便名·船名 Last flight No./Vessel	(你去搭飛機 的航班號碼)	乘　機　地 Which airport did you board this flight or ship?		桃園
渡 航 目 的 Purpose of visit	□觀光 Tourism　□商用 Business □その他 Others　(	□親族訪問 Visiting relatives	□トランジット Transit		日本滯在予定期間 Intended Length of stay in Japan Years:　　Month:　　Days 年　　　月　6 日		
日本の連絡先 Intended address in Japan	新宿王子				TEL		

裏面を見てください。See the back →

‖KA1H8902284321‖

狀況 011　販賣免稅品　　14-11.mp3

★ 您需要什麼樣的免稅品嗎？

なにか免税品はご入用ですか？
na ni ka me n ze i hi n wa go i ri yo u de su ka?

★ 您需要哪一樣？

どのようなものがご入用ですか？
do no yo u na mo no ga go i ri yo u de su ka?

★ 我馬上為您服務。

はい、少々お待ちください。
ha i, sho u sho u o ma chi ku da sa i

① 補充

　　「入用」表示「需要」之意。

★ 您要付現還是刷卡？

現金でお支払いですか、カードでお支払いですか？
ge n ki n de o shi ha ra i de su ka, ka a do de o shi ha ra i de su ka?

★ 分開裝還是裝一起？

別々にお包みしますか、一緒にお包みしますか？

be tsu be tsu ni o tsu tsu mi shi ma su ka, i ssho ni o tsu tsu mi shi ma su ka?

★ 需要多一個袋子嗎？

袋は余分にお持ちになりますか？

（袋をもう一枚ご入用ですか？）

fu ku ro wa yo bu n ni o mo chi ni na ri ma su ka?
(fu ku ro o mo u i chi ma i go i ri yo u de su ka?)

★ 這是我們的特惠商品。

こちらは特価商品でございます。

ko chi ra wa to kka sho u hi n de go za i ma su

★ 這是我們的贈品。

こちらはプレゼント(贈呈品)でございます。

ko chi ra wa pu re ze n to (zo u te i hi n) de go za I ma su

➡ 狀況1：時差

★ 現在與日本的時間差一小時。

日本との時差は、1時間でございます。

ni ho n to no ji sa wa, i chi ji ka n de go za i ma su

★ 當地的時間為晚上十點。

現地の時間は夜10時でございます。

げんち じかん よるじゅうじ

ge n chi no ji ka n wa yo ru ju u ji de go za i ma su

★ 現在台灣是晚上九點。

現在の台湾時間は、夜9時でございます。

げんざい たいわんじかん よるくじ

ge n za i no ta i wa n ji ka n wa, yo ru ku ji de go za i ma su

➡狀況2：當地氣候狀況

★ 當地的機場氣溫較高，比較熱！

現地の空港周辺の気温は高目で、少し暑い

げんち くうこうしゅうへん きおん たかめ すこ あつ

ようです。

ge n chi no ku u ko u shu u he n no ki o n wa ta ka me de, su ko shi a tsu i yo u de su

★ 當地正在下雪！

現地では、雪が降っています。

げんち ゆき ふ

ge n chi de wa, yu ki ga fu tte i ma su

★ 正在下大雨。

大雨が降っています。

おおあめ ふ

o o a me ga fu tte i ma su

★ 正在颳大風。

強風が吹いています。

きょうふう ふ

kyo u fu u ga fu i te i ma su

★ 颱風接近了。

台風が接近しています。

たいふう せっきん

ta i fu u ga se kki n shi te i ma su

★ 地震發生了，聽說好像有災情。

地震が発生しました。被害が出ているようです。

じ しん はっ せい / ひ がい で

ji shi n ga ha sse i shi ma shi ta. hi ga i ga de te i ru yo u de su

★ 那座城市是日本（國家）的首都！

あの町は、日本の首都でございます。

まち / に ほん / しゅ と

a no ma chi wa, ni ho n no shu to de go za i ma su

描述天氣狀況的相關單字

炎熱	猛暑／暑い も う しょ／あつ mo u sho / a tsu i		下毛毛雨	小雨 こ さめ ko sa me	
寒冷	寒い さむ sa mu i		下大雨	大雨 おお あめ o o a me	
狂風	突風 とっ ぷう to ppu u		天氣良好	晴れ は ha re	
下雪	雪 ゆき yu ki		有霧	霧 きり ki ri	
大雪	大雪 おお ゆき o o yu ki		下冰刨	雹 ひょう hyo u	

➡ 狀況3：提供機上飲食服務及物品

★ 您需要水嗎？

お水は、いかがですか？

みず

o mi zu wa i ka ga de su ka?

お水還可以替換成以下的詞語

溫水	微温湯 nu ru ma yu	紅酒	赤ワイン a ka wa i n
冷水	冷たい水 tsu me ta i mi zu	白酒	白ワイン shi ro wa i n
果汁	ジュース ju u su	啤酒	ビール bi i ru
茶類	お茶 o cha	泡麵	カップラーメン ka ppu ra a me n
咖啡	コーヒー ko o hi i	巧克力	チョコレート cho ko re e to
飲料	お飲み物 o no mi mo no	零食	おやつ o ya tsu

★ 您會冷嗎？需要毛毯嗎？

お寒いですか？毛布はご入用ですか？
o sa mu i de su ka? mo u fu wa go i ri yo u de su ka?

★ 這是您要的筆。

お客様のペンはこちらでございます。
o kya ku sa ma no pe n wa, ko chi ra de go za i ma su

★ 機上所提供的物品

機内提供品
ki na i te i kyo u hi n

ペン還可以替換成以下的詞語

耳機	イヤホン i ya ho n		拖鞋	スリッパ su ri ppa
報紙	新聞 しんぶん shi n bu n		入境卡	入国カード にゅうこく nyu u ko ku ka a do
雜誌	雑誌 ざっし za sshi		原子筆	ボールペン bo o ru pe n
枕頭	枕 まくら ma ku ra		紙	紙 かみ ka mi
毛毯	毛布 もうふ mo u fu		面紙	ティッシュ ti sshu
眼罩	アイマスク a i ma su ku		撲克牌	トランプ to ra n pu

➡狀況4：機上安全及突發狀況

★ 請您繫好安全帶！

シートベルトをお締め下さい。
し　　くだ
shi i to be ru to o o shi me ku da sa i

★ 飛機遇到亂流，不過請不用擔心，馬上就會穩定下來。

乱気流があります。ご心配なさらないで下
らん き りゅう　　　　　　　しんぱい　　　　　　くだ
さい。すぐ揺れは収まります。
　　　　ゆ　　おさ
ra n ki ryu u ga a ri ma su. go shi n pa i na sa ra na i de ku da sa i. su gu yu re wa o
sa ma ri ma su

★ 您覺得不舒服嗎？

気分が悪いのですか？
き ぶん　　わる
ki bu n ga wa ru i no de su ka?

★ 您還好嗎？有什麼不舒服嗎？

お加減は如何ですか？どこか、ご気分でも
お悪いですか？

o ka ge n wa i ka ga de su ka? do ko ka, go ki bu n de mo o wa ru i de su ka?

★ 您有自備的隨身藥嗎？

お薬を携帯なさっていますか？

o ku su ri o ke i ta i na sa tte i ma su ka?

お薬還可以替換成以下的詞語

阿斯匹靈	アスピリン a su pi ri n	胃藥	胃薬 i gu su ri
感冒藥	風邪薬 ka ze gu su ri	退燒藥	解熱薬 ge ne tsu ya ku
暈機藥	酔い止め yo i do me		

突如其來的症狀

發燒	熱 ne tsu	嘔吐	吐き気 ha ki ke
耳鳴	耳鳴り mi mi na ri	肚子痛	腹痛 fu ku tsu u
頭痛	頭痛 zu tsu u	痙攣	けいれん ke i re n

★ 先生，您這樣已構成性騷擾，請您不要這樣！

すいません、そんなことをなさるとセクハ

ラになりますよ。お止め下さい。

su i ma se n, so n na ko to o na sa ru to se ku ha ra ni na ri ma su yo. o ya me ku da sa i

★ 先生，請您不要亂來！

すいません、変なことをなさらないで下さい。

su i ma se n, he n na ko to o na sa ra na i de ku da sa i

★ 先生，若您再不配合，我們只好通報航警處理了。

すいません、ご理解して頂けないなら、航空警察へ通報することになります。

su i ma se n, go ri ka i shi te i ta da ke na i na ra, ko u ku u ke i sa a tsu e tsu u ho u su ru ko to ni na ri ma su

狀況 013 機內餐點　　　　　14-13.mp3

★ 餐點有麵食及飯食，請問您要哪一種？

お食事は、麺とご飯がございます。どちらがよろしいですか？

o sho ku ji wa, me n to go ha n ga go za i ma su. do chi ra ga yo ro shi i de su ka?

★ 請問你需要咖啡或果汁嗎？

コーヒーかジュースは、いかがですか？

ko o hi i ka ju u su wa, i ka ga de su ka?

★ 您需要紅酒或啤酒嗎？

ワインかビールは、いかがですか？

wa i n ka bi i ru wa, i ka ga de su ka?

★ 您還需要麵包嗎？

パンはいかがですか？

pa n wa i ka ga de su ka?

麵和ご飯還可以替換成以下的詞語

炒麵	中華風焼きそば
	chu u ka fu u ya ki so ba

義大利麵　パスタ／スパゲティ
pa su ta / su pa ge tī

兒童套餐　お子様ランチ
o ko sa ma ra n chi

咖哩飯　カレーライス
ka re e ra i su

壽司　寿司
su shi

炸豬排　ポークカツレツ
po o ku ka tsu re tsu

雞肉飯　中華風鶏肉ごはん
chu u ka fu u to ri ni ku go ha n

牛肉飯　中華風牛肉ごはん
chu u ka fu u gyu u ni ku go ha n

素食套餐　精進料理ランチ
sho u ji n ryo u ri ra n chi

粥　お粥
o ka yu

雞肉加蛋的三明治　チキンと卵のサンドイッチ
chi ki n to ta ma go no sa n do i cchi

① 補充

「機内食」表示「機上餐點」之意。

★ 台灣的機場內有提供免費WiFi，只要開啟手機或平板、筆電等裝置的WiFi功能後就可以簡單的接上WiFi。

台湾の空港ではWiFiを無料で提供しております。スマホ、タブレット、もしくはノートパソコンなどのデバイスのWiFi機能をオンにすれば簡単に空港のWiFiに繋がります。

ta i wa n no ku u ko u de wa wa i hua i o mu ryo u de te i kyo u shi te o ri ma su. su ma ho, ta bu re tto, mo shi ku wa no o to pa so ko n na do no de ba i su no wa i hua i ki no u wo o n ni su re ba ka n ta n ni ku u ko u no wa i hua i ni tsu na ga ri ma su

➡ 需要帳號密碼

★ 在要接網路的設備上顯示WiFi的設定畫面，選機場的WiFi，再輸入帳號和密碼就可以用。

接続するデバイスでWiFi設定画面を表示し、空港のWiFiを選び、アカウントとパスワードを入力すればすぐ使えます。

se tsu zo ku su ru de ba i su de wa i hua i se tte ga me n wo hyo u ji shi, ku u ko u no wa i hua i wo e ra bi, a ka u n to to pa a su wa do o nyu u ryo ku su re ba su gu tsu ka e ma su

★ WiFi名字和帳號和密碼請看這裡。

WiFiの名称や、アカウント名、パスワードなどはこちらをご覧ください。

wa i hua i no me i syo u ya, a ka u n to me i, pa su wa a do na do wa ko chi ra o go ra n ku da sa i

(!) 補充

　　當然你也可以將WiFi名字和帳號和密碼直接念給客人聽，但這三個加起來可能會很長，還是事先準備好告示牌，或是寫筆記給客人會比較順利。

➡不需要帳號密碼

★ WiFi名字是「Airport Free WiFi」，不需要密碼等，點下去馬上就可以用。

WiFiの名称は「Airport Free WiFi」です。パスワードなどは必要ありません。クリックすればすぐ利用できます。

wa i hua i no me i syo u wa e a po o to hu ri i wa i hua i de su, pa a su wa a do na do wa hi tsu yo u a ri ma se n, ku ri ku su re ba su gu ri yo u de ki ma su

(!) 補充

　　「Airport Free WiFi」是桃園國際機場的WiFi名稱。

★ 本服務為了使用方便沒有暗號化，請先了解您的個人情報可能會被偷看，再使用本服務。

本サービスは、利便性のため通信の暗号化を行っておりません。個人情報を盗み見られる可能性を理解しかつ認識した上でご利用ください。

ho n sa a bi su wa, ri be n se i no ta me tsu u shi n no a n go u ka wo o ko na tte o ri ma se n. ko ji n zyo u ho u wo nu su mi mi ra re ru ka no u se i o ri ka i shi ka tsu ni n shi ki shi ta u e de go ri yo u ku da sa i

超好用 服務業必備詞彙

★特徵怎麼說

項目	特徵	
身材 体型 ta i ke i	高 せ たか 背が高いです se ga ta ka i de su	矮 せ ひく 背が低いです se ga hi ku i de su
	胖 ふと 太っています fu to tte i ma su	瘦 や 痩せています ya se te i ma su
臉部 顔 ka o	大眼 め おお 目が大きいです me ga o o ki i de su	單眼皮 ひと え 一重です hi to e de su
	痣 ほくろ あざ 黒子・痣があります ho ku ro / a za ga a ri ma su	疤痕 きずあと 傷跡があります ki zu a to ga a ri ma su
膚色 はだ いろ 肌の色 ha da no i ro	黑 くろ 黒い ku ro i	白 しろ 白い shi ro i
	黃 き いろ 黄色い ki i ro i	紅 あか 赤い a ka i

特點 とくちょう 特徴 to ku cho u	平頭 かく が 角刈りです ka ku ga ri de su	長髪 かみ 髪はロングです ka mi wa ro n gu de su かみ なが 髪は長いです ka mi wa na ga i de su
	短髪 かみ 髪はショートです ka mi wa sho u to de su かみ みじか 髪は短いです ka mi wa mi ji ka i de su	戴帽子 ぼう し 帽子をかぶって います bo u shi o ka bu tte i ma su
	大鬍子的 おお ヒゲが多い hi ge ga o o i	禿頭 あたま は 頭が禿げています a ta ma ga ha ge te i ma su
穿著 ふくそう 服装 fu ku so u	褲子／短褲 たん ズボン/短パン zu bo n / ta n pa n	裙子 (長裙／迷你裙／短裙) スカート(ロング〜/ みじか ミニ〜・短めの〜) su ka a to (ro n gu / mi ni / mi ji ka me no)
	外套 コート ko o to	洋裝 ようふく 洋服 yo o fu ku

★常用貨幣日語

日幣
に ほんえん
日本円
ni ho n e n

台幣
たいわんげん
台湾元
ta i wa n ge n

美元
べい
米ドル
be i do ru

人民幣
じんみんげん
人民元
ji n mi n ge n

英磅
ポンド
po n do

法郎
フラン
fu ra n

韓幣（圜）
ウォン
u o n

加幣
カナダドル
ka na da do ru

澳幣
オーストラリアドル
o o su to ra ri a do ru

盧布
ルーブル
ru u bu ru

歐元
おうしゅう
欧州ユーロ
o o shu u yu u ro

紐西蘭幣
ニュージーランドドル
nyu u ji i ra n do do ru

港幣
ホンコン
香港ドル
ho n ko n do ru

南非幣
みなみ
南アフリカランド
mi na mi a hu ri ka ra n do

★機上販售商品
<ruby>機内販売商品<rt>き ないはんばいしょうひん</rt></ruby>
ki na i ha n ba i sho u hi n

<ruby>香水<rt>こうすい</rt></ruby>
香水
ko u su i

<ruby>化粧品<rt>け しょうひん</rt></ruby>
化妝品
ke sho u hi n

<ruby>記念品<rt>き ねんひん</rt></ruby>
紀念品
ki ne n hi n

精品
<ruby>ブランド品<rt>ひん</rt></ruby>
bu ra n do hi n

當地名產
<ruby>特産品<rt>とくさんひん</rt></ruby>
to ku sa n hi n

香煙
<ruby>煙草<rt>た ば こ</rt></ruby>
ta ba ko

保養品
<ruby>ケア商品<rt>しょうひん</rt></ruby>
ke a sho u hi n

航空公司別針
<ruby>航空会社バッジ<rt>こうくうがいしゃ</rt></ruby>
ko u ku u ga i sha ba jji

手機吊飾
<ruby>携帯用ストラップ<rt>けいたいよう</rt></ruby>
ke i ta i yo u su to ra ppu

酒類
<ruby>お酒<rt>さけ</rt></ruby>
o sa ke

台灣廣廈 國際出版集團
Taiwan Mansion International Group

國家圖書館出版品預行編目（CIP）資料

服務業日語：套用、替換、零失誤！第一線人員最實用，100% 提高業績
的全方位日本語應對指南／田中実加，松川佳奈，劉馨櫂 著.
-- 初版. -- 新北市：國際學村出版社，2022.09
面；　公分
ISBN 978-986-454-232-1(平裝)

1.CST: 日語 2.CST: 會話 3.CST: 服務業

803.188　　　　　　　　　　　　　　　　111010840

🌐 國際學村

服務業日語【QR碼行動學習版】
套用、替換、零失誤！第一線人員最實用，100% 提高業績的全方位日本語應對指南

作　　者／田中実加、松川佳奈、 　　　　　劉馨櫂	編輯中心編輯長／伍峻宏 編輯／尹紹仲 封面設計／林珈仔·**內頁排版**／菩薩蠻數位文化有限公司 製版·印刷·裝訂／東豪·紘億·弼聖·明和

行企研發中心總監／陳冠蒨　　　　　線上學習中心總監／陳冠蒨
媒體公關組／陳柔㶽　　　　　　　　產品企製組／黃雅鈴
綜合業務組／何欣穎

發　行　人／江媛珍
法 律 顧 問／第一國際法律事務所 余淑杏律師·北辰著作權事務所 蕭雄淋律師
出　　　版／國際學村
發　　　行／台灣廣廈有聲圖書有限公司
　　　　　　地址：新北市 235 中和區中山路二段 359 巷 7 號 2 樓
　　　　　　電話：（886）2-2225-5777·傳真：（886）2-2225-8052

代理印務·全球總經銷／知遠文化事業有限公司
　　　　　　地址：新北市 222 深坑區北深路三段 155 巷 25 號 5 樓
　　　　　　電話：（886）2-2664-8800·傳真：（886）2-2664-8801
郵 政 劃 撥／劃撥帳號：18836722
　　　　　　劃撥戶名：知遠文化事業有限公司（※ 單次購書金額未達 1000 元，請另付 70 元郵資。）

■ 出版日期：2022 年 09 月
ISBN：978-986-454-232-1　　　　版權所有，未經同意不得重製、轉載、翻印。